神也鬥不過愚蠢

The Gods Themselves

以撒艾西莫夫　著
陳宗琛　譯

鸚鵡螺文化

SFMASTER

鸚鵡螺，典故來自不朽科幻經典《海底兩萬哩》中的傳奇潛艇，未來，鸚鵡螺將在無限的時空座標中，穿越小說之海的所有疆界，深入從未有人到過的最深的海域，探尋最頂尖最好看的，失落的經典。

「政治現實」和世界末日

「懂不懂什麼叫政治現實？我來給你上一課好了。」柏特參議員看看手錶，往後一仰露出笑容說：「你以為社會大眾會想要保護環境，或是保住自己的命嗎？你以為他們會感謝那些肯為這個目標奮鬥的理想主義者嗎？告訴你，你搞錯了。他們想要的，是讓自己日子過得舒服。」

「所以，小伙子，別再叫我停止換能空間的運作。整個地球的經濟和舒服日子全靠換能空間。那麼，我希望你能告訴我的是，有什麼辦法可以讓換能空間維持運作，同時又不至於導致太陽爆炸。」

拉蒙說：「參議員，那根本不可能。我們要對付的問題，道理實在太簡單，玩不出把戲。換能空間一定要停止運作。」

「噢，照你這麼說，你唯一能夠提供的建議是，我們應該要回頭去過從前那種日子？換能空間還沒運作之前的日子？」

「這勢在必行。」

「在這種情況下，你必須提出鐵一般的、而且是很快就會出現的證據，才能證明你是對的。」

「最有力的證據……」拉蒙說：「就是太陽快爆炸了，大家等著看。」

第一部　面對愚蠢

第六章

「爛透了！」拉蒙狠狠的大吼。「沒半點進展！」他眼窩很深，長長的下巴有點左右不對稱，導致他神情顯得陰沉。只不過，就算一切順心如意的時候，他就是那副陰沉的表情，更何況現在碰了一鼻子灰。他已經是第二次找哈勒姆談，場面卻比第一次更尷尬。

「別那麼激動。」麥倫布諾斯基口氣平靜。「你不是說你不會激動嗎？」他把花生丟到半空中，用他那豐厚的嘴唇接住。他丟了一粒又一粒，半粒也沒漏掉。他個子高高瘦瘦，但不會太高也不會太瘦。

「就算不激動，場面也不會比較愉快。不過你說得沒錯，沒進展也無所謂，還有別的辦法。我自有打算。不過除此之外，我全靠你了。只要你能夠搞懂——」

「夠了，彼得。這話我已經聽你說了太多次，翻來覆去就是那一句：只要我能夠搞懂那些非人類智慧生物腦子裡在想什麼。」

「應該說他們是比人類高等的智慧生物，平行宇宙裡的智慧生物，他們正努力想讓我們明白某些事。」

「也許吧。」布諾斯基嘆了口氣。「不過，他們是努力想透過我的智慧讓人類明白某些事。沒錯啦，有時候我確實覺得我的智慧比人類高超，不過話說回來，也高不到哪裡去。有時候，在夜深人靜的時刻，我睡不著覺，滿腦子想的是：不同的智慧生物真的能夠彼此溝通嗎？或者，如果那天心情特別差，我甚至會懷疑『不同的智慧生物』這個字眼是不是根本沒意義。」

「當然有意義！」拉蒙大吼起來，口氣粗暴，插在實驗室白袍口袋裡的兩隻手猛然握緊拳頭。「那就像哈勒姆和我。就像那個白癡英雄斐德烈克哈勒姆博士和我。我們就是不同的智慧生物，因為我說的話他根本聽不懂。他那張白癡臉漲得通紅，兩隻眼睛瞪得像銅鈴，眼球幾乎都快跳出來，耳朵也堵住了。我敢說，他的腦子已經停擺了，不過當然啦，我沒辦法證明他的腦子是不是根本就沒有功能。」

布諾斯基嘀咕著說：「你竟敢這樣說我們的電子換能空間之父。」

「是喔，什麼電子換能空間之父，根本就是冒牌貨，實質上他根本沒什麼貢獻。這我清楚得很。」

「我也很清楚啊，因為常常聽你這樣說。」說著布諾斯基又拋了一粒花生到半空中，也同樣沒漏接。

作者註：這個故事是從第六章開始的，不是編排錯誤。我這樣做，自有微妙的道理。所以，大家只管繼續往下讀，但願大家讀得開心。

第一章

那是三十年前的事了。當時斐德烈克哈勒姆是一個放射化學家，博士論文才剛發表沒多久，怎麼看都不像一個即將震撼全世界的人。

他會震撼全世界，是從他桌上的一個玻璃瓶開始的。那是一個實驗用的試劑瓶，滿是灰塵，上面的標籤寫著「鎢金屬」，不過那並不是他的，他從來沒用過。那是不知道多久以前，某個用過這間實驗室的人忽然想用鎢金屬，後來就一直留在那裡。至於那個人當初為什麼要用到鎢金屬，長久以來早就沒人記得了。事實上，那瓶子裡的金屬顆粒已經裹著厚厚的氧化物，變成灰色，佈滿灰塵，不再是什麼鎢金屬了，沒人用得著。

有一天，哈勒姆走進實驗室（呃，說得明確一點，那天是二〇七〇年十月三日），開始工作。早上快十點的時候，他忽然停下手邊的工作，愣愣的看著那玻璃瓶，然後伸手拿起來。玻璃瓶還是跟平常一樣滿是灰塵，標籤褪色，但他卻忽然大叫起來：「混帳，是誰他媽的亂搞，把這裡面的東西換掉了？」

這件事是丹尼森描述的，反正他的說法就是這樣。當年他無意間聽到哈勒姆咒罵了那些話，幾十年後就原原本本說給拉蒙聽。關於哈勒姆的發現，書上記載的官方說法省略了那些咒罵的話。看了官方記載，一般人會得到一種印象：這位化學家明察秋毫，注意到玻璃瓶裡的東西不一樣了，而且立刻就有了深入的推斷。

但事實並非如此。哈勒姆根本用不著鎢金屬，對他來說，那東西毫無價值，就算別人亂動，他也不可能會在乎。不過，他痛恨別人亂動他桌上的東西（其實大多數人都痛恨），而且懷疑別人有強烈意圖，不懷好意亂動他的東西。

當時，沒有人承認自己知道真相，只有班傑明艾倫丹尼森聽到哈勒姆咒罵那些話，因為他的實驗室就在走廊正對面，而兩間實驗室門都開著，他抬起頭看看走廊對面，正好看到哈勒姆用譴責的眼神瞪著他。

多年後丹尼森接受訪談的時候，回想那天發生的一切。他說，他本來就不怎麼喜歡哈勒姆（事實上也沒人特別喜歡哈勒姆），再加上前一晚沒睡好，一肚子氣很想找個人發洩，所以他很高興哈勒姆自己送上門來。

當時哈勒姆舉起玻璃瓶湊近丹尼森的臉，丹尼森立刻往後退，一臉厭惡。「去你的，我動你的什麼鬼鎢金屬幹嘛？」他破口大罵：「誰會對你那破玩意兒有興趣？睜大眼睛看清楚好嗎，你沒注意到那瓶子已經二十年沒開過了嗎？要不是你用自己的髒手去抓，你應該會注意到根本沒人碰過那瓶子。」

哈勒姆氣壞了，臉慢慢漲紅，咬牙切齒緊繃著嗓子說：「你聽著，丹尼森，有人把瓶子裡的東西換掉了，這不是鎢金屬。」

丹尼森鼻子吸了一下，動作很輕，但很明顯。「你怎麼會知道？」

而歷史就是這樣創造出來的。就是這種不經意的言語挑釁和些微的惱怒創造了歷史。

無論在什麼情況下，講這種話都是會得罪人的。在學術上，丹尼森和哈勒姆一樣是個新人，但他的成就卻遠超過哈勒姆，而且他是這個部門裡的「金童」。這一點，哈勒姆自己心裡有數，而更糟糕的是，丹尼森也了然於心，而且毫不掩飾。丹尼森那句「你怎麼會知道？」，在「你」這個字上還特別清楚明白的加重語氣，而這就足以引發後來發生的一切。要不是因為這樣，哈勒姆永遠不會成為史上最偉大、最受尊崇的科學家，把那句名言化為實際行動。那句名言就是丹尼森後來接受拉蒙訪談時提到的「你怎麼會知道？」。

官方的說法是，在那個關鍵的早上，哈勒姆走進實驗室，注意到瓶子裡的東西不一樣了，甚至連瓶身內部的灰塵都不見了。原本那些滿是灰塵的灰色顆粒變成了清澈的鐵灰色金屬。於是，他本能的開始追查——

不過，這種官方說法大可撇到一邊。真正的關鍵是丹尼森。假如當時他能夠克制自己，就只是簡單的否認，或只是聳聳肩，在這種情況下，哈勒姆可能就會去問別人，然後問遍了所有人也查不出結果，搞到最後累了，只好把那瓶子甩到一邊不管，導致隨後而來的災難主宰了人類的未來。至於災難是會在不知不覺中來臨還是突然來臨，要看人類拖了多久才會發現瓶子裡的金屬變化代表什麼。但無論是哪種狀況，最後藉由發現真相而享有崇高地位的人，絕對不會是哈勒姆。

然而，就因為「你怎麼會知道？」這句話冒犯到哈勒姆的尊嚴，他才會氣急敗壞的回嘴說：「等著瞧，我會讓你看看我知道了什麼。」

從那一刻起，什麼也擋不了哈勒姆蠻幹到底。首先，他要趕快分析出那玻璃瓶裡的金屬究竟是什麼，這已經成為他最迫切的優先任務，而這樣做最主要的目的，就是要殺殺丹尼森的威風。丹尼森窄窄的鼻子流露著傲慢，蒼白的嘴唇永遠帶著一抹輕蔑的冷笑，哈勒姆要讓他臉上再也無法出現那種表情。

丹尼森永遠忘不了那一刻，因為正是他自己的一句話促使哈勒姆得了諾貝爾獎，也導致自己被埋沒，一輩子默默無聞。

他做夢也想不到哈勒姆竟然是這種蠻幹到底的牛脾氣，沒想到哈勒姆這種平庸之輩有一種恐懼心理，勢必要捍衛自己的尊嚴（但話說回來，就算當時他知道哈勒姆是這樣，他也不在乎）。他更沒想到，自己全部的聰明才智竟然在那一刻敗給了哈勒姆的頑固和恐懼心理。

哈勒姆立刻就直接採取行動。他把金屬拿到質譜分析部門。身為放射化學家，這樣做是理所當然。他認識那裡的技師，和他們一起合作過，說話很有份量，而且份量甚至大到足以讓那些技師把一些更重要的案子擺在一邊，優先分析他的金屬。

完成後，質譜分析師說：「呃，這不是鎢金屬。」

哈勒姆露出冷笑，那張毫無幽默感的大臉皺成一團。「很好，那我們就去告訴那位金童丹尼森。弄一份報告給我，然後——」

「可是，等一下，哈勒姆博士，剛剛我只是說這不是鎢金屬，並沒有說我知道這是什麼。」

「你不知道這是什麼？什麼意思？」

「我的意思是，分析出來的結果很荒謬。」分析師想了一下又繼續說：「事實上，根本不可能會出現這種結果。荷質比完全不對。」

「哪裡完全不對？」

「荷質比太高了。根本不可能。」

「嗯。」哈勒姆沈吟了一聲。他把金屬拿來分析，原先只是想殺殺丹尼森的威風，而此刻這個動機忽然被他拋到腦後。接下來，他說的一些話帶他走上了諾貝爾獎之路，甚至可以說是實至名歸。「那麼，別光是坐在那裡跟我說什麼不可能，去啊，去把它的特性X射線頻率分析出來，搞清楚它的電荷。」

幾天後，那位技師走進哈勒姆的實驗室，一臉困惑。

哈勒姆不是一個細膩敏銳的人，根本沒注意到技師困惑的表情，他劈頭就說：「你查出——」說到一半他忽然停住，神色不安的瞄了一眼對面實驗室裡的丹尼森。丹尼森正坐在他的辦公桌前面。哈勒姆關上門，然後又繼續說：「你查出核電荷了嗎？」

「分析出來了，可是根本不對。」

「沒關係，崔西，重做一次。」

「我已經分析十幾次了，還是一樣不對。」

「如果你測量正確，那麼數據就不會錯。不要懷疑數據。」

崔西搓搓耳朵「可是，哈勒姆博士，我沒辦法不懷疑。假設這個數據是對的，那麼，你給我的東西就是鈽186。」

「鈽186？鈽186？」

「電荷是+94，質量是186。」

「可是那不可能啊！根本沒有這種同位素。不可能！」

「我就是要告訴你這個。問題是，測量出來的數據就是這樣。」

「可是在這種狀態下，原子核少了五十幾個中子，所以鉌186是不可能存在的。如果一個原子核裡只有92個中子，那麼，這個原子核裡的質子數量不可能多達94個，因為在這種情況下，原子核根本無法凝聚，就連凝聚一兆兆分之一秒都不可能。」

「哈勒姆博士，我說的就是這個。」崔西依然耐著性子。

然後哈勒姆就沒再說話了。他開始思考。瓶子裡不見的東西是鎢金屬，而鎢有一種同位素叫鎢186，是穩定的同位素。鎢186的原子核裡有74個質子，112個中子。那麼，是不是有什麼東西把20個中子變成了20個質子？不，那是不可能的。

「有輻射的現象嗎？」哈勒姆問。他努力想從這個謎團裡找到出路。

「這問題我也想過，所以就做了檢驗。」技師說。「結果是，這東西很安定，百分之百安定。」

「那麼，這不可能是鉌186。」

「我一直在告訴你的就是這個，哈勒姆博士。」

最後哈勒姆無奈的說：「好吧，那東西交給我。」

技師走了，實驗室裡又只剩哈勒姆一個人了。他坐下來愣愣的看著那瓶子。鉌的同位素當中，最可以算得上安定的，是鉌240，因為原子核裡的94個質子需要有146個中子才能夠聚合在一起，處於類似安定的狀態。

那麼，現在他該怎麼辦？他解不開這個謎團，這已經超出他的能力範圍。他很後悔自己當初為什麼要去捅這個馬蜂窩，自找麻煩。畢竟，他還有真正的工作迫切需要進行，而這件事，這個謎團，根本不關他的事。一定是崔西犯了什麼愚蠢的錯誤，要不然就是質譜儀壞了，要不然……

噢，誰在乎啊？別再搞了，乾脆忘了這回事吧！

然而，哈勒姆不能撒手不管。丹尼森遲早會找上門，露出那種似笑非笑的噁心表情追問鎢金屬的事。到時候，哈勒姆要怎麼回答？「我說過了，這不是鎢金屬。」他可以這樣回答嗎？

而丹尼森當然會追問：「哦，不是鎢金屬，那是什麼？」如果哈勒姆宣稱說那是鈽186，那他就會成為天大的笑柄，所以他無論如何都不可能這樣回答。他勢必要查清楚那究竟是什麼，而且勢必只能靠自己。顯然，沒有人是他可以信賴的。

於是，兩個星期後，他氣沖沖的走進崔西的實驗室，憤怒的程度可以用怒火沖天來形容。

「喂！你不是說這東西沒有放射性？」

「什麼東西？」崔西本能的反問，因為當下他並沒有立刻回想起那件事。

「就是你說的鈽186那玩意兒。」哈勒姆說。

「噢，我想起來了。那東西之前是很安定啊。」

「是喔，像你的腦袋一樣安定嗎？如果你說那玩意兒沒有放射性，那你實在應該改行去當水電工。」

崔西皺起眉頭。「好吧，哈勒姆博士，東西給我，我們來測量一下。」過了一會兒，他忽然驚叫起來：「老天！這東西有放射性！放射性不強，但確實有。奇怪，先前我怎麼沒發現？」

「那麼，你說這玩意兒是鉨 186，這話靠得住嗎？我還能相信嗎？」

現在，這件事彷彿幽靈一樣纏住了他。這個謎團已經開始令他惱火，因為感覺那是衝著他來的，根本就是為了要羞辱他。不管是誰掉包了瓶子，或是掉包了瓶子裡的東西，那個人一定又掉包了一次，要不然就是變造出一種奇怪的金屬，目的就是為了要作弄他。然而，無論是哪一種情況，他都已經準備要不計一切解開謎團，必要的話，只要他辦得到，就算搞到天翻地覆也在所不惜。

他就是這種蠻幹到底的牛脾氣，而且那股狂熱是揮之不去的，於是，他直接去找簡卓維奇。簡卓維奇學術成就驚人，當時已經快退休了。要簡卓維奇出手幫忙是很困難的，不過他一旦出手，很快就會火力全開。

事實上，就在兩天後，他一陣風似的衝進哈勒姆的實驗室，無比興奮。「你用手摸過這東西嗎？」

「很少。」哈勒姆說。

「噢，別用手摸。如果你這裡還有的話，別用手摸。它會散發出正電子。」

「哦？」

「這是我這輩子見過能量最強的正電子……還有，你檢測出來的放射性數據太低了。」

「太低？」

「明顯太低。而且令我感到困惑的是，我測量了很多次，每次測出來的數據都比前一次稍微高一點。」

第六章（續）

布諾斯基在白袍的大口袋裡摸到一顆蘋果，於是就拿出來咬了一口。「好吧，你跟哈勒姆見了面，然後被踢出來。那接下來呢？你打算怎麼辦？」

「還沒決定。不過，不管做什麼，我都有辦法讓他灰頭土臉。你知道嗎，幾年前我剛到這裡的時候曾經見過他一面，當時我還覺得他是個大人物。說起來，他確實是個大人物，是科學史上最大的壞蛋。知道嗎，他改寫了換能空間的歷史，在這裡改寫——」說著拉蒙抬起手指敲敲太陽穴。「他真的相信自己幻想出來的神話，而且用一種病態的憤怒捍衛自己的幻想。他根本就是個侏儒，不過這個侏儒卻有辦法讓別人相信他是巨人。他就只有這種本事。」

拉蒙抬頭看看布諾斯基，看到他那張平靜的大臉上露出一種逗趣的表情，不由得笑起來。「呃，算了，我再怎麼罵也無濟於事，更何況你早就聽過我怎麼罵他。」

「聽過很多次了。」布諾斯基說。

「但我就是忍不住會火大，因為全世界——」

第二章

哈勒姆第一次拿起那個裝著變異鎢金屬的玻璃瓶的那一年，彼得拉蒙才兩歲。後來，二十五歲那年，拉蒙才剛發表了博士論文就進入「第一換能站」工作，同時在大學的物理系任教。

對一個年輕人來說，這是相當驚人的成就。第一換能站並不像後來的換能站那麼引人注目，但卻是所有換能站的始祖。儘管換能空間科技的發展才不過幾十年，換能站卻已經遍佈整個地球，形成一個龐大的體系。人類史上從來沒有一種重大科技能夠像電子換能空間一樣，發展如此迅速而全面，而這沒什麼好奇怪的，因為那代表無窮盡的免費能源，而且不會造成問題。那是全世界的聖誕老人和阿拉丁神燈。

拉蒙會從事這個工作，本來是想研究最艱深的抽象理論，可是後來他卻發現自己迷上了電子換能空間科技那不可思議的發展歷程。如果有人想寫出這種科技的完整歷史，那麼，他必須真的懂電子換能空間的理論原理，而且懂的程度必須達到目前人類對這些原理的最高理解程度。另一方面，他還必須有能力解釋這種科技的複雜性，讓一般大眾也能夠理解。然而，到目前為止還沒有這樣的人寫過這方面的完整歷史。儘管哈勒姆本人確實為大眾傳播媒體寫過一些文章，但那並不是有連貫性的、嚴謹的歷史。而拉蒙渴望寫出來的，就是這樣的歷史。

一開始，拉蒙先收集哈勒姆寫的文章，還有他正式出版的一些回憶錄性質的書，也就是所謂的官方文獻。這些文獻描述哈勒姆的研究歷程，最後都提到了他震驚世界的宣告，也就是通稱的「大領悟」。當然，在所有的文獻上，這個名詞毫無例外都是用大寫字母印的。

後來，這些文獻當然令拉蒙大失所望，於是他開始深入挖掘真相，越挖越深，最後，他心裡開始出現問號：哈勒姆那震驚世人的宣告真的是他自己的研究成果嗎？哈勒姆是在一場學術研討會上提出那個宣告，而那場研討會正是電子換能空間科技的起點。然而，拉蒙後來發現自己幾乎找不到那場研討會的詳細資料，也幾乎不可能取得研討會的錄音檔案。

長久以來，當年那場研討會遺留的資料是如此含糊不清，拉蒙不由得開始懷疑那並非純屬偶然。拉蒙把一些資料巧妙的拼湊在一起，發現當年有個叫約翰麥法蘭的人很可能說過一些話，而那些話很接近哈勒姆的關鍵宣告，而且比哈勒姆更早提出來。

於是他就去找麥法蘭。官方記載裡完全沒有提到麥法蘭。麥法蘭目前研究的是高層大氣，特別是太陽風。這並不是什麼頂級的工作，但還是相當重要，不過，這種研究和換能空間的效應沒什麼太大的關聯。麥法蘭顯然沒有因為自己默默無聞而飽受折磨，這一點和丹尼森截然不同。

他對拉蒙很客氣，而且什麼都願意談，不過，他唯一不肯談的就是研討會的事。他就只是說他想不起來了。

但拉蒙不肯罷休。他把收集到的證據拿給麥法蘭看。

麥法蘭掏出一根煙斗，把煙草塞進去，仔細檢查了一下，然後意味深長的說：「我是故意想不起來的，因為我不在乎，真的不在乎。就算我宣稱自己說過一些話，也不會有人相信，而且那樣只會把自己搞得像白癡一樣，一個白癡自大狂。」

「而且哈勒姆會想盡辦法讓你混不下去，對吧？」

「我說的不是這個，不過，如果真是這樣的話，對我可沒半點好處是吧？所以，就算我確實說過那些話，那又怎麼樣？」

「那是歷史的真相啊！」拉蒙說。

「噢，別瞎扯了！歷史的真相是，哈勒姆不屈不撓，永不放棄。他逼著所有的人進行調查，不管他們願不願意。要不是因為他，那些所謂的鎢金屬總有一天會爆炸，而且不知道會死多少人。這樣一來，說不定我們永遠不會再發現另一瓶那種鎢金屬，也永遠不會發明換能空間。基於這一點，哈勒姆得諾貝爾獎可以說是實至名歸，就算他不夠格。如果你覺得這樣沒道理，我也沒辦法，因為歷史本來就沒什麼道理。」

拉蒙無法接受這種說法，但也無可奈何，因為麥法蘭不肯再多說了。

歷史的真相！

有一個歷史真相是無庸置疑的，那就是，因為有放射性，「哈勒姆的鎢金屬」才會變得很重要（鎢金屬被冠上哈勒姆的名字，就是所謂的歷史慣例）。至於那還是不是鎢金屬，有沒有被變造過，或甚至那是不是一種不可能存在的同位素，這一切都已經不重要了，因為這個現象本身實在太驚人，其他的一切都沒人在乎了。這種東西的放射性不斷持續增強，而且無論用當時已知的任何一種放射性分析技術，經過多少程序，都無法解釋這種現象。

過了一會兒，簡卓維奇嘀咕著說：「我們最好把這東西弄碎，因為像這樣一整塊很可能會汽化或是爆炸，要不然就是同時汽化又爆炸，這樣一來，大半個城市會被污染。」

一開始他們把那塊金屬輾成粉末，分成好幾份，和普通的鎢金屬混在一起，可是後來，就連普通的鎢金屬也出現了放射性，於是他們就加進石墨混合，因為石墨對輻射的反應截面比較低。

自從那天哈勒姆發現瓶子裡的東西出現變化之後，不到兩個月，簡卓維奇就透過〈核能評論雜誌〉的編輯發布報導，宣告鈽186這種同位素的存在。那篇報導，哈勒姆也名列共同作者。至於崔西，他一開始的判斷得到證實，但他的名字報導裡完全沒提到，甚至後來也一直沒被提起。「哈勒姆的鎢金屬」開始被大家認定是科學上的偉大成就，而丹尼森也開始注意到情勢的轉變，意識到最後的結果是自己成為無名小卒。

鈽186這種東西的存在，本身就已經很糟糕了，而更糟糕的是，這種東西一開始很安定，可是很奇怪的，後來卻開始出現放射性，而且越來越強。

大家召開研討會討論這個問題，會議的主席是簡卓維奇。在電子換能空間科技的發展史上，曾經召開過好幾次重大會議，而值得注意的是，只有這一次是由簡卓維奇擔任主席，同時也是他最後一次擔任。後來的研討會，擔任主席的都是哈勒姆，不會有別人。這是很耐人尋味的。事實上，那場研討會結束後，過了五個月，簡卓維奇就死了。也就是說，學術威望足以蓋過哈勒姆的人已經不存在了。

那場研討會一開始很空洞，毫無成果，可是後來，哈勒姆宣告了他的「大領悟」，會議就變得意義非凡。然而，拉蒙深入調查之後，終於發現了那場研討會的真相。那場研討會真正的轉捩點，是在午餐休息的時候出現的。當時麥法蘭曾經說：「知道嗎，這時候我們需要發揮一點想像力。假如——」儘管他出席了這場研討會，可是官方記錄上並沒有提到他說過任何話。

那些話是麥法蘭對迪瑞克范克萊蒙說的，而范克萊蒙用他特有的速記方式記在自己的筆記本上。然而，等拉蒙追查到那本筆記本的時候，范克萊蒙已經死了很久了。拉蒙相信筆記本裡的內容是真的，但問題是，如果沒有其它人出面證實，大家不會相信。更何況，拉蒙沒辦法證明哈勒姆偷聽到那些話。拉蒙敢打賭哈勒姆一定聽到了那些話，但問題是，他再怎麼敢賭也證明不了什麼。

再說，就算拉蒙有辦法證明這件事，可能也只是會傷到哈勒姆那異乎尋常的自尊心，實際上根本無法撼動他的地位。一定有人會質疑說，麥法蘭說那些話，只不過是突發奇想。真正把那些想法發揚光大的人，是哈勒姆。願意冒著淪為笑柄的風險挺身而出，正式公開宣告那些想法的人，是哈勒姆。至於麥法蘭，他一定做夢都不敢想讓自己的「一點奇想」在研討會上留下正式紀錄。

或許拉蒙可以反駁說，麥法蘭是聲名卓著的核子物理學家，當然不敢拿自己的聲譽開玩笑，而哈勒姆只不過一個初出茅廬的放射化學家，在核子物理學方面是門外漢，所以愛說什麼就說什麼，不需要承擔任何後果。

總之，根據官方記載，哈勒姆是這樣說的：

「各位，到目前為止我們毫無進展，所以我有一個想法想跟大家分享一下，不過，並不是因為我覺得自己的想法多有道理，而是因為這個想法比我聽過任何一種說法都要合理一點……根據宇宙的物理定律，眼前的鈽 186 這種物質根本不可能存在，更不可能保持安定狀態，就算保持短短一瞬間的安定都不可能。但事實擺在眼前，這種物質確實存在，而且呈現安定狀態，那麼，這種物質一定存在於某個地方，或是某個時空，或是宇宙物理定律完全不同的某個環境裡。說得直接一點，我們目前正在研究的這種物質，根本就不是我們這個宇宙的產物，而是來自同時存在的另一個時空，也就是，平行時空的另一個宇宙。當然，愛怎麼稱呼都可以。

「當然，我不敢號稱自己知道這東西是怎麼跑到這裡來的，不過，既然它出現在這裡，而且還能保持安定狀態，那麼，我認為那是因為它具有平行時空另一個宇宙物理定律下的特性。還有，後來它慢慢出現放射性，而且放射性越來越強，這代表它已經漸漸受到我們這個宇宙物理定律的影響。我想，各位應該懂我的意思。

「另外我要大家注意的是，在鈽186出現的同時，有一塊鎢金屬卻消失了。那塊鎢金屬是由幾種安定的同位素組成的，包括鎢186。它可能是跑到平行時空的另一個宇宙去了。畢竟，平行時空的兩個宇宙之間，物質互換要比單方面的轉變容易。這種推斷是合理的。在平行時空的另一個宇宙裡，鎢186可能會顯得異常，就像鈽186在我們這裡一樣。鎢186可能一開始是呈現安定狀態，然後漸漸出現放射性，越來越強。它可能會成為一種能源，就像鈽186在我們這裡一樣。」

在場的人聽他說了這些話，想必都相當驚訝，因為根據官方記載，沒有人打斷他說話，最起碼在他說到這裡之前都沒人吭聲。哈勒姆說到這裡停下來，似乎是為了要喘口氣，不過也可能是擔心自己會不會太冒失。

接著現場有個人發問了。官方文獻裡並沒有明確記載發問的人是誰，不過應該是安東尼傑洛米拉賓。他問哈勒姆教授是不是認為平行宇宙裡有智慧生物透過這種物質互換的方式來取得能源。「平行宇宙」這個字眼顯然是「平行時空的另一個宇宙」的簡稱。從此以後大家都開始用這個字眼。根據官方記錄，第一次使用這個字眼的人就是提出問題的拉賓。

現場陷入一陣短暫的沈默，而哈勒姆似乎膽子越來越大了。接下來他說的話，就是整個「大領悟」的核心。他說：「沒錯，我確實是這麼認為。而且我認為，除非我們宇宙和平行宇宙一起合作，否則我們是無法利用這種能源的。換能空間，一半在我們這邊，一半在他們那邊。利用兩個宇宙不同的物理定律，我們把能源傳送給他們，他們把能源傳送給我們。」

這時哈勒姆也採用了「平行宇宙」這個字眼，而且據為己有。另外，在表達兩個宇宙互換能源這個概念的時候，他是第一個使用「換能空間」這個字眼的人。當然，往後這個字眼出現在印刷品上的時候，毫無例外都是用大寫字母。

官方記載傾向於創造出一種印象，讓一般人認為哈勒姆的構想當時立刻就引發強烈的迴響，然而，事實並非如此。當時，願意談論這件事的人都語多保留，僅止於表示哈勒姆的說法是一種有趣的揣測，特別是簡卓維奇，他甚至不予置評。對哈勒姆的學術生涯來說，這是生死存亡的關鍵時刻。

哈勒姆幾乎不可能光靠自己的力量就能將自己的構想發展出一套理論，並發展出實際應用的方法。他勢必要組織一個團隊。後來團隊是組成了，但團隊的成員卻沒半個人願意公開承認自己和這個構想的發展有牽連，只不過，等後來他們巴不得要承認的時候，已經太遲了。眼看計劃快成功的時候，一般大眾早就認定這是哈勒姆的功勞，而且是他一個人的功勞。是誰第一個發現那種物質？是誰構想出「大領悟」，而且將「大領悟」發揚光大？在全世界的人看來，這一切都是哈勒姆的成就。他一個人的。所以，他理所當然就成了電子換能空間之父。

他的成功吸引了大家爭相效法，很多人在各地的實驗室裡擺了鎢金屬，不過只有十分之一成功轉變成鈽 186。也有人擺出其他元素來吸引平行宇宙，可惜對方沒有反應……然而，無論是哪個實驗室出現鈽 186，無論是誰把鈽 186 送到研究這個問題的中央研究機構，對一般大眾來說，這些都只不過是附加的「哈勒姆鎢金屬」。

另外，該如何從某些角度向社會大眾說明換能理論？這方面也是哈勒姆做得最成功。後來他曾經提到，他沒想到自己會成為通俗作家，而且，他喜歡這種推廣宣傳的工作。一個人的成功是會產生連帶效應的，所以，只要是關於整個計畫的資訊，大家都只肯接受哈勒姆的說法，不理會其他人。

他曾經在〈北美週日通訊時代週刊〉發表過一篇文章，長期以來一直都很受歡迎。他在那篇文章裡說：「我們宇宙的物理定律究竟在多少方面和平行宇宙有差異？這我們並不清楚，不過我們可以相當有把握的推測，平行宇宙的原子核強核力的力量比我們宇宙的更強大，說不定強一百倍，而那已經是我們宇宙裡最強大的力量了。強大的原子核強核力，意味著質子更能抗拒自身的靜電引力，更容易聚合在一起，而原子核只需要更少量的中子就能夠保持安定。

「鈽 186 在平行宇宙裡顯現出安定狀態，而進入我們的宇宙之後，也許是因為質子太多，或是因為中子太少，原子核強核力不足，所以就無法保持安定狀態。於是，鈽 186 進入我們的宇宙之後，就開始散發出正電子，釋放出能量，而每散發出一個正電子，原子核裡就會有一個質子變成中子。最後，每個原子核裡都會有二十個質子轉變成中子，於是鈽 186 就變成了鎢 186，而在我們宇宙的物理定律下，鎢 186 會保持安定狀態。在這個過程中，每個原子核會失去二十個正電子，而這些正電子碰上電子就會融合在一起，導致電子消失，釋放出更多能量。於是，我們的宇宙就少了二十個電子。

「同樣的，基於相反的原因，進入平行宇宙的鎢 186 也會變得不安定。在平行宇宙的物理定律下，鎢 186 中子太多，質子太少，於是開始散發出電子，穩定釋放能量，而每散發出一個電子，就會有一個中子變成質子，於是最後又變回鈽 186。只要有一個鎢 186 的原子核進入平行宇宙，那裡就會多出二十個電子。

「我們的宇宙每傳送一個原子核到平行宇宙，那裡就會多出二十個電子，這種淨效應會不斷循環，於是，在我們的宇宙和平行宇宙之間，鎢186和鈽186可以永無止盡的來回轉變，先後在兩個宇宙裡釋放出能量。這是一種『宇宙間的電子換能空間』，我們雙方都可以藉此取得能源。」

這個構想很快就落實了，發展速度驚人。人類很快就建造出電子換能空間，有效獲取能源，而發展過程中每個階段的成功都為哈勒姆贏得更高的聲望。

第三章

拉蒙第一次提出申請，希望有機會訪問哈勒姆，主要是因為他打算寫一本換能空間史。當時他還懷著一種英雄崇拜的心理，根本不可能會懷疑哈勒姆憑什麼享有這麼高的聲望。當然，後來每當他想起這件事，總是會感到很可恥。他拚命想忘了這件事，也確實忘得差不多了。

哈勒姆看起來是很願意配合的人。三十年來，他在一般大眾心目中的地位實在太崇高，高到讓人忍不住會好奇他怎麼沒有出現高山症的症狀流鼻血。他身體已經顯得相當蒼老，幾乎可以說是老態龍鍾。他動作有點遲緩，整個人顯得相當笨重。如果他的五官能再鮮明一點，應該可以給人一種睿智安詳的感覺。他還是很容易就會激動得漲紅了臉，而且還是老樣子，自尊心很容易受到傷害。

在拉蒙還沒進門之前，哈勒姆已經先聽人簡單介紹過拉蒙的資歷。拉蒙一進門，他立刻就說：「你就是彼得拉蒙博士對吧？聽說你在平行理論方面的研究做得很不錯。我還記得你那篇論文，是關於平行核融合的，對吧？」

「是的，哈勒姆博士。」

「很好，那就說來聽聽看吧，幫我喚醒一下記憶。當然啦，用不著說得太嚴謹，就當作說明給外行人聽就好了。畢竟……」說到這裡他咯咯笑起來。「從某種角度來看，我確實是個外行。你也知道，我只不過是個放射化學家，也不是什麼理論大師，不過，當然啦，偶爾我也曾經提出過一些概念，如果那算是什麼理論的話。」

當時拉蒙相信他說的是真心話，而且他說那些話確實也沒有顯露出高高在上的意味，儘管日後拉蒙堅持說他記得當時哈勒姆說那些話擺明了就是瞧不起人。不管怎麼樣，拉蒙後來才意識到，或是堅持認為，這是哈勒姆的典型手法，用這種話誘使別人說出研究成果的精華，而從此他就可以針對某個議題高談闊論而不需要特別去指明這是誰的成果。

可惜當時拉蒙還太嫩，被這種話哄得有點飄飄然，立刻就開始滔滔不絕。一個人有什麼偉大發現的時候總是會迫不及待想說出來。「我不敢說我有什麼了不起的發現，哈勒姆博士。推斷平行宇宙的物理定律，也就是平行定律，是一種很棘手的工作，幾乎沒有規範可循。我們知道的很有限，但也只能從這裡著手，同時假設除了我們已經確認的差異之外，沒有更多的差異。既然平行宇宙的原子核強核力比較強，那顯然代表小原子核更容易融合。」

「這就是平行融合。」哈勒姆說。

「是的，哈勒姆博士。竅門就是要找出各種可能的細節。這工作牽涉到的數學相當奧妙精微，不過，只要有一部分換算出來，困難就會逐漸克服。舉例來說，平行宇宙裡，只要在比我們這裡低四個數量級的溫度下，氫化鋰就會出現劇烈的核融合。在我們這裡，必須達到原子彈爆炸那種熱度，氫化鋰才會爆炸，而在平行宇宙裡，只要一點點火藥就夠了。在平行宇宙裡，說不定只要劃根火柴，氫化鋰就會爆炸，不過應該不可能啦。我們嘗試把氫化鋰放在換能空間裡，因為他們可能比較習慣用核融合能源，不過他們不肯碰。」

「沒錯。這我知道。」

「對他們來說，顯然這風險太高，就像用好幾噸的硝化甘油當火箭燃料，結果只會更糟。」

「很好。聽說你正在寫一本換能空間史。」

「不是什麼正式的歷史啦，哈勒姆博士。如果可以的話，等稿子寫好，我會送過來請你過目。你在這方面的淵博知識可能會對我很有幫助。事實上，如果你有空的話，現在我就想向你請教一些這方面的知識。」

「我可以騰出一點時間。你想知道什麼？」哈勒姆面帶微笑。然而，這是拉蒙最後一次看到他臉上有笑容。

「哈勒姆教授，人類很快就發展出能夠有效運作的換能空間，速度非常驚人。」拉蒙說。「換能空間計畫才剛展開——」

「是宇宙間的電子換能空間計劃。」哈勒姆糾正他的時候依然面帶微笑。

「噢，不好意思，我用的是比較通俗的說法。」拉蒙清清喉嚨。「我想說的是，計劃才剛展開，我們就以驚人的速度發展出完整詳盡的工程技術，完全沒有浪費人力。」

「沒錯。」哈勒姆口氣露出一絲得意。「大家都說這一切都是我的功勞，因為我的領導方式果斷又充滿想像力。當然啦，這都是別人告訴我的，不過，如果你想在書裡強調這一點，我倒也不會太反對。實際上，這個計劃匯聚了太多人的聰明才智，我不希望因為過度誇大我的角色，導致別人的傑出貢獻被埋沒。」

拉蒙搖搖頭，心裡有點不高興。他發覺哈勒姆說這些話有點離題。「我說的不是這個。我想到的是另一邊的人。套用通俗的說法，也就是所謂的平行人。這個計畫是他們動手進行的。就在鈽 186 出現放射性，漸漸變回鎢 186 之後，我們發現了他們的存在。不過，其實是他們先發現了我們，所以才能夠把鈽 186 傳送過來，而且發展出純正的理論，不像我們還要靠他們的暗示才發展得出來。另外，關於他們傳送給我們的那些上面有符號的鐵箔——」

這時哈勒姆臉上的笑容消失了，之後也不再有任何笑容。他板起臉孔拉大嗓門說：「我們從來就沒有看懂過那些符號。他們根本沒有——」

「哈勒姆博士，有人看得懂那些幾何符號。我仔細看過那些鐵箔，明顯看得出來他們是在教我們換能空間的幾何學。在我看來，似乎——」

哈勒姆猛然把椅子往後推開，椅腳在地上刮出刺耳的嘎吱聲。他說：「小子，別再跟我鬼扯。計劃是我們完成的，不是他們。」

「沒錯——可是他們確實——」

「他們確實怎樣？」

此刻拉蒙終於意識到自己惹火了哈勒姆，但他搞不懂哈勒姆為什麼會發脾氣。於是他有點猶豫的說：「他們確實比我們更聰明不是嗎？整個計畫其實是他們做出來的不是嗎？這有什麼問題嗎，哈勒姆博士？」

哈勒姆脹紅了臉，猛然站起來。「當然有問題。」他大吼：「我不會容忍任何人在這裡鬼扯。太多人在鬼扯。小子，你給我聽清楚。」說著他猛然往前逼近坐在椅子上的拉蒙，舉起一支粗大的手指搖了搖。拉蒙完全愣住了。「如果你打算用這種角度寫歷史，把我們人類說成是平行人的傀儡，那麼，我們機構絕對不會出版這本書，甚至，我有辦法讓你這本書根本出版不了。我不會容忍任何人貶低人類和人類的聰明才智。我不會容忍任何人把平行人當成神。」

拉蒙只好離開那裡，滿腦子困惑，一肚子苦惱。他滿懷好意來請教哈勒姆，沒想到竟然惹得哈勒姆大發脾氣。

沒多久，他赫然發現歷史材料忽然再也收集不到了。有些人明明一個星期前還滔滔不絕說個沒完，後來卻改口說他們什麼都想不起來，也沒空再接受訪談了。

拉蒙一開始只是有點不高興，後來越想越生氣，怒火越燒越旺。他開始用一種全新的角度去審視手頭上已經有的材料。從前不管別人說什麼，他都相信，現在他開始追根究柢，無論如何都要找出真相。部門聚會的時候，他會碰見哈勒姆，但哈勒姆總是板著臉，假裝沒看到他，而拉蒙也開始用不屑的眼神看著他。

最後的結果是，拉蒙發現自己正慢慢在放棄本行的平行理論研究，開始更堅定的轉向他的副業，準備當一個科學史家。

第六章（續）

「那個該死的白癡。」拉蒙邊回想邊低聲咒罵。「真可惜當時你沒在現場，麥克，不然你就可以親眼看到他那副驚慌失措的樣子。我一提到說整個計畫可能是平行宇宙的人推動的，他立刻就慌了。回想當時的狀況，我還真有點納悶，自己當初怎麼會冒冒失失去找他，沒有先摸清楚他是什麼樣的人。還好你從來不必跟他一起工作，真該謝天謝地。」

「我是很感謝老天啊。」布諾斯基漫不經心的說。「只不過，你這傢伙有時候也是很難纏的。」

「別抱怨了，你做的這種工作是不會碰到什麼麻煩的。」

「只不過同時也是很乏味。除了我自己和另外五個人，誰會在乎我這種工作。不過，也許應該說另外六個人吧。你應該記得。」

拉蒙想起來了。「噢，對了。」

第四章

任何人，只要對布諾斯基有進一步的認識，就算認識還不夠深入，都不會被他那種平靜的表情欺騙。他很聰明，碰到問題會無法釋懷，除非想到解決的辦法，或是確定問題根本不可能解決，否則他是無法放下心上的大石頭。

就拿他研究的伊特拉斯坎人的刻印文字來說吧，這是他在學術上賴以成名的語言。在西元一世紀之前，這種語言一直都有人使用，可是歷經羅馬帝國的文化殖民之後，伊特拉斯坎文化被摧殘殆盡，這種語言幾乎徹底絕跡。羅馬人對伊特拉斯坎文化充滿敵意，漠不關心，只有某些刻印文字逃過羅馬人的摧殘倖存下來。這些刻文是用希臘字母拼成的，研究者知道該怎麼發音，可是卻完全不懂什麼意思。伊特拉斯坎語似乎和周邊地區的語言毫無關聯，似乎非常古老，甚至似乎不是印歐語系。

布諾斯基只好轉個方向，尋找另一種語言當線索。那種語言必須和伊特拉斯坎語一樣，似乎也和周邊地區的語言毫無關聯，似乎也非常古老，似乎也不是印歐語系，不過，那種語言必須至今還非常活躍，在某個地區還有人使用，而那個地區必須離伊特拉斯坎人當年居住的地區不遠。

布諾斯基想到：巴斯克語可以嗎？於是他就用巴斯克語來當線索。在他之前有其他人用過這個方法，可是最後都放棄了。但布諾斯基沒有放棄。

然而，那是很艱辛的工作，因為巴斯克語能提供的幫助很有限，而這種語言本身又是極度難懂。不過，在研究的過程中，布諾斯基找到的線索越來越多，開始覺得早期義大利北部和早期西班牙北部的居民之間可能有某種文化上的關聯。他甚至找到強而有力的證據，證明伊特拉斯坎語和巴斯克語都是某種古老語言的殘留。那是西歐一片又寬又長的地帶在凱爾特人進入之前的時期所使用的語言。然而，兩千年來巴斯克語歷經演化，混雜了不少西班牙語。首先，他必須推斷出巴斯克語在羅馬時期的語法結構，然後再藉此推斷出伊特拉斯坎語的語法結構。這是無比艱鉅的浩大工程，而布諾斯基終於成功了。他的聰明才智創造出輝煌的成就，震驚了全世界的語言學家。

翻譯出來的伊特拉斯坎語，內容出奇的無聊，而且沒什麼太大意義，因為絕大多數都是千篇一律的葬禮刻文。然而，能把這種語言翻譯出來，本身就是很驚人的成就，而且後來事實證明，布諾斯基的翻譯對拉蒙具有無比重大的意義。

當然，並非一開始就是這樣。真相是，布諾斯基翻譯出這些文字之後，過了五年，拉蒙才大概聽說歷史上曾經有過伊特拉斯坎人這樣的族裔。後來，有一次布諾斯基到一所大學去參加學術聯誼，開設講座，而那正是拉蒙任教的大學。校方規定老師必須參加講座，而拉蒙通常都會逃避，不過，那次他沒有逃避。

但那並不是因為他發覺那場講座很重要，也不是因為他對講題有什麼興趣，而是因為當時他正在和一個羅曼語族學系的研究生約會。那個女生說，要嘛就去聽一場音樂會，要嘛就去聽講座，看他挑哪一樣。音樂會是拉蒙避之唯恐不及的，所以他就和那女生去聽了講座。其實拉蒙和那個女生的關係若即若離，並沒有持續很久，而且從他的角度來看，這段戀情也並不是那麼美好，但無論如何，兩人的關係畢竟引領他來到這場講座。

結果，那場講座他聽得津津有味。這是他第一次對伊特拉斯坎文化有了一些模糊的概念，產生了一點興趣，但真正令他著迷的，是破解一種語言的過程中所遭遇的種種難題。年輕的時候，他很喜歡破解密碼，可是後來，為了破解大自然更宏偉的神祕奧妙，他捨棄了破解密碼和其他年輕時候的玩意兒。現在，他研究的是平行理論。

然而，布諾斯基的講座讓他回想起年輕時候的樂趣。當年他喜歡慢慢搞清楚一些看似隨機的符號，然後辛辛苦苦的組合在一起，這樣會更有成就感。布諾斯基是最高等級的密碼大師。拉蒙喜歡的，是布諾斯基推斷未知事物的過程中那種逐步破解的手法。

布諾斯基出現在學校裡，拉蒙年輕時對密碼的狂熱，還有拉蒙為了追漂亮女生被迫去聽講座，這三件事湊巧撞在一起引發了後來的一切。然而，要不是因為隔天拉蒙去見了哈勒姆，這三件事湊在一起也不見得會有什麼結果。那天見了哈勒姆之後，拉蒙很快就發現自己惹上了永無止盡的麻煩。

訪談結束後不到一個小時，拉蒙就決定去找布諾斯基。平行人比人類聰明嗎？在拉蒙看來，答案再明顯不過，但這卻嚴重冒犯到哈勒姆。哈勒姆為這個議題譴責拉蒙，拉蒙覺得自己勢必要反擊，而且必須針對這個議題反擊。平行人本來就比人類聰明。原先拉蒙有這種看法，只是因為這可以明顯看得出來，不是因為這是無可辯駁的事實。而現在，他勢必要讓這變成無可辯駁的事實。他勢必要證明這個事實，然後逼著哈勒姆吞下去。而且，這個事實最好像長了刺一樣，讓哈勒姆吞得痛不欲生。

不久前拉蒙還很崇拜哈勒姆，而現在，那種崇拜心理已經蕩然無存。現在，他開始津津有味的想像哈勒姆被迫吞下事實痛不欲生的情景。

布諾斯基還在學校裡。拉蒙到處找他，無論如何都要見到他。

後來他終於找到了布諾斯基，擋住他的去路。布諾斯基沒什麼反應，態度很客氣。

布諾斯基很客氣，但拉蒙卻很粗魯。他很不耐煩的自我介紹了一下，然後說：「布諾斯基博士，真高興你還沒走，還好來得及見到你。但願我有辦法說服你留下來多待一段時間。」

布諾斯基說：「應該不難。你們學校想聘請我來任教。」

「你會接受聘任嗎？」

「我正在考慮。應該會。」

「你一定要接受。我有很重要事要告訴你，等你聽完，我相信你一定會接受。布諾斯基博士，伊特拉斯坎的刻印文字已經被你破解了，你應該沒事做了吧？」

「年輕人，我不是只有這件事要做。」他只不過比拉蒙大五歲，卻一副老氣橫秋的口吻。「我是個考古學家，除了刻印文字，伊特拉斯坎文化還有別的更重要的東西。除了伊特拉斯坎文化，前古典時期的古義大利文化也還有別的更重要的東西。」

「不過我相信一定沒有別的東西可以比伊特拉斯坎文化更有挑戰性，更能夠讓你感到振奮。」

「那是一定的。」

「那麼，如果有某種東西比那些刻印文字重要好幾萬倍，更有挑戰性，更能夠讓你感到振奮，我相信你一定會感興趣。」

「你想的是什麼呢，拉——拉蒙博士？」

「我們這裡有一些刻印的符號，不過那並不是某種滅絕的文化的東西，也不是地球上的東西，甚至不是我們這個宇宙的東西。這東西叫做平行符號。」

「我聽說過，而且還看過。」

「哦，那麼，布諾斯基博士，你會想解決這個問題嗎？你會想搞清楚那些符號是什麼意思嗎？」

「一點都不想，拉蒙博士，因為那根本不是問題。」

拉蒙用狐疑的眼神盯著他。「你的意思是，你看得懂？」

布諾斯基搖搖頭。「你誤會了。我的意思是，我根本不可能看得懂，也不可能有人看得懂，因為根本沒有基本素材可以用來參考。就拿我們地球上的語言來說，研究一種滅絕的語言，我們總是有機會找到另一種語言當參考，那可能是某種還在使用的語言，或是某種失傳的、可是有人懂的語言。我們可以藉此找出兩種語言之間的關聯，無論那關聯有多薄弱。萬一找不到，最起碼我們還可以仰賴一個事實，那就是，地球上的語言都是人類說寫出來的，用人類的思考方式構成的。不管這個事實到底有沒有幫助，最起碼我們可以從這一點著手。至於平行符號，我們找不到另一種語言可以用來參考，而那也不是人類的產物。所以，平行符號的問題，顯然沒有答案，而根本沒有答案的問題，我們就不要把那當成問題。」

先前拉蒙一直忍著沒插嘴，現在按捺不住了。「你錯了，布諾斯基博士。希望你不要誤會我想班門弄斧，教你怎麼研究語言，只不過，在我研究的這門學科裡，我們發現了一些東西是你不知道的。我們研究的是平行人，可是跟平行人有關的一切，我們幾乎是一無所知。我們不知道他們是什麼樣的生物，不知道他們的思考方式，不知道他們活在什麼樣的環境裡。就連那些最粗淺根本的東西，我們也幾乎是一無所知。這方面，你是對的。」

「不過，你們只是『幾乎』一無所知，對吧？」聽拉蒙這樣說話，布諾斯基似乎不覺得意外。他從口袋裡掏出一袋無花果乾，拆開袋子開始吃起來，還拿了幾片要給拉蒙吃，但拉蒙搖搖頭。

拉蒙說：「沒錯。我們知道一件很關鍵很重要的事，那就是，平行人比我們聰明。第一點，他們能夠突破宇宙間的障礙交換物質，而我們只能扮演被動的角色。」

說到這裡他忽然停下來換個話題。他問：「你對宇宙間的電子換能空間知道多少？」

「知道一點。」布諾斯基說：「拉蒙博士，只要你不要扯到太技術面的東西，我應該還聽得懂。」

於是拉蒙迫不及待接著說：「第二點，他們傳送了一些說明過來，教我們怎麼建造我們這邊的換能空間。我們看不懂那些說明，不過我們大概看得懂一些圖表，而這已經夠我們掌握一些必要的竅門了。第三點，不知道透過什麼方式，他們感應得到我們，舉例來說，最起碼他們知道我們有鎢金屬要給他們。他們知道鎢金屬放在哪裡，而且拿得到。至於我們，根本做不到那種程度。我還可以舉出更多例證，不過光是這三點就足以顯示平行人顯然比我們聰明。」

布諾斯基說：「不過，我猜，你這種觀點應該是少數派。你的同事一定不會接受這種說法。」

「沒錯，他們是不接受。不過，這一點你是怎麼判斷出來的？」

「因為在我看來，你顯然是錯的。」

「我舉出的事例都是真實存在的，那麼，既然事實俱在，我怎麼可能會錯？」

「你只是證明了平行人的科技比我們先進，那和聰明才智有什麼關係？你聽我說。」布諾斯基忽然站起來脫掉外套，然後又坐下來往後靠在椅背上，渾圓肥軟的身體徹底放鬆，擠出一圈圈的肥肉，姿態非常舒服，彷彿放鬆肢體有助於他思考。「大約兩百五十年前，美國海軍艦隊司令馬修培里率領一支小船隊進入東京灣，當時日本人還很封閉，他們發現這些外來人的工業技術水準遠超過他們，於是就決定不冒險反抗，因為那很不明智。面對遠渡重洋而來的幾艘船，這個擁有幾百萬驍勇善戰人民的國家竟然無力抗拒。那麼，難道這樣就可以證明美國人比日本人聰明嗎？還是說，那只是代表西方文化的發展方向不同？答案顯然是後者，因為不到五十年，日本人就很成功的模仿了西方的工業技術，然後再過不到五十年，日本就成了主要的工業大國，儘管他們在當時的一場戰爭中慘敗。」

拉蒙神情凝重的聽完這些話，然後說：「可惜從前沒什麼時間讀歷史，我對日本沒什麼了解，不過，布諾斯基博士，你提到的角度我也想過，但你這樣的類比是不對的。平行人和我們之間的差異，不只是在科技水準上，更是在聰明程度上。」

「你憑什麼這樣說？除了猜測，你有什麼根據？」

「因為他們傳送說明給我們。就憑這一點。他們迫切希望我們能夠自己建造這邊的換能空間。他們必須想辦法讓我們做出來。他們沒辦法親身過來我們這邊，就連他們傳送過來的刻著符號的鐵箔也慢慢出現放射性，無法長期保持完整，而那已經是能夠同時在兩個宇宙裡保持最接近安定狀態的物質了。當然，在那些鐵箔分解之前，我們及時用我們這邊的物質抄錄了上面的符號。」說到這裡，他停下來喘口氣。他意識到自己太激動，太迫切，於是暗暗提醒自己千萬不要操之過急。

布諾斯基用好奇的眼神看著他。「沒錯，他們是傳送了說明給我們，那麼，你究竟想推論出什麼？」

「我的推論是，他們預料到我們看得懂。如果明知道我們看不懂，他們會傳送那麼複雜的訊息給我們嗎？甚至有些部份還非常長。他們有那麼傻嗎？如果他們確實認為我們看得懂，那只可能是因為他們感覺到我們這種生物的科技水準和他們差不多，所以我們的聰明才智應該也和他們差不多，要看懂那些符號應該不會有什麼困難。另外，他們怎麼會知道我們的科技水準和他們差不多？這一定是因為他們有某種方法可以評量，而這又印證了我的觀點，他們確實比我們聰明。」

「說不定那只是因為他們太天真。」布諾斯基依然不為所動。

「你的意思是，他們認為語言只有一種說和寫的語言，而且認為另一個宇宙的另一種智慧生物也是用同樣的語言，是這樣嗎？別開玩笑了！」

布諾斯基說：「就算我同意你的看法，你又想要我怎麼樣？我看過那些平行符號，而且我猜地球上所有的考古學家和語言學家都看過。我實在看不出我還能做什麼，而且我敢確定誰都沒辦法。二十多年來，這件事毫無進展。」

拉蒙很激動說：「實際上是，這二十多年來，有人根本不想讓事情有進展。換能空間總署根本不想破解那些符號。」

「他們為什麼不想？」

「因為一旦和平行人取得聯繫，會顯示出他們確實比我們聰明，同時也會顯示出在換能空間方面，人類只是像傀儡一樣配合，而這會傷害到人類的自尊。特別是……」說到這裡，拉蒙極力壓抑自己口氣中的恨意。「因為這樣一來，哈勒姆就不再有資格享有『電子換能空間之父』的頭銜。」

「就算他們願意讓事情有進展，他們又能怎麼做？想是一回事，做是一回事，這你應該明白。」

「他們可以想辦法讓平行人一起合作。他們可以傳送訊息到平行宇宙。他們大可這樣做，可是卻從來不做。他們可以把訊息刻在鐵箔上，壓在鎢金屬下面。」

「哦？換能空間不是已經在運作了嗎？平行人還在找新的鎢同位素樣本嗎？」

「不是，不過他們會注意到那些鎢金屬，會認為我們是想藉此引起他們的注意。我們甚至可以把訊息直接刻在鎢箔上。如果他們拿到訊息，看懂了我們的意思，就算只看懂一點點，他們就會加入他們的研究成果，然後把訊息回傳給我們。說不定他們會把他們的語言和我們的語言做出一種對照表，也說不定他們會混合兩種語言，創造出一種新語言。我們雙方可以這樣輪流推展，先是他們那邊，然後是我們這邊，接著再換他們那邊，不斷交替。」

布諾斯基說：「而主要是他們那邊在推展。」

「沒錯。」

布諾斯基搖搖頭。「這樣還有什麼意思。我沒興趣。」

拉蒙氣沖沖的瞪著他：「為什麼沒興趣？你是覺得別人不會把這當成是多大的功勞嗎？還是你覺得這出不了什麼名？怎麼，名氣還要分等級嗎？去你的，你破解了伊特拉斯坎語，是變得多有名啊？全世界你也只不過打敗了五個人，或是六個人，而全世界也就只有那五、六個人認為你很有名，認為你很有成就，而且還因此痛恨你。除此之外你得到了什麼？噢，對了，有人會請你去演講，只可惜，聽眾只有幾十個，而且聽完演講隔天就把你的名字忘得一乾二淨。你追求的就是這個嗎？」

「別太激動。」

「對啊，幹嘛激動。我去找別人不就好了。也許會花更多時間，不過就像你說的，反正這件事主要是要靠平行人來推動。必要的話，我自己來也可以。」

「有人指派你做這件事嗎？」

「沒有。沒人指派我。怎麼，你不想牽扯進來，這是另一個原因嗎？你是怕違反規定遭到懲罰嗎？你大可放心，意圖翻譯絕對沒有違法，我隨時都可以把鎢箔放在桌上。不過，如果平行人拿到我的鎢箔，回傳訊息，那麼，進展到這種程度，就會違反研究法規了，我絕不會對外宣揚，而一旦翻譯完成，也就不會有人找麻煩。如果我能夠確保你的安全，而且絕對不讓外界知道你有參與，那麼，你願意幫忙嗎？當然啦，這樣你就出不了名，不過，你應該會比較在乎安全問題吧？呃……」說到這裡，拉蒙聳聳肩。「要是我自己來，那我就用不著操心別人的安全了，這樣更好。」

說完他站起來準備要走了。兩個人都不太高興，不過都還能勉強保持客氣。當兩人互相對立，但還能維持基本禮貌的時候，就是這樣的態度。拉蒙說：「我想，你最起碼應該可以替我保密，不要把我剛剛說的話洩漏出去，對吧？」

布諾斯基也站起來。「這你大可放心。」他口氣冷淡的說，然後兩個人握握手。

拉蒙根本沒想過布諾斯基會再跟他聯絡。後來他開始努力說服自己相信自己動手翻譯會比較好。

沒想到過了兩天，布諾斯基忽然來到拉蒙的實驗室，開門見山就說：「我馬上就要離開這個城市，不過九月會回來。我已經接受了這裡的教職，另外，如果你還有興趣的話，我會想辦法看看能不能把你提到的那些東西翻譯出來。」

話才一說完，布諾斯基轉身就走，沒看到拉蒙露出驚訝感激的表情。他顯然是懊惱自己當初為什麼要拒絕，但更懊惱自己這麼快就投降。

後來兩人成為好朋友，而也是後來拉蒙才知道布諾斯基為什麼會回心轉意。那天和拉蒙談過之後，布諾斯基到教師俱樂部和大學的管理階層吃飯。當然，校長也在場。當時布諾斯基表示他會接受教職，而且很快就會正式回函確認。在場的人都對他表示感謝。

校長說：「你翻譯出伊塔斯卡刻印文字，天下聞名。你這麼有名的大學者願意到本校任教，真是本校的榮耀，也是我們的榮幸。」

校長竟然把『伊特拉斯坎』說成『伊塔斯卡』，但大家當然不好意思當場糾正他。布諾斯基依然面帶微笑，只是笑得有點僵。後來，古代史系主任向他解釋說，校長本身不是古典文化學者，偏偏又是一個典型的明尼蘇達州人，而明尼蘇達州的伊塔斯卡湖正好是密西西比河的源頭，這樣的口誤是很正常的。

但問題是，先前布諾斯基才被拉蒙嘲笑說他沒什麼名氣，校長的口誤簡直就像是在他傷口上撒鹽。

後來拉蒙終於聽布諾斯基說了這件事，覺得很好笑。「這我懂。」拉蒙說。「我的遭遇跟你差不多。我猜，後來你一定是告訴自己『我對天發誓，一定要有所作為，而且成就必須大到連那個豬頭也不會搞錯。』，對吧？」

「差不多。」布諾斯基說。

第五章

然而，忙了一整年，他們還是沒什麼成果。他們終於把訊息傳送過去，而平行人也回傳了訊息，但接下來就停擺了。

「你就猜猜看嘛。」拉蒙很激動的對布諾斯基說：「儘管放膽去猜，從各種角度試試看。」

「我一直都在猜啊，彼得。你這麼激動幹嘛？為了破解伊特拉斯坎刻印文字，我花了整整十二年。你以為翻譯這些符號會比較不花時間嗎？」

「老天，麥克，我們沒有十二年的時間可以玩。」

「為什麼不行？你聽著，彼得，我注意到你最近態度不一樣了。過去這一個月來，我簡直快受不了你了。打從一開始我們都很明白，這事急不得，我們一定要有耐性，不是嗎？我想你應該明白，我在學校裡還有很多例行公事要做。好了，我已經問過你很多次，現在再問你一次，你為什麼突然這麼急？」

「因為我就是急。」拉蒙說。「因為我希望有進展。」

「真巧，我也一樣。」布諾斯基說。「噢，難道，是不是你快死了？你該不會是得了癌症快死了吧？」

「不是不是！你鬼扯什麼！」拉蒙哼了一聲。

「哦，那是怎麼樣？」

「算了，不跟你扯了。」說完拉蒙就匆匆走了。

拉蒙最初找布諾斯基幫忙，純粹只是因為他恨哈勒姆為什麼那麼頑冥不靈。他只不過是提到說平行人可能比較聰明，哈勒姆就充滿惡意。就衝著這一點，也只衝著這一點，拉蒙才會拚命想有所突破。他只是想證明自己是對的，除此之外沒有別的念頭。一開始是這樣。

然而，在接下來的幾個月裡，他不斷被激怒。他到處尋找設備，尋求技術支援，爭取使用電腦的時間，可是卻一再遭到耽擱。他爭取差旅津貼，可是卻沒人理他。在跨部門會議上，他的發言永遠沒人理睬。

後來，這種狀況卻因為亨利蓋瑞森的事而有了突破。在部門裡，蓋瑞森資歷比他淺，能力也絕對不如他，可是卻被上面委任為顧問。顧問這種職務地位很高，很受尊重，照理說，無論從什麼角度來看，拉蒙才是最理想的人選。為了這件事，拉蒙內心的怨恨已經累積到了極限，現在，他已經不再只是想證明自己是對的。這樣不足以發洩他心中的怨恨。現在，他想打擊哈勒姆，想徹底毀滅他。

換能站裡其他人都對這項任命抱持絕對肯定的態度，而拉蒙那種粗暴的態度更是不討人喜歡，沒人同情他，因此他內心的怨恨情緒一天比一天更強烈，甚至幾乎是每過一個小時都會更強烈。不過，也不能說完全沒人同情他。

蓋瑞森自己就覺得很不好意思。這年輕人個性溫和，說起話來輕聲細語，而且顯然很不願意惹麻煩。這天他站在拉蒙實驗室門口，臉上的表情顯示他很能體會拉蒙的心情。

他說：「嗨，彼得，可以跟你聊聊嗎？」

「想說什麼儘管說。」拉蒙皺起眉頭，刻意不去看蓋瑞森的眼睛。

蓋瑞森走進來坐下。他說：「彼得，我沒辦法拒絕這項任命，不過我希望你明白，這並不是我自己去爭取的。我自己都覺得很詫異。」

「有誰逼你拒絕嗎？誰在乎啊！」

「彼得，這是哈勒姆任命的。要是我拒絕了，他只會去找別人，就是不會找你。你到底做了什麼惹上那老傢伙？」

拉蒙猛然轉過來看著蓋瑞森。「你對哈勒姆有什麼看法？你覺得他是個什麼樣的人？」

蓋瑞森嚇了一跳。他噘起嘴唇搓搓鼻子說了聲「呃——」，但並沒有接著往下說。

「你覺得他是個偉人？是個聰明絕頂的科學家？還是一個善於啟發人心的領袖？」

「呃——」

「告訴你！那傢伙是個騙子！是個冒牌貨！沒錯，如今他確實擁有名聲和地位，可是每天都過得提心吊膽。他知道自己被我看穿了，所以才會對付我。」

蓋瑞森有點不安的輕笑了一聲。「你該沒有當他的面說過這些話吧？」

「沒有，我從來沒有當他的面說過什麼。」拉蒙口氣有點悶悶不樂。「但總有一天我會。不過，就算我什麼都沒說，他還是知道自己騙不了我。他看得出來。」

「可是，彼得，你又何必讓他知道？我的意思是，我也不認為他真是什麼世上最偉大的人，不過，你又何必大肆宣揚？說點好聽的吧，畢竟你的前途掌握在他手裡。」

「是嗎？告訴你，你搞錯了，是他的名聲地位掌握在我手裡。我要揭穿他的真面目，我要讓他身敗名裂。」

「你要怎麼做？」

「那是我的事。」拉蒙嘀咕了一聲，但此刻，他根本不知道自己能做什麼。

「可是這實在太荒唐了。」蓋瑞森說。「你鬥不過他的！雖然他不是愛因斯坦，也不是奧本海默，可是在全世界人類心目中，他的地位比這兩個人都高。對全球二十億人來說，他是電子換能空間之父啊。只要電子換能空間一直都是人間天堂的門票，你就永遠不可能改變他們的看法。

而電子換能空間確實是人間天堂的門票，在這種情況下，你根本不可能動得了哈勒姆。如果你以為自己動得了他，那你真是瘋了。別管那麼多了，彼得，乖乖認輸吧，當他的面承認他是個偉人。不要落得跟丹尼森一樣下場。」

「告訴你吧，亨利。」拉蒙忽然怒從中來。「少管閒事！」

蓋瑞森猛然站起來，一聲不吭的走了。拉蒙又給自己製造了一個敵人，或者說，最起碼少了一個朋友。然而，後來他覺得這代價還算值得，因為蓋瑞森說的一番話點燃了他的靈感，為他指出了另一個方向。

蓋瑞森話中最關鍵的兩句是：「只要電子換能空間是人間天堂的門票……你就不可能動得了哈勒姆……」

這兩句話在拉蒙腦海中轟然迴盪。這是拉蒙第一次把哈勒姆拋到腦後，把注意力轉移到電子換能空間本身。

電子換能空間真的是通往人間天堂的門票嗎？還是說，「天堂」這個字眼另有蹊蹺？

歷史上的任何事都有蹊蹺，那麼，電子換能空間有蹊蹺嗎？

拉蒙對平行理論的歷史已經了解得夠多，所以他知道這個所謂的「蹊蹺」還有待探討。所謂的電子換能空間，本質上就是把我們宇宙的電子轉換到平行宇宙。這件事初次宣布的時候，有不少人提出質疑。他們立刻追問：「當所有的電子全部轉換過去之後，會有什麼後果？」

這問題不難回答。就算在最大規模的適當轉換下，宇宙中的電子量依然可以維持無數兆年，而整個宇宙，或許包括平行宇宙，能存在的時間根本沒那麼久，恐怕只有無數兆年的一點皮毛。

接下來有人提出另一種比較複雜的質疑。他們說，電子是不可能全部轉換過去的。當電子轉換過去之後，平行宇宙的淨負電荷會增強，而我們宇宙的淨正電荷會增強。隨著時間一年年過去，電荷差越來越大，而連帶的也就越難轉換更多的電子過去，因為相反電荷差的阻力變大。當然，所謂的電子換能，實際上轉換過去的是中性的原子，可是過程中因為電子軌道變形而產生電荷，緊接著原子變異出現放射性，導致電荷以驚人的速度增強。

在轉換前的那一瞬間，如果電荷依然維持相同的密度，會對電子軌道扭曲的原子造成影響，導致轉換的過程幾乎是瞬間停止。不過，當然必須考慮到擴散作用。電荷密度會向外擴散，遍及整個地球，所以他們在計算電荷密度對轉換過程會造成多大影響的時候，已經把擴散作用計算在內。

地球的正電荷越來越強，使得帶有正電荷的太陽風逐漸被擋在更遠的距離之外，無法更靠近地球，而地球的磁層因此擴大了。多虧了麥法蘭的研究，大家終於發現，由於排斥作用，地球表面的正粒子被驅散到外氣層，越積越多，而太陽風掃除了這些正粒子，讓正負電荷達到一個明確的平衡點。每進行一次轉換，每增建一座換能站，地球的淨正電荷就會微幅增強，而地球的磁層就會擴大幾公里。然而，這樣的改變是輕微的，而正粒子終究會被太陽風掃除，飄散到太陽系的外圍。

但儘管如此，就算電荷是以可能的最高速度擴散，總有一天，人類宇宙和平行宇宙之間在進行轉換前那一瞬間的電荷差終究會大到一定的程度，導致轉換無法進行。不過，人類根本不需要擔心那一天多久會來臨，因為地球的電子要更久更久以後才會消耗殆盡，那時間長到難以想像。兩者所需的時間根本不成比例，相差無數兆倍。

但無論如何，那代表換能站有可能繼續運作一兆年。儘管只有一兆年，卻已經綽綽有餘，夠用了。說不定人類能存在的時間，根本遠遠不到一兆年。就連太陽系也不會存在那麼久。如果一兆年後人類竟然還存在，或是演化成另一種生物，那麼，到時候他們絕對能想出辦法解決這個問題。一兆年裡可以做的事太多了。

這一點，拉蒙也不得不承認。

但接著他想到另一件事。那是另一種思路。拉蒙記得很清楚，哈勒姆曾經用那種思路寫過一篇通俗文章。儘管很不情願，拉蒙還是把那篇文章找出來，因為如果希望事情有更大的進展，他勢必要先看看哈勒姆說了些什麼。這很重要。

那篇文章有一段是這樣寫的：「由於地心引力永遠存在，我們觀察到大自然有一種必然的狀態變化可以用來產生能源，而那種能源可以轉化成有用的能量。那是一種「向下」的變化。在過去的幾個世紀裡，我們利用「向下」流的水轉動輪子，從而驅動機械，像是抽水機或發電機。但問題是，如果水都往下流光了，要怎麼辦？

「那麼，除非水回到上面，否則我們根本束手無策，而要讓水回到上面是要消耗能量的。事實上，讓水往上流所需要的能量，比我們從往下流的水裡收集到的能量還多。這樣一來我們會損失能量。還好，太陽提供了這種能量。陽光蒸發了海水，讓水蒸氣上升到大氣層，變成雲，再變成雨或雪降下來。這些水滲透到大地上，成為河流和泉水，永遠往下流。

「然而，這真是永遠的嗎？恐怕不見得。從核能的角度來看，太陽能夠蒸發水氣，只是因為它自己也在走下坡，而太陽走下坡的規模是如此巨大，遠比地球上所有河流往下流的規模要大得多。當太陽的下坡路走到盡頭，人類根本不知道要怎麼再讓它回到上面。

「宇宙裡所有的能源總有一天都會耗盡，我們也無可奈何。所有的東西都是沿著一個方向下坡，如果想勉強讓那東西暫時朝反方向往上升，我們只能藉助附近另一條反方向的更陡的下坡路。如果我們想擁有用不完的能源，我們就需要一條正反方向都是下坡的路，但在我們的宇宙裡，那是矛盾。如果一個方向是往下，那麼反方向就一定是往上，這樣才合理。

「只不過，我們需要自我設限只靠我們的宇宙嗎？別忘了，還有平行宇宙。那裡也有路，而且也同樣是一個方向往下，反方向往上，不過，這些路和我們的路不太一樣。說不定我們可以從平行宇宙沿著一條下坡路走到我們的宇宙，而且，當我們回頭沿著那條路從我們的宇宙走回平行宇宙，那條路依然還是下坡，因為兩個宇宙的物理定律不一樣。

「電子換能空間就是利用了這條正反方向都是下坡的路。電子換能空間——」

看到這裡，拉蒙翻回那篇文章的標題再看一次。標題是：「正反方向都是下坡的路。」

他開始思考。他當然很熟悉這個概念，也很熟悉文章裡熱力學的結論。不過，這篇文章的假設應該是可以檢驗的吧？任何一種理論都一定有漏洞。從熱力學的角度來看，這種假設當然沒問題，不過，真的沒問題嗎？如果用另一種假設切入，結論會是什麼？會和原先的結論相抵觸嗎？

一開始他只是盲目猜測，可是不到一個月，他忽然有了一種感覺。那是每個科學家都熟悉的、發現真相的感覺——無數凌亂的資料忽然出現頭緒，變得合理，而惱人的異常也變得不再異常。

就是從那一刻起，他開始對布諾斯基施加壓力。

後來有一天他忽然說：「我要再去見哈勒姆。」

布諾斯基挑了挑眉毛。「這又是為了什麼？」

「讓他拒絕我。」

「是哦，彼得，這就是你的專長，對吧？你是嫌麻煩不夠多嗎？麻煩不夠多你會不開心嗎？」

「你不懂，我必須讓他拒絕接受我說的話。這很重要。我不能讓別人在事後還能說三道四，說我跳過他，說他根本不知道這件事。」

「什麼事？我們正在翻譯平行符號的事嗎？老天，我們根本就還沒翻譯出來。彼得，別那麼猴急好不好？」

「不，不是這件事。」說到這裡他就不肯再往下說了。

當然，哈勒姆不可能讓拉蒙太輕易就見到他。過了好幾個星期，他才終於排出時間見拉蒙。然而，拉蒙也沒打算讓哈勒姆好過。他走進門的時候，明顯一副劍拔弩張的姿態，而哈勒姆則是鐵青著臉、眼神陰沈的等著他進來。

拉蒙一進門，哈勒姆劈頭就問：「你說的危機到底是什麼？」

「是我最近發現的，長官。」拉蒙口氣平淡的說。「是你的文章給我的靈感。」

「哦？」哈勒姆趕緊問：「哪篇文章？」

「正反方向都是下坡的路。那是你幫〈少年生活〉雜誌寫的文章。」

「那篇文章怎麼了？」

「借用你文章裡的比喻，我認為電子換能空間並不是正反方向都是下坡。另外，你用這樣的比喻來描述熱力學第二定律，也並不完全正確。」

哈勒姆皺起眉頭。「你到底在想什麼？」

「長官，讓我把兩個宇宙的場方程式畫出來給你看好了，這樣最能夠解釋清楚。另外，這個方程式還可以顯示一種交互作用。到目前為止，我們一直都沒有考慮到這種作用。在我看來，這是很不幸的。」

話一說完他直接走到觸繪板前面，抬起手指在上面畫出方程式，邊畫邊說明，說得飛快。其實拉蒙知道自己這樣做一定會激怒哈勒姆，讓他覺得受到羞辱，因為他聽不懂數學。拉蒙知道這招一定管用。

果然，哈勒姆立刻拉大嗓門說：「你聽著，小子，現在我可沒時間聽你大談什麼平行理論。你可以回去寫一份完整的報告交給我。現在，除非你有辦法簡單扼要的說明，否則就乾脆別說了，我懶得聽。」

拉蒙立刻從觸繪板前面走開，一臉不屑的表情毫不掩飾。他說：「好吧，熱力學第二定律描述的，是極端狀態必然趨向平衡的過程。舉例來說，水本身並不會往下流，因為那實際上是兩種極端的重力位能趨向平衡所導致的。地下水如果壓力過大，一樣會往上噴。把兩個不同溫度的東西放在一起，就能夠產生機械功，而最終的結果是兩邊的溫度會趨向中間值，達到平衡。熱物體會冷卻，冷物體會變熱，而冷卻和變熱都是第二定律的平衡現象，而且在特定的條件下，這兩種現象都是自發性的。」

「小子，這種基本熱力學，輪得到你來教我嗎？你到底想說什麼？有話快說有屁快放，我可沒什麼時間跟你耗。」

拉蒙還是滿臉不屑的表情，不管哈勒姆怎麼催，他就是不為所動，繼續慢條斯理的說：「電子換能空間之所以能夠產生機械功，是因為兩個極端趨向平衡，而這裡我說的兩個極端，就是兩個宇宙的物理定律。由於換能空間的存在，形成各自宇宙物理定律的環境狀態正逐漸滲透到對方的宇宙裡，而這個過程最後的結果是，兩個宇宙的物理定律變得完全相同，而兩個宇宙也會從目前的狀態趨向一種折衷狀態。毫無疑問，這會導致我們宇宙出現難以預料的劇變。在這種情況下，我們勢必要慎重考慮關閉換能空間，永遠停止運作。」

拉蒙預料得到這時候哈勒姆一定會發飆，不讓他有機會再進一步解釋。不出他所料，哈勒姆果然發飆了。他忽然從座位上跳起來，椅子立刻往後倒。他一腳踹開椅子，往前跨了兩步逼近拉蒙。

拉蒙小心翼翼把椅子往後頂開，站起來。

「你這個白痴！」哈勒姆大吼，氣得說話差點結結巴巴。「你以為整個換能站只有你懂熱力學嗎？浪費我寶貴的時間，就為了聽你說這些？這些東西我早就知道了，那時候你才剛要上小學咧。滾出去！還有，想遞辭呈的話，隨時可以送來，就當作我已經批准了。」

於是拉蒙就離開了。他的目的徹底達成，然而，哈勒姆那種態度還是令他很不高興。

第六章（結束）

「反正，該說的我都說了，他聽不進去我也沒辦法。所以我要進行下一步了。」拉蒙說。

「你的下一步是什麼？」布諾斯基問。

「我要去見柏特參議員。」

「你說的是科技與環保委員會的主席？」

「沒錯，就是他。看樣子你聽說過他。」

「誰沒聽說過。不過，彼得，你去找他做什麼？你究竟有什麼事會讓他感興趣？我知道一定不是翻譯的事，那麼，彼得，我再問你一次，你到底在想什麼？」

「我沒辦法跟你解釋。你不懂平行理論。」

「難道柏特參議員就懂？」

「應該比你懂吧。」

布諾斯基伸出一根手指指著拉蒙。「彼得，別再跟我打馬虎眼。說不定我知道一些你不知道的事，對你會有幫助。要是我們老跟對方過不去，還有辦法一起合作嗎？既然我們是一個兩人小團隊，你就應該把我當自己人。說吧，告訴我你在想什麼，我也會告訴你一些事。否則的話，我們乾脆就到此為止吧。」

拉蒙聳聳肩。「好吧，既然你想知道，那我就告訴你。我跟哈勒姆說這件事的時候，他顯然心裡有數，那麼，說不定我的想法真的有道理。重點是，所謂電子換能空間，本質上是在轉換宇宙定律。在平行宇宙裡，強核力的力量比我們宇宙強一百倍，這代表我們宇宙比平行宇宙更容易出現核分裂，而平行宇宙比我們宇宙更容易出現核融合。如果電子換能空間持續運作得夠久，兩個宇宙就會達到終極平衡，兩個宇宙的原子核強核力的力量就會一樣強。在我們宇宙裡，那力量會比目前強十倍，而在平行宇宙裡，那力量會只剩目前的十分之一。」

「這難道沒人知道嗎？」

「噢，大家當然都知道。打從一開始大家都很清楚。就連哈勒姆也看得出來。這就是為什麼那混蛋會那麼激動。一開始我假裝不知道他知道這件事，故意詳細說明給他聽，結果他就發飆了。」

「那關鍵是什麼?強核力趨向折衷狀態，會有什麼危險嗎？」

「那當然。要不然你以為呢？」

「我沒有什麼想法。什麼時候會達到折衷狀態？」

「依目前的速度，大概 10^{30} 年後就會達到。」

「那到底是多久的時間啊？」

「夠久了，久到足以讓好幾兆兆個像我們這樣的宇宙誕生出來，然後一直存在到衰老死亡，一個接一個。」

「老天，彼得，那我們有什麼好擔心的？」

「問題在於……」拉蒙說得很慢，小心翼翼。「這個官方數字是根據某個假設算出來的，可是我認為那假設是錯的。要是我們換一種假設，一種我認為是對的假設，那我們現在就有麻煩了。」

「什麼樣的麻煩？」

「假如地球再過五分鐘就會爆炸成一團氣體，你覺得這算不算麻煩？」

「因為有換能空間？」

「就因為換能空間！」

「那平行宇宙裡的世界會怎麼樣？他們也會有危險嗎？」

「當然有。那是另一種危險，不過還是一樣危險。」

布諾斯基站起來，開始踱來踱去。他一頭棕髮被在肩上又厚又長，看起來活像漫畫人物巴斯特布朗。他邊揪著頭髮邊說：「如果平行人真的比我們聰明，那他們為什麼會讓換能空間運作？他們一定比我們更早知道那很危險。」

「這我也想過。」拉蒙說。「不過我猜，他們就像我們一樣，也是第一次啟用換能空間，而且也是因為換能空間有明顯的好處才會啟用，可是後來開始擔心後果。」

「可是，你說你現在已經知道有危險，那他們會比你晚知道嗎？」

「那要看他們到底有沒有去探討後果是什麼，或者，什麼時候才開始探討。要不是因為我……我也不會去探討什麼後果——不過，麥克，你想到什麼了嗎？」

布諾斯基忽然停下腳步，眼睛盯著拉蒙說：「我想，我們應該是有點進展了。」

拉蒙立刻瞪大眼睛看著他，趕緊湊過去拉住他的袖子。「平行符號已經被你破解了嗎？趕快告訴我啊，麥克！」

「是在你去找哈勒姆的時候，我才想到的。就在你和哈勒姆談話的時候。先前我一直不知道該怎麼解釋那個符號，因為我還不知道究竟出了什麼事。而現在——」

「現在怎麼樣？」

「現在我還是無法確定那是什麼意思。他們送過來的鐵箔當中，有一片上面刻著四個符號……」

「哦？」

「……是用拉丁字母刻成的，可以拼音。」

「到底是什麼字？」

「在這裡，你看。」

這時布諾斯基手上忽然出現一片鐵箔，那手法活像魔術師在變戲法。那四個符號和其他平行符號很不一樣。其他符號都是錯綜複雜的螺旋形，閃閃發亮，只不過亮度不太一樣。而那四個符號是四個斗大的、像小孩子寫出來的字母：FEER。

「你覺得那是什麼意思？」拉蒙愣愣的問。

「到目前為止，我只能推測這是拼字錯誤，原本很可能是FEAR（恐懼）。」

「所以這就是為什麼你先前一直在追問我心裡在想什麼，是嗎？你認為這代表另一邊的宇宙有人感到恐懼，是嗎？」

「而且我認為這和你最近的表現有關。這一個月來，你顯然越來越激動。老實說，彼得，我不太喜歡被人蒙在鼓裡。」

「好啦，我知道了。不過，現在我們先不要急著下結論。在破解殘缺訊息這方面，有經驗的人是你，那麼，你會不會覺得平行人是因為換能空間才開始感到恐懼？」

「這根本沒有必然關係。」布諾斯基說。「我不知道他們對我們宇宙能感應到什麼程度。如果他們感應得到我們擺著鎢金屬等他們拿，如果他們感應得到我們的存在，那麼，說不定他們也感應得到我們在想什麼。說不定他們是想安慰我們，告訴我們沒什麼好怕的。」

「要是這樣的話，那為什麼鐵箔上不是刻著 NO FEAR（不用怕）？」

「因為他們對我們的語言還沒懂到那種程度。」

「嗯，照你這麼說，我還不能拿這東西去找柏特。」

「如果是我，我就不會。這東西還不夠明確。事實上，除非另一邊能給我們更多訊息，否則我是不會去找他的。天曉得他們到底想說什麼。」

「不行，麥克，我不能再等下去了。我知道我是對的，我們已經沒時間了。」

「好吧，不過，要是你去見了柏特參議員，你會陷入四面楚歌，你的同事永遠不會原諒你。其實，你可以先去找這裡的物理學家談一談，這你沒想過嗎？你自己一個人沒辦法給哈勒姆施加壓力。不過，要是有一大群人跟你一起——」

拉蒙猛搖了幾下頭。「我根本沒想過。換能站那些人能在這裡生存，是因為他們都是軟骨頭。根本沒人會站出來反抗他。指望那些人會團結起來對哈勒姆施加壓力，等於是指望一群綿羊去圍攻獅子。」

布諾斯基那張溫和的臉上忽然顯得異常嚴峻。「也許你是對的。」
「我知道我是對的。」拉蒙的神情也一樣嚴峻。

第七章

拉蒙等了很久才見到柏特，偏偏現在他最怕浪費的就是時間，尤其是，平行人一直沒有再送更多拉丁字母符號過來，所以他更痛恨浪費時間。布諾斯基已經傳送了六次訊息，每張鐵箔上都刻著精心挑選出來的平行符號組合，再加上 FEER 和 FEAR 這八個字母。然而，對方一直沒有回傳任何訊息。

拉蒙看不太懂那六片鐵箔上的符號是什麼意思，但布諾斯基似乎抱著希望。然而，對方一直沒有回音，現在拉蒙也只能硬著頭皮去見參議員了。

參議員一張瘦臉，眼神銳利，年紀很大了。他已經在科技與環保委員會當了幾十年的主席。他很重視這個職務，而且有太多的事實證明，他確實不辱使命。

他伸手拉拉那條心愛的老式領帶，那是他的註冊商標。他說：「年輕人，我只能跟你談半小時。」說著他看看手錶。

但拉蒙並沒有被他這句話嚇到。他有把握自己一定能引起參議員的興趣，讓他忘了時間限制。另外，他也不想一開始就操之過急，因為他來見柏特的目的和去見哈勒姆的目的完全不同。

「我不想大費周章去扯太多數學，不過，長官，我相信你應該知道，由於換能空間的運作，兩個宇宙的物理定律正逐漸混在一起。」

「攪在一起。」柏特口氣平靜。「大概 10^{30} 年後，兩個宇宙就會達到平衡狀態。這數字沒錯吧？」他忽然揚了一下眉毛，那張滿是皺紋的臉上永遠帶著一絲驚訝的神色。

「沒錯。」拉蒙說：「不過，這個數字是依據一種假設計算出來的。那個假設是，平行宇宙的物理定律從換能空間的入口滲透進我們的宇宙，擴散的速度是光速。而相對的，平行宇宙那邊也是同樣的狀況。問題在於，這也只不過是一種假設，而且我認為這假設是錯的。」

「為什麼？」

「兩個宇宙物理定律混合的速度是怎麼衡量出來的？唯一工具就是送到我們宇宙來的鈽186。我們就只能觀察物理定律在鈽186裡混合的速度。混合的速度一開始非常慢，這可能是因為物質密度高，不過之後速度就越來越快。如果把鈽186和密度比較低的物質混在一起，物理定律混合的速度就會更快。透過幾次這樣的測量，我們計算出擴散的速度在真空狀態下會達到光速。外來的物理定律要花一些時間才能滲透到大氣層，再花更少時間滲透到大氣頂層，然後就以每秒三十萬公里的速度向四面八方擴散到外太空，在那一刻，這些定律就不會再造成任何危險。」

說到這裡拉蒙停了一下，思索著要怎麼解釋得更清楚，但參議員立刻就開口催他往下說。「但問題是——」看得出來他顯然不想浪費時間。

「這樣假設是很方便，而且似乎很合理，不會有問題。但問題是，抗拒外來物理定律滲透的，真的是物質嗎？萬一不是呢？如果是宇宙基本結構本身在抗拒滲透，那會如何？」

「什麼是宇宙基本結構？」

「我沒辦法口頭解釋。我知道有一種數學公式可以表達，但沒辦法口頭解釋。物理定律是由宇宙基本結構決定的。在宇宙基本結構下，我們勢必要保存能量。平行宇宙的基本結構在某些方面和我們的宇宙不一樣。可以這麼說，兩者的組成方式不同。那麼，在那種基本結構下，他們的原子核強核力的力量比我們宇宙大一百倍。」

「所以呢？」

「長官，如果被滲透的是宇宙基本結構本身，那麼，物質造成的影響就只是次要的，無論密度高或低。滲透的速度在真空狀態下會比在密度高的物質裡快，但也沒有快多少。從地球的角度來看，滲透的速度在外太空也許算是快的，但比起光速還是微不足道。」

「那代表什麼？」

「那代表，平行宇宙的基本結構在我們這裡消散的速度並沒有我們想的那麼快，也就是說，它一直在太陽系裡不斷累積，那種強度遠超過我們假設的程度。」

「我明白了。」參議員點點頭。「那麼，太陽系裡的空間多久會達到平衡狀態？我猜，應該不到 10^{30} 年吧？」

「少很多，長官，不到 10^{10} 年。說不定只要五百億年左右。」

「比較起來雖然時間沒那麼長，但是也夠長了不是嗎？我們不需要現在就去擔心那個，對吧？」

「長官，恐怕我們現在就要開始擔心了。在還沒有達到平衡狀態之前，我們的宇宙就會受到傷害。由於換能空間的運作，我們宇宙的原子核強核力正持續變強，一天比一天強。」

「已經強到可以測量到了嗎？」

「也許還測量不到，長官。」

「換能空間都已經運作二十年了，還測量不到？」

「恐怕還是測量不到，長官。」

「那我們為什麼要擔心？」

「因為，長官，太陽中心的氫原子融合成氦原子的速度，是由原子核強核力的強弱來決定的。如果強核力在不知不覺中增強了，太陽氫原子融合的速度會急速增加。太陽是在輻射和重力之間維持一種微妙的平衡，而我們現在的所作所為，會增強輻射，破壞這種平衡——」

「然後呢？」

「這會導致大爆炸。在我們宇宙的物理定律下，太陽不可能會變成超新星，可是在另一種定律下，那就有可能了，而且事前恐怕不會有什麼徵兆。太陽會大爆炸，然後在八分鐘內，你我都會死，而地球會化成一團越來越大的蒸汽。」

「而我們束手無策？」

「如果現在已經來不及阻止平衡被破壞，那我們就無能為力了。不過，如果還來得及阻止，那我們一定要讓換能空間停止運作。」

參議員清清喉嚨。「年輕人，在我答應見你之前，我調查過你的背景，因為我完全不認識你。我找過一些人打聽你，其中之一就是哈勒姆博士。你應該認識他吧？」

「是的，長官。」拉蒙嘴角抽搐了一下，但口氣還是很平靜。「我跟他很熟。」

「他告訴我……」參議員瞄著桌上的文件說：「你是個愛搗蛋的瘋子白癡，而且還交代我不要跟你見面。」

拉蒙努力讓自己口氣保持冷靜。「他就是那樣說我嗎，長官？」

「一字不差。」

「那你為什麼還答應見我，長官？」

「通常，如果看到哈勒姆這樣的報告，我是不會見你的。我的時間很寶貴，當然不能浪費在所謂的愛搗蛋的瘋子白癡身上，光想都很可怕。只不過，天曉得我到底見過多少這種白癡，就連那些別人極力推薦的人當中也有不少這種白癡。不過，我之所以破例見你，是因為我不喜歡被哈勒姆『交代』。哈勒姆最好搞清楚，參議員是不可以隨便『交代』的。」

「那麼，長官，你願意幫我是嗎？」

「幫你做什麼？」

「呃——設法讓換能空間停止運作。」

「那個啊，絕對不行，當然不可能。」

「為什麼不行？」拉蒙追問。「你是科技與環保委員會的主席，讓換能空間停止運作正是你的使命。任何科技，只要會對環境造成無法挽救的傷害，你都有責任讓它停止運作。事實上，除了換能空間，還有什麼東西能對環境造成更大的、更無法挽救的傷害？」

「那當然，那當然。如果你是對的，那當然是我的使命。不過，你的說法似乎是根據你自己的假設推論出來的，而你的假設和大家普遍認同的假設不太一樣。問題是，誰有資格說哪一種假設是才是對的？」

「長官，大家普遍接受的觀點有很多疑點，而我的推論正好可以解釋這些疑點。」

「哦，這樣的話，你的同事應該會接受你不一樣的看法，那麼，你應該就不需要來找我了，不是嗎？」

「長官，他們不會相信的，因為這會危害到他們個人的利益。」

「同樣的，如果你相信自己可能是錯的，那也會危害到你個人的利益……年輕人，名義上，我權力很大，可是，唯有在大眾願意讓我行使權力的情況下，我的權力才有用。懂不懂什麼叫政治現實？我來給你上一課好了。」

柏特參議員看看手錶，往後一仰露出笑容。說要給拉蒙上一課，其實不像他的作風，不過，這天早上他剛好看到「環球郵報」的社論，文章裡說他是「完美的政治家，國際議會裡最有才幹的委員」。他看得心花怒放，那種美妙的滋味到現在還在他心頭蕩漾。

「你以為社會大眾會想要保護環境，或是保住自己的命嗎？你以為他們會感謝那些肯為這個目標奮鬥的理想主義者嗎？告訴你，你搞錯了。他們想要的，是讓自己日子過得舒服。經歷過二十世紀的幾次環境危機之後，我們深深領悟到這一點。有一段時期，大家都知道吸煙會導致罹患肺癌的機率升高，那麼，解決的辦法顯然是戒煙，然而，大家想要的解決方案卻是不會致癌的香煙。還有一段時期，大家發現內燃機引擎顯然會嚴重污染空氣，那麼，解決的辦法顯然是廢棄這種引擎，然而，大家想要的解決方案卻是發明一種不會污染空氣的引擎。

「所以，小伙子，別再叫我停止換能空間的運作。整個地球的經濟和舒服日子全靠換能空間。那麼，我希望你能告訴我的是，有什麼辦法可以讓換能空間維持運作，同時又不至於導致太陽爆炸。」

拉蒙說：「參議員，那根本不可能。我們要對付的問題，道理實在太簡單，玩不出把戲。換能空間一定要停止運作。」

「噢，照你這麼說，你唯一能夠提供的建議是，我們應該要回頭去過從前那種日子？換能空間還沒運作之前的日子？」

「這勢在必行。」

「在這種情況下，你必須提出鐵一般的、而且是很快就會出現的證據，才能證明你是對的。」

「最有力的證據……」拉蒙說：「就是太陽快爆炸了，大家等著看。我想，你應該不會想看到這種證據吧。」

「也許不需要這樣的證據。對了，哈勒姆為什麼不肯支持你？」

「因為他是個小人，僥倖變成電子換能空間之父。他怎麼可能承認自己的孩子會毀滅地球？」

「我明白你的意思，不過，畢竟在全世界人眼裡，他還是電子換能空間之父，想做這件事，要他來說話才夠份量。」

拉蒙搖搖頭。「他絕對不可能投降。他會寧願眼看著太陽爆炸。」

參議員說：「那就想辦法逼他啊。目前你有的就只是一種理論，而理論本身是沒意義的。我相信你一定有辦法證明。舉例來說，鈾的放射性衰變率是由原子核裡的交互作用來決定的。也許你可以做個實驗，看看目前鈾的放射性衰變率是否符合你理論的預測，不再是標準的衰變率。」

拉蒙又搖搖頭。「一般的放射性是由弱交互作用造成的，而不幸的是，這樣的實驗只會得到一個模糊的數值，沒辦法當證據。而一旦實驗得到的是明確的數值，一切就太遲了。」

「那還有別的辦法嗎？」

「目前我可以觀察某種介子的交互作用，可能會得到明確的數值。更棒的是，最近有人研究某些夸克組合，結果卻令人感到困惑，不過我相信我有辦法解釋——」

「嗯，這不就對了。」

「沒錯。但問題是，要想得到那種數值，我必須使用月球上的質子同步加速器，可是長官，我查過了，太多人排隊等著用，預約時段已經排到好幾年後……除非，除非我能夠透過某人的關係——」

「你說的某人是指我嗎？」

件。

「不行，小子，你看看哈勒姆是怎麼說你的。」柏特參議員用蒼老扭曲的手指敲敲面前的文

「是的，長官。」

「這樣我要冒很大的風險。我辦不到。」

「可是整個世界的存亡──」

「你要給我證據！」

「只要你把哈勒姆撇到一邊，我會證明給你看。」

「你先證明給我看，我就會把他撇到一邊。」

拉蒙深深吸了一口氣。「長官！假如有那麼一絲絲的可能我是對的，那麼，就算那只是一絲絲的可能，難道不值得你為之奮鬥嗎？那意義太重大了，為全人類，為整個地球──」

「你是要我去打一場聖仗嗎？我很樂意，為理想犧牲是充滿戲劇性的。只要是像樣的政客，都有點被虐待狂，他們偶爾都會幻想自己壯烈犧牲，聽天使圍在四周唱歌。不過，拉蒙博士，人至少要有一絲絲可能贏的機會，才會願意奮力一搏。只要有一絲絲可能就行。如果我支持你，那就等於我光憑你一句話就要去和全世界無數渴望換能空間的人對抗。拜換能空間之賜，大家都已經習慣了過舒服日子，過有錢的生活，而現在呢，忽然有個人大喊世界末日要來了，可是別的科學家都反對他，而且備受尊崇的哈勒姆還說那個人是白癡，在這種情況下，我還能要大家放棄那

一切嗎?噢，不必了。這樣的壯烈犧牲是毫無意義的。」

拉蒙說：「那你只要幫我找出證據就好。你不需要公開露面，如果你怕——」

「怕！我有什麼好怕的！」柏特忽然打斷他。「拉蒙博士，你的半小時恐怕已經超過了。」

拉蒙用無助的眼神看著柏特，但柏特的表情顯然很堅決。於是拉蒙就走了。

然而，柏特參議員並沒有立刻接見下一位訪客。他盯著那扇關上的門，盯了好幾分鐘，眼神有點不安，還一邊擺弄著那條領帶。萬一那年輕人是對的呢?會不會有一絲絲的可能，那年輕人是對的?

其實他不得不承認，要是能夠把哈勒姆扳倒，把他的臉壓在泥巴裡，然後坐在他頭上等他斷氣，那真是人生一大樂事——只可惜那是異想天開。誰也動不了哈勒姆。大約十幾年前，他和哈勒姆吵過一次架，就那麼一次。明明他是對的，百分之百對，而哈勒姆則是錯得離譜，而且後來事實證明他確實是對的。然而，柏特當時慘遭羞辱，結果差一點輸掉那年的選舉。

柏特搖搖頭，內心暗暗警告自己。為了正義，他願意承擔風險，就算輸掉選舉也沒關係，但他不能冒險再讓自己受到羞辱。他通知祕書請下一位訪客進來。他的神情又恢復平靜祥和，站起來迎接下一位訪客。

第八章

到這個時候，要不是已經走投無路，拉蒙恐怕也會猶豫該不該去找那個人。所有的人都討厭約書亞陳，任何人只要和他扯上關係，幾乎是立刻就會被整個權力集團的人唾棄。約書亞陳是一個單打獨鬥的革命型人物，他說的話總是會引起注意，因為他措詞激烈，氣勢咄咄逼人，另外也是因為他打造了一個無數政治人物認定的、全世界最嚴密的政治團體。

換能空間能夠如此快速的取代其他能源，滿足全球的能源需求，他是最重要的推手之一。換能空間的好處是顯而易見的，像是零污染，像是免費。但儘管如此，還是有些人反對，可能還在做長期的困獸之鬥。那些人想要的是核能，不過那並不是因為他們覺得核能比較好，而是因為他們從小就用慣了。

然而，只要他擂起戰鼓，全世界還是會比較願意聽他說。

此刻他坐在那裡，寬闊的顴骨和一張圓臉在在顯示出他那大約四分之三的中國血統。

他說：「我要先搞清楚，你說的都只是你的個人意見嗎？」

「是的。」拉蒙說。「哈勒姆並不支持我，事實上，哈勒姆說我根本就是瘋子。那麼，你是不是要先徵求哈勒姆的同意才能採取行動？」

「我不需要徵求任何人同意。」不出所料，陳先生的口氣就是那麼高傲。接著他陷入一陣沈思。「你說平行人的科技比我們先進很多，是嗎？」

拉蒙已經儘可能的迂迴，極力避免說出平行人比人類聰明。「科技先進很多」這樣的話比較不會冒犯到人，但最起碼也還是真話。

「這很明顯。」拉蒙說。「他們有辦法透過兩個宇宙間的缺口傳送物質過來，而我們辦不到。光看這一點就知道了。」

「如果換能空間有危險，那當初他們為什麼要啟動？為什麼現在還繼續在使用？」

拉蒙已經學到教訓，懂得要在各方面都迂迴。他本來可以說陳先生並不是第一個問這問題的人，但說這種話會給人一種高高在上或是不耐煩的感覺。於是他選擇另一種說法。

拉蒙說：「這種能源實在太迷人，所以他們迫不及待就啟用了，就像我們一樣。我有理由認為他們現在就像我一樣感到不安。」

「這還是你的一面之詞。你沒辦法確切證明他們在想什麼。」

「目前我沒辦法。」

「那麼，這樣是不夠的。」

「我們是不是可以冒險——」

「教授，這樣是不夠的。你沒有證據。我的聲譽，可不是靠亂槍打鳥建立起來的。一旦開槍，我每次都能準確命中目標，因為我知道自己要打什麼。」

「可是，等我找到證據——」

「那時候我就會支持你。只要證據夠充分，我保證，無論是哈勒姆還是國會都擋不住那股潮流。所以，你先去找證據吧，有了證據再來找我。」

「可是到時候就來不及了。」

陳先生聳聳肩。「或許吧，不過更有可能你會發現自己錯了，根本找不到證據。」

「我絕對不會錯。」拉蒙深深吸了一口氣，用充滿自信的口氣說。「陳先生，整個宇宙可能有好幾兆兆個行星上有生物居住，其中可能有幾十億是智慧生物，發展出高科技。而平行宇宙裡應該也是同樣的狀況。在兩個宇宙的漫長歷史上，一定有很多對平行世界接觸到對方，開始交換能源。兩個宇宙之間可能有幾十個甚至幾百個交會點設置了換能空間。」

「純屬揣測。不過，如果是又怎麼樣？」

「那麼，兩個宇宙的物理定律混合到一定的程度，某個星球的太陽就爆炸了，這樣的事說不定已經發生過幾十次或幾百次。這種效應很可能會擴散出去。超新星的能量擴大了物理定律的變化，這很可能會導致鄰近的恆星爆炸，而這種效應會不斷波及到更多恆星。總有一天，整個銀河中心或某個螺旋星系都可能會爆炸。」

「不過，這當然純屬你的想像。」

「是嗎？我們宇宙裡有好幾百個類星體。類星體規模不大，大概只相當於幾個太陽系，但亮度卻相當於一百個完整銀河系加起來的亮度。」

「你的意思是，這些類星體就是使用換能空間的行星的殘骸嗎？」

「我認為是。這些類星體是一百五十年前發現的，可是這一百五十年來，天文學家始終查不出類星體的能量來源。我們宇宙不可能會有那種能量。絕不可能。這是不是表示——」

「那麼平行宇宙呢？那裡是不是也有一大堆類星體？」

「應該沒有。那裡的環境條件和我們不一樣。根據平行理論，平行宇宙絕對比我們這裡更容易出現核融合，所以一般來說，那裡的恆星一定比我們這裡的小一點。由於那裡的氫原子比較容易出現核融合，所以那裡的太陽只需要很微量的氫原子就足以產生和我們太陽一樣大的能量。如果我們太陽的氫原子也會產生那麼大的能量，太陽會大爆炸。如果我們的物理定律滲透到平行宇宙，那裡的氫原子就會比較不容易出現核融合，這樣一來，那裡的恆星就會開始冷卻。」

「嗯，那還好嘛。」陳先生說。「他們還是可以透過換能空間補充必要的能源。根據你的推測，他們那邊的狀況應該還不錯。」

「不見得。」拉蒙說。到目前為止，他還沒有仔細思考過平行宇宙那邊可能會出現的各種狀況。「一旦我們這邊爆炸，換能空間的運作就停止了。少了我們，他們沒辦法繼續運作下去，而那意味著，他們無法再靠換能空間取得能源，卻必須面對一個漸漸冷卻的太陽。他們恐怕會比我們更慘。閃光一亮，我們瞬間就化成蒸氣，不會有半點痛苦，而他們卻要長期受盡折磨，慢慢凍死。」

「拉蒙教授，你想像力很豐富。」陳先生說。「可惜我沒辦法答應你的要求。除了你的想像，我實在想不出我們有什麼理由放棄換能空間。你知道換能空間對人類的意義有多大嗎？那不光是一種乾淨、免費、取之不盡用之不竭的能源，而且對人類有更深遠的影響。有了換能空間，人類再也不需要工作謀生，可以把眾人的腦力省下來解決更重要的問題，發展真正的潛能。這是有史以來第一次人類可以這樣做。

「舉例來說，過去兩百五十年來，在延長人類壽命這方面，醫學的發展還不夠成功，到目前為止，人類的壽命還是很難超過一百年。老年學專家一次又一次告訴我們，理論上，人類應該是可以永生不死的，可是到目前為止，投注在這方面的研究還是很不夠。」

拉蒙忿忿的說：「永生不死！那根本就是天方夜譚。」

「拉蒙教授，你要說這是天方夜譚也沒關係。」陳先生說。「不過，我很希望看到人類開始研究永生不死的奧祕。如果換能空間停止運作，那就永遠不會開始了。接下來，人類又要回頭去用那些昂貴的能源、稀少的能源、骯髒的能源，地球上的二十億人又要重新開始工作謀生，而永生不死的天方夜譚就永遠只能是天方夜譚了。」

「那註定是天方夜譚。沒有人能夠永生不死，而現在呢，甚至也沒人有機會活到老。」

「噢，那只不過是你的一套理論。純屬理論。」

拉蒙心裡暗暗盤算了一下成功的機率，最後決定賭一把。「陳先生，先前我說過，我不知道要怎麼說明我對平行人的心思的了解，現在，我還是試一下好了。不久前我們收到他們傳來的訊息。」

「哦，你看得懂嗎？」

「我們收到的是英文字。」

陳先生微微皺起眉頭，手突然插進口袋裡，兩條短腿往前伸，身體往後一仰靠在椅背上。「是哪個英文字？」

「恐懼。」拉蒙覺得沒有必要提拼字錯誤的事。

「恐懼？」陳先生跟著唸了一次。「你認為那是什麼意思？」

「這不是很清楚嗎？換能空間的現象令他們感到恐懼。」

「根本不是。要是他們覺得害怕，他們應該會讓換能空間停止運作。我認為，他們是害怕沒錯，不過他們是怕我們這邊會停止換能空間運作。你跟他們說過你打算停止換能空間運作，對吧？那麼，如果我們照你說的那樣停止運作，他們就必須跟著停止。你自己說的，沒有我們，他們沒辦法繼續運作。你的提議對雙邊都有影響，難怪他們會怕。」

拉蒙坐在那裡沒說話。

「我明白了。」陳先生說。「你並沒有想到這一點。那麼，我們就努力追求永生吧。我想，大家對這個會更感興趣。」

「哦，更感興趣？」拉蒙緩緩的說。「我不懂你為什麼會覺得永生不死那麼重要。陳先生，請問你幾歲了？」

好一會兒陳先生猛眨了幾下眼，然後就轉身走開了。他走出辦公室，走得很快，兩手握緊拳頭。

後來拉蒙看了陳先生的傳記，發現他今年六十歲，而他爸爸六十二歲就死了。只不過，知道這個也沒什麼意義了。

第九章

「看你的樣子，好像又碰了一鼻子灰。」布諾斯基說。

拉蒙坐在實驗室裡，漫不經心低頭盯著鞋尖，忽然覺得鞋尖似乎磨損得特別厲害。他搖搖頭說：「你猜對了。」

「就連那位偉大的陳先生也不理你？」

「他什麼都不肯做。他也要我給他證據。他們都要證據，可是提出任何建議他們都拒絕。所以，他們真正想要的，是要命的換能空間，或是他們個人的名聲，或是他們的歷史地位。至於陳先生呢，他要的是永生不死。」

「那你呢，彼得，你希望得到什麼？」布諾斯基口氣輕柔。

「我希望人類平安無事。」拉蒙說。他看到布諾斯基眼中流露著懷疑的神色。「怎麼，你不相信我？」

「噢，我當然相信。不過，你真正希望得到的是什麼？」

「嗯，那麼，老天為證。」拉蒙兩手往桌上一拍。「我希望自己是對的，而且我已經得到了，因為我就是對的。」

「你確定？」

「當然確定。我什麼都不擔心，因為我一定會贏。不過你知道嗎，我從陳先生辦公室出來的時候，幾乎是很唾棄自己。」

「你？」

「是啊，為什麼不應該唾棄？因為當時我竟然一直在想：在每一個轉折點，我都被哈勒姆擋住。只要哈勒姆說我壞話，每個人都有藉口可以不相信我。只要哈勒姆陰魂不散的跟著我，我注定會失敗。那麼，我透過他來進行工作不就好了嗎？跟他多說幾句好聽話不就好了嗎？我應該設法操控他，讓他支持我，而不是刺激他，讓他跟我作對，不是嗎？」

「你覺得你辦得到嗎？」

「當然辦不到。永遠辦不到。可是當時我實在太絕望，所以就開始，呃——胡思亂想。我甚至還想，說不定我可以去月球。我第一次跟哈勒姆見面就惹火他，逼得他開始跟我作對，但那並不是世界末日的問題引起的，只不過，當時我已經種下禍根，等真正碰到問題的時候，問題就更難以收拾了。但無論如何，就像你說的，他根本不可能親手扼殺自己一手催生的換能空間。」

「不過，看你現在好像已經不唾棄自己了。」

「不會了，因為這次和陳先生見面，我有了額外的收穫。我發現自己一直在浪費時間。」

「看樣子是。」

「沒錯。不過那本來是可以避免的，因為這個問題沒辦法從地球這邊解決。我告訴陳先生，我們的太陽會爆炸，可是平行宇宙的太陽不會，只不過，平行人也不會因此就沒事，因為一旦我們這邊的太陽爆炸，換能空間就會停止運作，而連帶的他們那邊也無法運作了。沒有我們，他們就沒辦法運作，你懂嗎？」

「懂，當然懂。」

「接著我們反過來想。沒有他們，我們同樣也沒辦法運作。既然如此，我們這邊的換能空間停不停，有什麼差別嗎？叫平行人停止運作不就好了嗎？」

「噢，不過他們會這樣做嗎？」

「他們不是說 FEER 嗎？那代表他們會怕。陳先生說他們怕的是我們，怕我們會停止運作換能空間。不過，我根本不相信他的話。他們害怕。陳先生說那些話的時候，我坐在一旁沒吭聲。他還以為我投降了。其實他搞錯了，當時我只是在想，我們一定要設法讓平行人停止換能空間運作。那勢在必行。麥克，對其他人我已經不抱希望，只能指望你了。你一定要設法讓他們知道我們的想法。」

布諾斯基忽然大笑起來，笑聲裡帶著一種孩子般的得意。他說：「彼得，你真是個天才。」

「到現在你才知道。你是在嘲笑我嗎？」

「不是不是。我是真心的。我本來想跟你說一件事，結果還沒說出來，你就猜到了。我一直在傳訊息給他們，傳了一次又一次，把我們的文字和他們的符號混在一起，而那些符號是我認為可能代表換能空間的。過去幾個月來，我拚命研究他們的符號，儘量分辨出哪些符號代表同意，然後把那個符號和英文字放在一起。不過，那些符號的意思，我究竟是真的搞懂了，還是差了十萬八千里，我完全沒把握。結果，他們一直沒有回覆，我已經不抱什麼希望了。」

「你怎麼沒告訴我你一直在試這個？」

「哦，這方面問題只有我才能處理，不過，還真謝謝你花了那麼多時間跟我解釋平行理論。」

「那麼，後來呢？」

「昨天，我傳送了兩個字過去，用英文，手寫的：PUMP BAD（換能空間不好）。」

「然後呢？」

「今天早上我終於收到回傳的訊息了，上面寫著 YES PUMP BAD BAD BAD。你看。」

拉蒙拿著那張鐵箔，手在顫抖。「他們沒搞錯吧？這意思很明確吧？」

「我覺得是。那麼，你要拿去給誰看？」

「不必再給誰看了。」拉蒙果斷的說。「我不想再多費唇舌。他們一定會說這是我偽造的，所以我們不必再浪費時間在他們身上。讓平行人去停止換能空間的運作吧，我們這邊就會跟著停止，而我們這邊是沒辦法單方面重新啟動換能空間的。到時候，整個換能站的人就會迫不及待去證明我是對的，證明換能空間是危險的。」

「你怎麼知道他們會這樣？」

「因為只有這樣他們才不至於被憤怒的群眾圍攻。群眾想要換能空間，要不到就會很生氣。你不覺得嗎？」

「或許吧。不過，有一件事一直令我感到困惑。」

「什麼事？」

「既然平行人認為換能空間很危險，那為什麼到現在他們還沒停止運作？前陣子我偶爾會到換能站看看，發現換能站還是運作順暢。」

拉蒙皺起眉頭。「也許他們不想單方面停止運作。他們把我們當成夥伴，所以他們希望雙方都同意之後才停止。你不覺得可能是這樣嗎？」

「也許吧，不過也可能是因為雙方溝通還有問題。也許他們還不太懂 BAD 這個字的意思。我用他們的符號傳送訊息給他們的時候，說不定完全搞顛倒了那個符號的意思，說不定他們以為

BAD 這個字是我們說的 GOOD 的意思。」

「噢，天哪。」

「呃，你還是可以抱著希望，不過，希望是沒辦法當飯吃的。」

「麥克，你就繼續傳訊息吧，儘量多加另外一些字，而且要不斷變換搭配。你是這方面的專家，也只能靠你了。總有一天他們就會懂那些字的意思，然後就會回傳清楚明確的訊息，到時候我們就可以跟他們說明我們希望他們停止換能空間的運作。」

「我們需要上面授權才能提出這種要求啊。」

「沒錯，不過這件事他們不會知道，到最後，我們會成為全人類的英雄。」

「說不定我們會先被槍斃。萬一是這樣，你還是要繼續進行嗎？」

「就算這樣……反正就交給你了，麥克，我相信他們很快就會回覆的。」

第十章

然而，並沒有他們想的那麼快。兩個星期過去了，他們還是沒收到任何訊息。於是，壓力越來越大了。

布諾斯基的壓力已經寫在臉上。先前他心情曾經暫時放鬆了一下，但現在又開始沈重。他走進拉蒙的實驗室，面色凝重，悶不吭聲。

兩人面面相覷，後來布諾斯基終於開口說：「整個換能站已經傳得沸沸揚揚，說上面已經通知你去說明自己還有什麼資格在這裡任職。」

拉蒙今天早上顯然沒刮鬍子，而實驗室裡一片冷清，看起來像是在收拾打包的樣子。他聳聳肩說：「那又怎麼樣？我才不在乎。我在乎的是《物理評論》拒絕刊登我的文章。」，

「你不是說你早就料到了嗎？」

「是啊，不過我本來以為他們至少會說出幾個理由。也許他們會說他們覺得哪裡推論有謬誤，哪裡有錯誤，或是說我無法證明我的假設，這樣的話，至少我還有東西可以反駁。」

「他們沒說嗎？」

「他們什麼都沒說。他們的審閱人認為我這篇論文不適合刊登，就這麼一句。總之，他們就是不肯碰……這真是令人沮喪。全人類一致的愚蠢。如果人類自取滅亡是因為絕對的邪惡或純粹的魯莽，那我還不會覺得難過，可是，如果人類只是因為愚蠢而走向滅亡，那就真他媽太不像樣了。如果人類最後是笨死的，那又何必當人類？」

「愚蠢。」布諾斯基喃喃說著。

「不是愚蠢是什麼？他們要炒我魷魚，罪名竟然是因為我說對了，而且竟然還要我自己說出理由，為什麼他們不該炒我魷魚。」

「大家好像都知道你去找過陳先生。」

「沒錯。」拉蒙用兩隻手指按按鼻樑揉揉眼睛，一副很疲倦的樣子。「顯然我是惹毛了他，所以他就去找哈勒姆告狀，而現在呢，他們控告我，說我非常不專業，提出毫無根據沒人支持的說法，運用恐嚇戰術意圖破壞換能空間計劃，而這代表我根本沒資格繼續在換能站任職。」

「彼得，這他們輕而易舉就可以證明。」

「我想也是。不過我不在乎。」

「你打算怎麼辦？」

「不怎麼辦。」拉蒙忿忿的說。「隨便他們怎麼惡搞，我無所謂。反正他們那種官僚作風，搞起來也是拖泥帶水曠日費時，每個步驟都要搞上好幾個星期，甚至好幾個月，而你正好可以利用這段時間繼續加油。總有一天我們一定會收到平行人的訊息。」

布諾斯基依然苦著一張臉。「彼得，萬一還是沒收到怎麼辦？我想，也許你應該再重新考慮一下。」

拉蒙用嚴厲的眼神看著他。「你在說什麼？重新考慮什麼？」

「考慮跟他們說你搞錯了，說你很懊悔，假裝捶胸頓足一下。你真該好好考慮一下，該放棄了。」

「絕對辦不到！老天，麥克，我們打這場仗，是為了全世界和全人類的存亡啊！」

「對，只不過，那對你有什麼意義？你沒結婚，沒有小孩。我知道你爸爸已經過世了，而且我從來沒聽你提過你媽媽或兄弟姐妹。我還真不知道地球上有誰和你個人有感情上的聯繫。所以，你就好好過你的日子，這一切就隨他去吧。」

「那你呢？」

「我也一樣。我離婚了，也沒有小孩。我有一個很親密的女朋友，而且我會儘量長久維持這段感情。好好過日子吧，好好享受人生。」

「那未來呢？」

「未來就隨他去吧，反正等那一天來臨，我們瞬間就死了，不會有任何痛苦。」

「我沒辦法認同你這種態度……噢！麥克！麥克！怎麼回事？你是不是想告訴我，我們沒辦法和平行人溝通？平行人那邊是不是已經沒指望了？」

布諾斯基撇開頭。他說：「彼得，我確實是有答案了。就在昨天晚上。本來我想先好好思考一下，沒打算今天告訴你。不過，算了，有什麼好思考的……你自己看吧。」

拉蒙盯著他，眼神中滿是狐疑。他把那張鐵箔拿過來仔細看，看到一大串字，沒有標點符號：

PUMP NOT STOP NOT STOP WE NOT STOP PUMP WE NOT HEAR DANGER NOT HEAR NOT HEAR YOU STOP PLEASE STOP YOU STOP SO WE STOP PLEASE YOU STOP DANGER DANGER DANGER STOP STOP YOU STOP PUMP（換能不停不停我們不停換能我們不聽危險不聽不聽你們停求停你們停所以我們停求你們停危險危險危險停停你們停換能）

「老天。」布諾斯基喃喃說：「看樣子他們很絕望。」

拉蒙一直盯著那張鐵箔，沒說話。

布諾斯基說：「我猜，對方那邊有一個像你一樣的人，一個平行拉蒙，他也是沒辦法叫平行哈勒姆停止換能空間。我們求他們拯救我們，而同樣的，他們也在求我們拯救他們。」

拉蒙說：「不過，我們可以拿去給——」

「他們會說你騙人，說那是你設計出來的騙局，用來證明你不是精神錯亂憑空想像。」

「他們也許會說我是瘋子，可是他們不會說你是瘋子。你可以幫我作證，麥克，你可以告訴他們，這些訊息是你收到的，怎麼收到的。」

布諾斯基臉紅了。「那又怎麼樣？他們會說平行宇宙那邊有一個像你一樣的瘋子，兩個瘋子剛好湊在一起。他們會說，這個訊息恰好證明了平行宇宙那邊的官方組織認為換能空間沒有危險。」

「麥克，求求你，跟我一起並肩作戰吧。」

「沒有用的，彼得。你自己不是也說這就是愚蠢嗎？或許那些平行人就像你說的那樣，科技比我們先進，甚至比我們聰明，但事實很明顯，他們跟我們一樣愚蠢。所以，一切到此為止了。這種現象，席勒早就強調過，我相信他。」

「誰？」

「席勒，三百年前的德國劇作家，他在一齣描寫聖女貞德的戲裡說過：『面對愚蠢，就連神也鬥不過』。我不是神，而且我也不想再鬥了。隨他去吧，彼得，好好過你的日子。說不定世界末日不會那麼快來臨，我們還可以活完這輩子，而就算世界末日會提早來臨，我們也無能為力。很抱歉，彼得，美好的仗你已經打過，可是你輸了，而我也打不下去了。」

於是布諾斯基走了，實驗室裡又只剩拉蒙一個人。他坐在椅子上，手指不停的敲著扶手，不停的敲。此刻，太陽裡有一些質子正不知不覺聚合在一起，不過隨著時間過去，這種聚合會越來越迫切，直到有一天，微妙的平衡被打破……

「到時候，地球上人就死光了，永遠不會有人知道我是對的。」拉蒙大喊一聲，不停的眨眼睛忍住眼淚。

第二部 ……就連神也……

1a

離開兩位附體身邊，杜愛並不會感到不自在。她總覺得自己應該要感到不自在才對，可是卻從來沒有那種感覺。她從來不會覺得有什麼不自在。

那麼，為什麼她應該要感到不自在呢？因為奧丁老是叫她不要離開。「不要到處亂跑。」奧丁會說：「妳應該知道這樣會惹崔特不高興。」不過他倒是從來沒說自己會不高興。理性體不會為了小事不高興。他總是緊緊黏著崔特，就像崔特總是緊緊黏著孩子一樣。

不過，奧丁總是縱容她，隨她愛怎麼樣就怎麼樣，甚至還會勸崔特別太跟她計較。有時候他甚至還會承認他很以她為榮，因為她很有能力，很獨立……她並沒有意識到自己是喜歡他的，只覺得他是個很不錯的左附體。

但崔特就比較難伺候。他一看到她那種為所欲為的樣子就會不太開心。不過，右附體總是這樣。他是她的右附體，可是對孩子來說，他是孕育體，所以他永遠是以孩子為重……而對杜愛來說，這是有好處的，因為每次她和崔特開始不愉快的時候，一定會有某個孩子引開崔特的注意。

但無論如何，杜愛並不是那麼在意崔特。她總是比較無視於他的存在，只有在三體融合的時候才會意識到他。但奧丁給她的感覺就不一樣了。他總是一開始就能讓她很興奮。光是看到他，她的形體就會開始閃閃發亮，顏色越變越淡。而且不知道為什麼，一想到他是個理性體，她就更感到興奮。她搞不懂自己為什麼會有這種反應，而這正是她古怪的一面。她已經漸漸習慣了自己的古怪，或者說，差不多習慣了。

她嘆了口氣。

小時候她還覺得自己是個個體，一個獨立的個體，而不是三體的一部分。那時候她比較意識得到自己的古怪，不過，真正更讓她感覺到自己古怪的，是看到別人對某些事的反應。那都是些微不足道的小事，比如黃昏的地表。

她好喜歡黃昏時刻的地表，但其他感性體都說黃昏的地表感覺好冷好陰森。每次她描述黃昏的地表給她們聽，她們就會邊發抖邊擠成一團。她們喜歡在溫暖的中午到外面的地表上，伸展伸展形體，吸收陽光當食物，而這正是為什麼她會覺得中午時間很無聊。那些感性體總是嘰嘰喳喳個沒完沒了，她很受不了跟她們在一起。

當然，她總是得進食，不過她比較喜歡在黃昏的時刻進食。那個時間能吸收的陽光比較少，不過所有的東西看起來都是黯淡的深紅色，而且，只有她一個人，她很喜歡這樣。當然，她和其他感性體聊天的時候，總是故意把黃昏的地表描述得更冷更陰森，目的就是為了看她們的反應。

她們一想到那種冷，形體邊緣就會開始發硬。她想看看年輕感性體的形體邊緣能硬到什麼程度。過了一陣子，她們開始私下對她議論紛紛，嘲笑她，疏遠她。

此刻，小小的太陽正在地平線上方散發著紅光。她獨自欣賞著眼前的美景，彷彿這是她的小秘密。她伸展自己的形體，邊緣向外擴散，中間鼓脹起來，努力吸收殘餘的溫熱，懶洋洋的感受無形的長波，享受那種略帶刺激的滋味。她從來沒見過別的感性體說她們喜歡長波的滋味，而無論她怎麼解釋都無法讓她們明白她的感受。她們怎麼會明白，她在品嚐那種滋味的同時，也正享受著自由，遠離群體獨自行動，無拘無束海闊天空。

此刻，她形單影隻，感受著無邊的寒意，看著那深沈暗紅的太陽。甚至在這樣的時刻，她也會回想起她加入三體之前的那段時光，而回憶中尤其鮮明的是她當年的孕育體爸爸。她記得他總是如影隨形的跟著她，深怕她不小心弄傷自己。

他曾經是那麼全心全意的呵護她。孕育體總是這樣，他們最關心的永遠是那個主體孩子，對另外兩個附體就比較沒那麼關注。她很不高興他老是盯著她，總是盼望著他離開的那一天早日來臨。然而，當那一天來臨，他真的離開的時候，她又是多麼想念他。

孕育體總是很難用語言表達自己的感情，但那一天他還是去找她，小心翼翼打算告訴她這件事。但那天她卻突然跑開，不過，那並不是因為她討厭他，也不是因為猜到他要說什麼，而純粹是因為有一件事讓她太開心了。她很高興自己終於找到了一個獨特的好地方，可以在中午時刻好好品味那種與世隔絕的滋味。在那地方，她的形體必須做一些特殊的動作，而且會感受到一種怪異的刺癢。她的形體必須在岩石上滑動，形體邊緣緊貼著岩石邊緣。她知道這是很不得體的行為，因為只有幼兒才會做這種動作，但那種感覺實在很刺激，又很舒服。

沒多久，她的孕育體爸爸終究還是找到了她。他站在她面前，好一會兒沒說話，眼睛縮小，眼神若有所思，彷彿拚命想搞懂她究竟在想什麼。他就這樣一直盯著她。

而一開始她也只是看著他，心裡有點沮喪，認為他一定是因為看到自己在岩石上滑，覺得很丟臉。然而，她並不覺得丟臉，於是過了一會兒她就輕聲細語的開口問：「怎麼了，爸爸？」

「噢，杜愛，時候到了。我一直在等待這一天來臨。我相信妳一定也是。」

「什麼時候到了？」現在時候到了，杜愛反而堅持不想知道。她總覺得，只要她拒絕知道，那她就不會知道。她一直沒有擺脫這種習慣。奧丁曾經說過，感性體就是這副德性。有時候，每當他特別感覺到身為理性體有多麼重要，他就會用一種高傲的口吻這樣說。

她的孕育體爸爸說：「時候到了，我必須昇華了，沒辦法再繼續陪妳了。」說完他就這樣站在那裡看著她，而她說不出話來。

他說：「妳要去告訴另外兩個孩子。」

「我為什麼要去？」杜愛轉身不看他，口氣桀傲不馴。她的形體輪廓開始變模糊，越來越模糊。她努力想讓自己消散掉，然而，不管她再怎麼努力也不可能辦得到。過了一會兒，她覺得好痛，開始抽搐，於是形體又漸漸凝聚回來。她的孕育體甚至懶得再罵她，懶得告訴她，如果被人看到她這樣擴散，那是很丟臉的。

她說：「他們才不在乎。」但話才說完她立刻就感到一陣難過，因為這種話會傷到孕育體爸爸的心。到現在他還是叫他們「小左」和「小右」，只不過，小左現在整天埋頭做自己的研究，而小右則是整天嚷嚷著說要快點找到對象組合成三體。三個孩子當中只剩小杜愛還覺得——噢，畢竟她是年紀最小的。感性體總是這樣，不過另外兩個就是另一回事了。

但她的孕育體爸爸就只是說：「妳終究還是會告訴他們的。」

她不想去告訴他們，因為她和他們已經不再像從前那麼親密了。不過，他們三個還小的時候，情況並不是這樣。那時候，三個形體模樣都差不多，很難分得清誰是誰。左附體哥哥、右附體弟弟、主體妹妹，根本分不清誰是誰。他們形體都像是小小的一縷煙，常常會擠成一團互相翻滾交融，有時候還會滲透進牆裡。

小時候，三個形體這樣廝混，根本沒人會管。沒有大人會去管他們。後來，兩個哥哥的形體逐漸變得越來越密實，而個性也越來越嚴肅，漸漸和她疏遠了。她找孕育體爸爸抱怨說他們都不理她，但他就只會好言好語安慰她說：「你們三個都長大了，沒辦法再讓自己的形體擴散混在一起了。」

但她根本不理他說什麼，還是一直去糾纏哥哥，但左附體哥哥卻一直推開她說：「別再賴在我身上，我沒時間理妳。」而右附體哥哥則是形體一直保持著密實狀態，而且老是悶悶不樂，不吭聲。當時她還並不是很懂他們究竟怎麼回事，偏偏爸爸又沒辦法跟她解釋清楚。偶爾他就只是搬出從前大人教的他那一套跟她說教：「杜愛啊，左附體是理性體，右附體是孕育體，他們會按照自己的方式長大。」

但她不喜歡這樣。他們已經不再是小孩，但她還是，於是她只好跟其他感性體混在一起。她們同樣都在抱怨她們的哥哥，說那些哥哥整天掛在嘴上的就是要怎麼找對象組合成三體。她們每天一起在陽光下伸展形體，吸收陽光食物，每天一起抱怨同樣的事。

後來，她越來越討厭她們，只要一有機會就自己一個躲得遠遠的，於是她們就疏遠她，叫她「左感」。她已經很久沒聽到有人這樣叫她，不過，只要一想到這個綽號，她一定會想起當年她們在她後面嘰嘰喳喳的叫她左感，聽起來好刺耳。那群蠢蛋就是堅持要叫她左感，因為她們知道她一定會受傷害。

她的孕育體爸爸一定看得出來大家都在嘲笑她，然而，他還是一樣很關注她，嘗試用自己笨拙的方式保護她不受其他感性體的傷害。儘管他很討厭去外面的地表，但他偶爾還是會跟著她出去，以確保她平安無事。

有一次她無意間遇見他，看到他正在和一個「硬形者」說話。雖然她還很小，但她倒也還知道孕育體是很難有機會和硬形者說話的。硬形者通常只和理性體說話。

她很害怕，於是就悄悄溜走，但那一瞬間她還是聽到孕育體爸爸說：「硬形者大人，我把她照顧得很好。」

難道硬形者在打聽她嗎？說不定他是在打聽她是不是很古怪。但孕育體爸爸說話的口氣聽不出有半點愧疚。就算面對的是硬形者，他還是很自然而然的表露對她的關愛。杜愛感覺到一絲驕傲。

然而，眼看他就要離開了，那一刻，她長久以來對獨立自由的渴望忽然煙消雲散，只感覺到苦澀的孤寂。她說：「你為什麼一定要昇華呢？」

「那是必然的啊，我親愛的小主體。」

他一定會昇華的。這她明白。所有的形體遲早都一定會昇華的。等那天來臨，她自己也會感嘆說：「那是必然的。」

「可是，你怎麼會知道自己什麼時候會昇華？如果你可以自己選擇時間，那你為什麼不換個時間，留久一點？」

「妳的左附體爸爸已經決定了。我們三體的一切都是由他來決定。」

「為什麼一定要由他來決定？」她很難得見到她的左附體爸爸或主體媽媽。她早就不在乎他們了。她只在乎她的右附體父親，她的孕育體，她的爸爸。他站在那裡，看起來形體矮胖，表面平坦，不像理性體那樣曲線柔和，也不像感性體那樣凹凸不平，而且，不管他想說什麼，她永遠都猜得到，或者說，幾乎都猜得到。

她知道他一定會說：「不管我怎麼解釋，妳這個小感性體都很難明白的。」

他果然這麼說了。

杜愛忽然很悲痛的說：「我會想念你的。我知道你總覺得我不在意你，覺得我一定不喜歡你，因為你老叫我不可以做這個，不可以做那個。可是，從今以後，你再也不會在我身邊了，與其這樣，我還寧願聽你在我身邊嘮嘮叨叨，這樣最起碼我還有個你可以討厭。」

爸爸就這麼站在那裡。面對孩子突如其來的感情宣洩，他根本不知道該如何反應。他就只能湊近她，形體硬是擠出一隻手。看得出來這樣是很費力的，但他還是硬伸出手，手在顫抖，而且形體的輪廓忽然變得柔軟，前所未有的柔軟。

杜愛說：「噢，爸爸。」她伸出柔軟的手環繞住他的手，而在她手的籠罩下，他的手顯得有點朦朧，閃閃發亮。不過她還是很小心，沒有真正碰觸到他的手，因為這樣他會很難堪。

接著他的手縮回來，而她那繞成一圈的手依然沒動。他說：「杜愛，有事別忘了去找硬形者，他們會幫妳。我——我走了。」

於是他走了。從此她再也沒有見過他。

此刻她坐在那裡，在夕陽餘暉中回想從前。她知道崔特很快就會因為她不在而開始煩躁，跟奧丁嘮叨個沒完。

然後奧丁就會對她說教，提醒她不要忘了自己的職責。

但她才懶得理他們。

1b

奧丁大概知道杜愛跑到地表去了。他並沒有認真想就大概知道她往哪個方向去，距離多遠。不過，如果他認真去感覺，他可能會不太開心，因為他會發現自己的三體交互感應能力一直在減弱，而且這種狀況已經持續很久了，然而，不知道為什麼，這種狀況卻越來越令他感到滿足。這代表一切都是按部就班，形體隨著年齡增長持續發展。

至於崔特，他的交互感應能力並沒有衰退，不過卻越來越轉移到孩子身上。這顯然是很有利的發展，不過大體上來說，孕育體的角色儘管很重要，卻是相對比較簡單的角色。理性體的角色就複雜多了。想到這一點，奧丁還是感覺到一絲得意。

當然，三體當中，杜愛才是真正的謎團。跟其他感性體比起來，她實在太不一樣。這令崔特感到困惑沮喪，甚至一提到她，他就會明顯結結巴巴起來。至於奧丁，他偶爾也會感到困惑沮喪，但差別在於，他同時也感覺到杜愛彷彿具有一種無窮的魔力，能夠在生活中帶給大家歡樂，而這光靠他們自己是不太可能辦到的。當然啦，杜愛偶爾還是會惹得大家不高興，但比起她帶來的無窮歡樂，這樣的代價是微不足道的。

杜愛那種古怪的生活方式，或許也是她理所當然的一面。硬形者通常只對理性體有興趣，但他們似乎對她很感興趣。奧丁為此感到驕傲。如果連感性體都會引起硬形者的關注，那他們這三體更是與有榮焉。

一切都按部就班。這是一切的根基，也是他最渴望感覺到的。從生到死都按部就班。總有一天他會知道自己時候到了，該昇華了，而且會很渴望昇華。這一點，硬形者向他保證過。硬形者對所有的理性體都做同樣的保證。不過，他們也告訴過他，他自己的潛意識會很準確的判定時候到了沒有。

「當你聽到潛意識告訴你時候到了，你就會知道自己該昇華了，於是你就會昇華，而你們三體會一起昇華。」洛斯頓說這些話的時候，措辭明確審慎。硬形者跟軟形者說話的時候，總是很注意措辭，彷彿怕軟形者聽不懂。

而奧丁說：「我沒辦法說我想現在就昇華，老師，因為還有太多東西要學。」

「那當然，小左。你會有這種感覺，是因為現在還沒到你該昇華的時候。」

奧丁心裡想：要是我永遠都覺得自己還有東西要學，那我怎麼可能會感覺時候到了？但這句話他並沒有說出口。不過他相信，等有一天時候到了，他就會明白。

他想往下看看自己的形體，而且差點就伸出一隻眼睛去看，因為他忘了自己根本不需要這樣做。絕大多數成年期的理性體，就算是那些最成熟的，也難免會有這種幼年期的衝動。他當然不需要這樣做。他不需要伸出眼睛就可以感覺得到自己的形體很密實。他的形體是由幾個卵型體結合成的，輪廓鮮明迷人，曲線柔美。

他的形體並不像杜愛那樣會散發出奇特迷人的閃光，也不像崔特那麼矮壯、讓人有安全感。他愛他們兩個，但他不會想和他們交換形體，而且，當然更不會想和他們交換心靈。當然啦，他不會對他們這樣說，因為他不想讓他們傷心。不過，他永遠都暗暗慶幸自己的心靈不像崔特那樣理解力不足，而更值得慶幸的是，不像杜愛那麼古怪。他覺得他們兩個應該不會在意自身的缺陷，因為他們不了解自身以外的生命形體。

他又隱隱感應到杜愛了，而這次他刻意讓這種感應變遲鈍。他覺得此刻自己並不需要她。倒也不是說他對她的慾望減弱了，只是他現在越來越渴望別的東西。在成長的過程中，理性體會發現自己越來越容易在心靈的鍛煉中得到滿足，而這樣的鍛鍊只能獨自進行，而且必須和硬形者在一起。這是理性體成長過程的一部分。

他越來越習慣和硬形者在一起，感覺自己和他們關係越來越密切。他覺得這樣是應該的，因為他是理性體，而且從某個角度來看，硬形者就是超級理性體。在所有硬形者當中，洛斯頓是最友善的一個，而且在奧登感覺上，似乎也是最年輕的一個。這話他曾經對洛斯頓說過。當時洛斯頓嘴裡沒說什麼，但奧丁看得出來他覺得這種說法很有意思，而這意味著他並不否認。

從開始有記憶以來，奧丁印象最深的全是硬形者。他的孕育體爸爸越來越把心思放在最小的孩子——也就是小感性體身上。這是理所當然的。等第三個孩子降生，崔特也會是這樣。當然，前提是孩子要先生出來，而也正是為了第三個孩子還沒生出來，崔特一再責怪杜愛。

對奧丁來說，孕育體爸爸把心思放在最小的孩子身上，反而是一件好事，因為孕育體爸爸會把大部份時間都花在那孩子身上，奧丁就可以更早開始接受教育。早在他遇見崔特之前，他一直逐漸在擺脫幼兒期的習性，學會了很多東西。

然而，他永遠忘不了他遇見崔特的那一刻。雖然那已經是大半輩子前的事了，但那一刻卻彷彿像昨日一樣歷歷在目。當然，他曾經見過一些和自己同世代的孕育體，他們都還年輕，還要很久以後才會孕育出自己的孩子，成為真正的孕育體。不過，他們雖然年輕，卻已經顯露出個性淡漠的跡象。小時候，他會和自己的右附體弟弟一起玩，但那時他幾乎不會去留意他們之間智力上的差異。不過，如今回想起來，就算當時還那麼小，他也已經意識到那種差異了。

另外，他也隱約知道孕育體在三體中扮演什麼角色。即使在小時候，他也聽過有人在竊竊私語說「三體融合」的事。

然而，自從兩人初次相遇，奧丁第一眼見到他之後，一切都不一樣了。有生以來第一次，奧丁感覺到自己體內湧現出一股暖意，開始意識到自己渴望某種東西，而那東西和思想全然無關。直到現在，他依然記得當時內心不但湧現出渴望，同時也感到尷尬。

當然，崔特並不覺得尷尬。孕育體永遠不會對三體之間的行為感到尷尬，而感性體也幾乎從來不會，唯獨理性體會有這種問題。

有一次奧丁和硬形者討論這個問題，硬形者說：「你想太多了。」奧丁對他的回答並不滿意。究竟要在什麼情況下，思考才會變成「想太多」？

當然，他們初次相遇的時候，崔特還很小，很稚氣，遲鈍到不知道該怎麼應付這種場面，所以他形體的反應明顯到令奧丁覺得不好意思。崔特的形體邊緣幾乎變成透明。

奧丁趕緊說：「嗨，右附體朋友，我們應該沒見過吧？」

崔特說：「我從來沒來過這裡。我是被人帶來的。」

這時他們兩個終於都明白這是怎麼回事。有人覺得他們兩個很合適，所以就安排他們見面，覺得這樣做是對的。當初奧丁認為這是某個孕育體安排的，後來才知道是某個硬形者。

當然，他們兩個在心智上是沒有交流的。奧丁迫切渴望學習，這種強烈的求知慾超越一切，除了三體本能的渴望之外，而崔特卻根本連什麼叫學習都不懂。崔特該懂的東西，不需要學習，也永遠不會遺忘。在這種情況下，兩個人在心智上怎麼可能會有交流？

他們剛在一起的時候，奧丁認識了這個世界和太陽，知道了歷史和生命的機制，領悟了宇宙的一切，他好興奮，有時候會不自覺的對崔特滔滔不絕的說起來。

崔特靜靜的聽著。他顯然聽不懂，但還是很樂意聽。至於奧丁，儘管是白費唇舌，顯然也很樂意滔滔不絕。

基於本身的特殊需求，有一天，崔特終於先採取行動，想和奧丁有進一步的行為。中午他們一起吸收陽光進食之後，奧丁就開始滔滔不絕的說他這天學到了什麼。他們讓形體變得比較密實，吸收陽光的速度很快。然後他們一起在陽光下散步，心滿意足。至於感性體，她們和他們不一樣。她們曬太陽一次就要曬上好幾個小時，而且會讓形體變得比較鬆散，蜷曲成一團，彷彿刻意要拖延時間。

每次到外面的地表，奧丁一向對那些感性體視而不見，自顧自滔滔不絕樂在其中，而崔特則是默默看著她們。然而，隨著日子一天天過去，每天聽著奧丁滔滔不絕，那天他明顯感到煩躁了。

他突然湊近奧丁，形體上猛然突出一條延伸體，那動作如此飛快突兀，奧丁根本猝不及防。那條延伸體伸向奧丁形體最頂端的卵型體，碰觸到上面一處微微發亮的部位。那是用來吸收暖空氣的部位。崔特很費力的讓那條延伸體變細，穿進奧丁的皮膚裡，那一剎那，奧丁猛然竄開，覺得非常尷尬。

奧丁自己當然也做過這種動作，不過那是在幼兒期，長大以後就再也沒有了。「不要這樣，崔特！」他口氣很嚴厲。

崔特的延伸體依然在摸索。「可是我想啊。」

奧丁用盡全力讓形體變得密實，讓表面變硬，硬到延伸體無法穿透。「我不想這樣！」

「為什麼不想？」崔特口氣很急。「這又沒什麼不對。」

情急之下，奧丁臨時想到一個理由，脫口就說出來。「我會痛。」其實根本不會痛，形體不會感到痛。就好像，硬形者總是極力避免讓軟形者碰觸到他們。要是軟形者不小心刺穿他們的形體，他們會痛。不過話說回來，他們的形體結構和軟形者不一樣，截然不同。

崔特並沒有上當。在這方面，他的本能太強，根本不可能會受騙。他說：「根本不會痛。」

「呃，反正這樣就是不對。要做這件事，我們需要感性體一起來做。」

但崔特就只是死不退讓的說：「反正我就是想。」

這樣的場面以後一定會層出不窮，而奧丁最後也勢必要讓步。最後奧丁總是讓步。就連自我意識最強的理性體也必然會讓步。就像那句古話說的：「不管承不承認，總之就是做了。」

自從那天以後，崔特每次碰面都會和他連結，不是透過延伸體就是整個貼在他身上。那種感覺很舒服，就連奧丁也被迷住了，於是他也開始幫忙連結，努力讓自己形體發亮。在這方面，他的能力比崔特強。崔特當然渴切得多，氣喘吁吁，全身緊繃，可惜不管他再怎麼努力，形體也只有某些部位會發亮，閃亮看起來零星斑駁。

而奧丁整個形體表面都可以變成半透明，而且他會努力壓抑自己的難為情，讓自己的形體在崔特身上滑動。他的形體會滲透進崔特的皮膚，所以他感覺得到崔特發硬的形體表面底下那一陣陣的亢奮。他很享受那種感覺，可是卻又摻雜著一絲愧疚。

結束後，崔特通常都會很累，而且有點生氣。

奧丁說：「好了，崔特，早就告訴過你，這件事，我們必須找一個感性體一起做，感覺才會對。少了感性體，感覺就不會對，你生氣有什麼用？」

崔特會說：「那就去找一個感性體啊。」

去找一個感性體！在單純的本能驅策下，崔特永遠只會直接採取行動，別的什麼都不會。奧丁實在沒把握自己是否能夠把生命的複雜機制解釋清楚，讓崔特聽得懂，但他還是好言好語說：「事情沒那麼簡單，右附體伴侶。」

崔特突然說：「硬形者一定有辦法。你跟他們不是很好嗎，去找他們啊！。」

奧丁嚇壞了。「怎麼可以去找他們！」他不自覺的又開始變成說教的口氣。「時候就是還沒到。時候到了，我一定會知道。等時候到了——」

但崔特根本不理他說什麼。他說：「你不去，我去！」

「不行！」奧丁嚇壞了。「你絕對不准去。告訴你，時候就是還沒到。我可沒你那麼輕鬆，我還有很多東西要學。當孕育體實在太輕鬆了，什麼都不必懂，就只要——」

話才一說出口他就後悔了，不過，罷了，反正是假話。他絕對不想做出任何會冒犯到硬形者的事，破壞那種對他很有利的關係。不過，看樣子崔特根本不在意他說的話，而這讓奧丁想到，崔特認為自己知道的已經夠了，別的不需要知道太多，就算知道也沒什麼好處，也就是說，他根本不會覺得奧丁剛剛說的話冒犯到他。

然而，崔特還是不斷拿感性體的問題來煩他。他們偶爾還是會嘗試交合，而事實上，那種亢奮感越來越強，一次比一次強。那種感覺雖然很舒服，但永遠沒辦法讓他們真正滿足。每次結束後，崔特就會叫他去找一個感性體，而每次結束後，他就會更埋頭去做自己的研究，藉此逃避問題。

有幾次，他差點就忍不住想去找洛斯頓談這件事。

在所有硬形者當中，洛斯頓是他最熟的，也是私下對他最關注的。硬形者看起來幾乎全是一個樣，因為他們不會改變，永遠不會改變，他們的形體是固定的，眼睛該在哪裡就在哪裡，全體硬形者都一樣。他們的皮膚並不是絕對堅硬，但永遠是不透明的，絕對不會閃閃發亮，不會變模糊，而且永遠不會被自己同類的皮膚刺穿。

比起軟形者，硬形者的形體並沒有特別大，不過卻比較重。他們的形體組織密度比較高，而且他們必須提高警覺，不能讓軟形者的柔軟組織碰觸到他們。

在他還很幼小的時候，他的形體可以像他妹妹一樣自由自在的流動。有一次，一個硬形者湊近他。他不知道那是誰，不過長大以後他才知道，所有硬形者都對幼年期的理性體很感興趣。當時，基於好奇心的驅使，奧丁抬起形體想去碰那個硬形者，但那硬形者卻立刻跳開。後來奧丁的孕育體罵了他一頓，說他怎麼可以去碰硬形者。

那次奧丁被罵得很慘，一輩子忘不了。長大以後他才知道，硬形者的形體組織是由密排結構的原子組成的，如果被別人用力刺穿，他們會感到痛。奧丁很好奇，不知道軟形者會不會感到痛。另一個年輕的理性體曾經告訴奧丁，有一次他不小心絆倒，撞到一個硬形者，結果那硬形者痛到整個形體都變彎了，而他自己卻沒什麼感覺。不過，奧丁不太確定他是不是在吹牛。

另外還有一些別的事他也不可以做。他喜歡在洞穴的岩壁上摩擦自己的形體。形體滲透進岩石的時候，感覺會很舒服，很溫暖。幼兒期的軟形者很喜歡這樣，可是長大以後他發現自己越來越難這樣做了。然而，他還是有辦法滲透進岩石表層，而且很喜歡那種感覺，可是他的孕育體爸爸發現他在做這件事，臭罵了他一頓。他很不服氣，說他妹妹也一直都是這樣啊，他親眼看過。

「那不一樣啊。」他的孕育體說。「她是感性體。」

後來，他年紀更大一點了，有一次他在聽錄音檔案的時候，不自覺的讓形體突出幾條觸手，而且讓觸手尾端變尖，這樣就可以讓觸手互相刺穿。後來他每次聽錄音的時候就常常這樣做。那種刺刺癢癢的感覺很舒服，還能讓他在聽錄音的時候更容易吸收內容，而且事後會覺得昏昏欲睡。

然而，有一次他這樣做的時候又被他的孕育體爸爸逮到了。後來，每當奧丁回想起孕育體當時說的那些話，心裡還是很不舒服。

當年沒人認真告訴過他有關三體融合的事。他被灌輸了很多知識，學會了很多事，可是卻從來沒人告訴他什麼叫三體。同樣的，崔特也從來沒聽人提到過三體的事，然而，他是個孕育體，所以他天生就知道這種事，不需要等別人告訴他。後來，當杜愛出現的時候，一切就都清楚了，儘管這方面她知道的似乎比奧丁還少。

不過，後來她之所以會找上他們，並不是因為奧丁做了什麼。這一切都是崔特促成的。崔特通常都很畏懼硬形者，總是默默避開他們。崔特不像奧丁那樣充滿自信，然而，在三體的事這方面，他卻是自信滿滿。在這方面，崔特完全受本能的驅使。崔特——崔特——一切都是崔特——

奧丁嘆了口氣。此刻他腦海裡又感應到崔特了，因為崔特來找他了。他感應到他，感應到他充滿渴望，永遠充滿渴望，那種感應很強烈。這些日子，奧丁感覺到自己必須比從前更認真思考，必須把自己的思緒理清楚，然而，偏偏在這樣的日子裡，他卻越來越沒自己的時間——

「崔特，有什麼事嗎？」他說。

1c

崔特知道自己形體結實矮胖，但他並不覺得這樣很醜。或者說，他根本就從來不去想。不過，就算他想過，他也會認為這樣很漂亮。他的形體會長成這樣，是有某種功能的，而他會充分發揮那種功能。

他問：「奧丁，杜愛在哪裡？」

「在外面的某個地方吧。」奧丁喃喃說著，一副不在乎的樣子。崔特很氣大家這麼不重視三體。杜愛很不合作，而奧丁則是不怎麼在乎。

「你為什麼要讓她出去？」

「我怎麼擋得住她呢，崔特？而且那也沒什麼不對啊。」

「你明知道那樣不對。我們現在只有兩個小孩，必須再生第三個。可是最近這些日子，大家都很難生得出小主體。杜愛必須要好好吸收陽光進食，我們才有辦法生出那孩子。偏偏現在她又是趁黃昏時間到外面去晃，問題是，黃昏時間怎麼吃得飽？」

「她就是不太愛進食。」

「這樣我們永遠生不出小主體啊，奧丁。」這時崔特的聲音忽然變得溫柔。「少了杜愛，我怎麼有辦法好好愛你呢？」

「噢，又來了。」奧丁喃喃嘀咕了一句。崔特又感到困惑了，想不通為什麼這句話會令奧丁感到難堪。

崔特又說：「別忘了，杜愛可是我找來的。」這一點，奧丁應該沒忘吧？奧丁究竟有沒有關心過三體的事，到底懂不懂三體代表什麼意義？有時候，崔特感到好沮喪，不知道自己該怎麼辦，就只是覺得沮喪。回想當年，他想找一個感性體，可是奧丁卻不肯幫忙，當時他就是這種沮喪的感覺。

崔特知道自己說不出什麼偉大的話，不過，他是個孕育體，而孕育體不需要說什麼話，只需要想。他們會想那些很重要的事。奧丁老是一天到晚說什麼原子、能量。真是的！誰在乎什麼原子能量啊？崔特自己滿腦子想的就只有三體和孩子。

有一次奧丁曾經告訴他，軟形者的數量正逐漸減少，可是說歸說，奧丁真的在乎嗎？硬形者會在乎嗎？除了孕育體，有誰會在乎嗎？

整個世界的人只有兩種生命形態，一是硬形者，一是軟形者，而照耀世界的陽光就是他們的食物。

奧丁曾經告訴過他，太陽正漸漸在冷卻。他說，食物變少了，人也就跟著變少。但崔特根本不相信他。他覺得太陽並沒有變得比較冷，和他幼兒時期的感覺差不多。他認為問題在於大家越來越不在意三體的事。忙著吸收知識的理性體太多了，愚蠢的感性體太多了。

軟形者該做的，就是把全部心力用在生命中最重要的事情上。崔特就是這樣。他把心力用在三體該做的事情上。小左附體出生了，然後小右附體也出生了，他們不斷的成長茁壯。然而，他們還必須生出小主體。跨出第一步是最困難的，沒有小主體，就不會有新一代的三體。

杜愛怎麼會這樣子？她一向都很難應付，現在更難纏了。

崔特隱隱感覺得到他很氣奧丁。奧丁老是愛說那些很難懂的東西，而杜愛會聽他說。奧丁總是對杜愛說個沒完，感覺彷彿兩個都是理性體了。對三體來說，這是個大麻煩。

奧丁實在應該要懂事一點。

永遠都是崔特在煩心，永遠都是崔特在做該做的事。奧丁是硬形者的朋友，可是他卻不肯開口請硬形者幫忙。他們需要一個感性體，可是奧丁卻不肯開口。奧丁會跟他們談能源，但就是不談三體的需求。

後來是崔特扭轉了局面。崔特永遠記得那一刻，感覺很驕傲。他看到奧丁在跟一個硬形者說話，於是就湊過去打斷他們說話。他開口的時候連聲音都不會顫抖。他說：「我們需要一個感性體。」

那硬形者轉過來看著他。崔特從來沒有這麼靠近過硬形者。他的形體是一個整體，轉過來就是全身轉過來。他身上有一些突起，那些突起可以活動，可是形狀不會變。他們的形體不會流動，形狀不規則，很不美觀。而且，他們不喜歡被人碰觸。

那硬形者問：「是這樣嗎，奧丁？」他這句話不是對崔特問的。

奧丁的形體忽然變扁，扁得幾乎快貼到地上。崔特從沒看過奧丁變這麼扁。「我的右附體太過熱情，我的右附體——他——」他開始結巴起來，氣喘吁吁說不出話來。

但崔特說得出話。他說：「少了感性體，我們沒辦法三體融合。」

崔特知道奧丁已經難堪到說不出話，但他不在乎。現在時候到了。

「嗯，小左。」硬形者還是對著奧丁問。「你也覺得是這樣嗎？」硬形者說起話來和軟形者差不多，不過口氣比較嚴厲，也比較不會拐彎抹角。聽他們說話很累，反正崔特是這麼覺得，不過奧丁好像很習慣了。

「是的。」奧丁終於說。

這時硬形者終於轉過來對著崔特。「小右，我有點忘了，你和奧丁在一起多久了？」

「夠久了。」崔特說。「你該想辦法找一個感性體給我們了。」他形體很堅定的對著的硬形者，不准自己害怕。這件事太重要。他說：「我叫崔特。」

硬形者似乎覺得很有趣。「沒錯，看樣子我選得很對，你和奧丁確實是天生的一對，不過這樣一來，要挑選感性體就難了。我們差不多已經確定了人選，最起碼我自己很久以前就確定了，不過我還是得說服其他人。你要有耐性，崔特。」

「我已經沒什麼耐性了。」

「我知道，不過你還是要再忍一下。」他又覺得有趣了。

後來等他走遠了，奧丁立刻直立起來，氣得整個形體膨脹起來變得稀疏。他大罵：「崔特！你怎麼可以這樣！你知道他是誰嗎？」

「他是硬形者啊。」

「他是洛斯頓。他是我獨一無二的老師。我不想惹他生氣。」

「他為什麼要生氣？我很有禮貌啊」

「呃，算了。」奧丁的形體又恢復到正常的樣子，那代表他已經不生氣了。崔特鬆了口氣，不過他努力不讓奧丁看出來。奧丁又接著說：「我這個呆呆的右附體竟然這樣冒出來，用這種口氣跟我的硬形者說話，你知道我有多丟臉嗎？」

「那你為什麼不自己去說？」

「你懂不懂什麼叫時候還沒到？」

「對你來說，時候永遠不會到。」

這時他們互相搓搓形體表面，不再吵了，而沒多久，杜愛來了。是洛斯頓帶她來的，但崔特根本沒有意識到，因為他眼裡只看得到杜愛，根本看不到硬形者。後來是奧丁告訴他，杜愛是洛斯頓帶來的。

「你看吧。」崔特說。「就是因為我跟他說我們需要感性體，他才會帶她來。」

「才不是這樣。」奧丁說：「是因為時候到了。他會帶她來，並不是因為你開口跟他說，也不是因為我開口跟他說。」

但崔特根本不相信他。他很確定杜愛會來到他們身邊，完全是他自己的貢獻。而且他也確定，世上再也找不到第二個像杜愛這樣的感性體。崔特見過不少感性體，覺得她們都很迷人。只要能夠好好融合，不管哪一個他都可以接受。然而，當他一眼看到杜愛，他立刻就明白其他感性體沒半個適合。唯有杜愛。唯有杜愛。

而杜愛很清楚自己該做什麼。非常清楚。後來她告訴他們，從來沒人教過她該怎麼做，也沒人跟她說過這件事，就連其他感性體也都沒跟她提過，因為她總是躲得遠遠的，不和她們打交道。

然而，當他們三個聚在一起，每個人都知道自己該做什麼。

杜愛的形體忽然擴散開。崔特從來沒見過這麼鬆散的形體，更無法想像人的形體有可能擴散到這種程度。她看起來幾乎就像一團色彩繽紛的煙，瀰漫了整個房間，令他目眩神迷。他不自覺的往前移動，融入杜愛那團煙中。

沒有刺穿的感覺。完全沒有。崔特甚至感覺不到表面的阻力，感覺不到摩擦，只感覺到自己往內流動，感覺到迅速的碰觸。他感覺到自己也開始擴散，而且完全不費力。先前他自己擴散的時候，總是很費力。當杜愛融入他體內，他發現自己也能毫不費力的擴散成一團濃密的煙。他不斷擴散，感覺自己像是在流動，自由自在無拘無束的流動。

他隱約看到奧丁從另一邊湊過來，從杜愛左邊，而且也逐漸在擴散。

接著，他碰觸到奧丁。這樣的碰觸原本應該會讓人感覺到強烈的刺激，可是卻完全不會。他感覺得到奧丁，但卻是不自覺的、無意識的。他融入奧丁體內，而奧丁也融入他體內。他已經分不清究竟是他籠罩著奧丁還是奧丁籠罩著他，或者說，他分不清兩人究竟是不是彼此籠罩。

他感覺得到的，只有快感。

那快感是如此強烈，使得他感官知覺都變模糊了，而當那快感強烈到他快要無法忍受的時候，所有的感官知覺忽然都消失了。

最後，他們三個分開了，愣愣的看著彼此。剛剛的融合持續了好幾天。當然，三體融合總是會耗費很長的時間。融合得越久，感覺越美妙，然而，當一切結束後，無論融合的時間有多長，感覺都只像是一瞬間，而他們也不記得融合了多久。不過，在往後的日子裡，他們融合的時候，時間很少再像第一次那麼長。

奧丁說：「真是美妙。」

而崔特就只是凝視著杜愛。有了杜愛才有可能這麼美妙。

她的形體正在凝聚，旋轉，不停的顫抖。三個人當中，她似乎是受影響最大的。

「我們還會再融合。」她口氣很匆忙。「不過，等以後再說。現在我要走了。」

於是她就跑掉了。他們沒有攔她。他們還沒有完全回過神來，忘了要攔她。然而，後來永遠都是這樣。每次融合結束後，她都會跑掉。無論融合有多美妙，她都會走。她這個人似乎本能的很需要獨處。

這令崔特感到困擾。無論在哪方面，她和其他感性體實在太不一樣。她不應該是這樣。

但奧丁的感覺不一樣。他說過好幾次：「崔特，別管她好不好?她和其他感性體不一樣，而這也代表她比她們強。要是她和其他感性體一樣，融合的感覺就不會這麼美妙。你以為要享受這樣的好處不用付出代價嗎？」

崔特不太懂他的意思。他只知道她應該要做好她該做的事。他說：「我希望她做該做的事。」

「我知道，崔特，我知道。不過，你別管她就對了。」

奧丁自己偶爾也會罵杜愛，說她行為實在太古怪，然而，他就是不想讓崔特去罵她。他會說：「崔特，你說話太沒技巧。」崔特根本不懂什麼叫技巧。

而現在，距離他們第一次融合已經過了好久好久，小感性體依然還沒出生。還要再等多久？他們已經等太久了。而隨著日子一天天過去，杜愛越來越常獨自一個人。

崔特說：「她吸收的陽光不夠。」

奧丁說：「等時候到了——」

「你一天到晚說這個，不是說時候到了，就是說時候還沒到。從前，你從來不覺得時候到了，我們該去找個感性體。而現在呢，你也從來不覺得時候到了，我們該生個小感性體。杜愛應該要——」

但奧丁轉身不看他。他說：「崔特，她就在外面，想找她，你儘管去，不過別忘了，你是她的右附體，不是她的孕育體爸爸。如果你想擺出爸爸的姿態去外面找她，那你就去吧。不過我還是要勸你，別管她。」

崔特投降了。他有一肚子話想說，可是卻不知道該怎麼說。

2a

杜愛感應到左右附體正為她的事感到煩躁，那種感應是隱約的、遙遠的，但她卻越來越想抗拒。

如果是奧丁或崔特來找她，或是兩個一起來找她，那結果就是他們三個融合在一起。一想到這個她就很氣。崔特懂的，除了孩子，就只有這件事。崔特滿腦子想的，除了第三個孩子，就只有這件事。而這一切都是為了孩子，還有那第三個還沒出生的孩子。當崔特想要融合的時候，總是會達到目的。

崔特一頑固起來，就會變成三體的主宰。他會為了一個念頭堅持到底，死不放棄，最後奧丁和杜愛也只好投降。但此刻，她不會投降，她不會——

她並不覺得這個念頭代表她背叛他們。奧丁和崔特對彼此都有一種強烈的渴望，但她從來不希望自己會有那種強烈的渴望，不管是對奧丁還是對崔特。她自己一個人就可以讓形體融化，而他們卻只能透過她的冥想和她融合，但奇怪的是，他們為什麼沒有因此更尊重她？三體融合的時候，她還是會有強烈的快感。她當然會，只有笨蛋才會否認。但那種快感很類似她的形體穿透牆壁時的快感。她有時候會偷偷這樣做。可是對奧丁和崔特來說，三體融合的快感是無與倫比的，那是他們前所未有的體驗，而從前是不可能體驗到的。

噢，等一下，這樣說不對。奧丁學習的時候也是會有樂趣的，可以說，那是智力成長的樂趣。杜愛偶爾也感覺得到智力成長的樂趣，而那已經足以讓她明白那代表什麼。雖然那種樂趣和融合的快感不太一樣，但還是可以用來當替代品，最起碼可以像奧丁那樣，就算不三體融合，偶爾還是享受得到樂趣。

但崔特就沒辦法這樣了。他腦子裡只有三體融合和孩子。那是他僅有的。當他那狹隘的心智完全投注在那上面，奧丁只能投降，而杜愛也不得不投降。

有一次她曾經拒絕融合。她說：「融合的時候，我們究竟是什麼狀況？每次融合，我們都要好幾個小時甚至好幾天之後才會清醒過來。而那段時間裡我們到底怎麼了？」

聽她說這種話，崔特氣壞了。「一直都是這樣。本來就一定是這樣。」

「我就是不喜歡事情一定怎麼樣。我想知道為什麼。」

奧丁顯得很難為情。他這大半輩子都在難為情。他說：「好了，杜愛，事情就必須是這樣。因為——因為孩子的緣故。」他說這句話的時候形體似乎有點顫動。

「好了，不需要激動。」杜愛口氣很嚴厲。「現在我們都長大了，三體融合都不知道已經多少次了，而且我們都知道這樣才能夠生孩子。你們愛這樣說也沒關係，不過，我只是有點好奇為什麼要花這麼長的時間，如此而已。」

「因為這個過程很複雜。」奧丁形體還是有點顫動。「因為那需要能量。杜愛，要花很長的時間才能孕育出小孩的胚胎，而且就算我們花了很長的時間，胚胎都不一定能孕育出來。而現在狀況更糟糕了……不光是我們。」他說得很急。

「什麼更糟糕？」崔特急著問，但奧丁卻不肯再多說了。

後來他們終於有了一個孩子，一個小理性體，小左附體。那小傢伙竄來竄去，不斷擴散，他們三個都欣喜若狂，就連奧丁都會把那孩子捧在手上，看著他在他手上改變形狀，看個不停，除非崔特不讓他再看下去。當然，胚胎是在崔特體內發育的，經過漫長的時間才發育成形。小孩成形後，是崔特親手讓小孩和自己的形體分離。而一直在照顧小孩的，也是崔特。

小孩出生後，崔特就經常陪著孩子，比較少跟他們在一起了。這樣一來，杜愛反而開心。她一向討厭崔特對孩子的執迷，但很奇怪的，她卻喜歡奧丁對知識的執迷。她越來越意識到理性體的重要性。理性體是知識造就出來的，所以他有能力回答各種問題，而杜愛正好有一肚子的問題想問他。只要崔特不在旁邊，他很樂於回答她的各種問題。

「奧丁，為什麼融合要花這麼多時間？我們每次融合都要花掉好幾天，可是卻不知道那幾天裡我們是什麼狀況，我不喜歡這樣。」

「我們是很安全的，杜愛。」奧丁口氣很真摯。「想想看，到目前為止我們都沒怎麼樣，不是嗎？而且，妳應該從來沒聽過別的三體出過什麼事，對吧？另外，妳實在不應該問問題。」

「為什麼？就因為我是感性體？就因為其他感性體從來不問問題？我可以告訴你，我實在很受不了另外那些感性體。至於我呢，我有很多問題想問。」

她知道奧丁一直在看她，而且她看得出來，他那神情彷彿他從來沒見過像她這麼漂亮的人，如果崔特在場，他會要崔特和她馬上跟他一起融合。她甚至讓自己的形體擴散了一下，就那麼一點點，剛好到他可以察覺的程度，有那麼一點賣弄風情的味道。

奧丁說：「可是，杜愛，妳恐怕很難明白長時間的融合意味著什麼。要孕育出新生命必須耗費很大的能量。」

「你常常會提到能量，那究竟是什麼？」

「呃，就是我們每天吸收的食物。」

「哦，那你為什麼不說食物呢？」

「因為能量和食物不太一樣。我們的食物來自太陽，那是一種能量，不過能量還有另外很多種，而那些能量並不是食物。我們進食，就是把形體伸展開，吸收陽光。這對感性體來說是最難的，因為她們的形體比較透明，也就是說，陽光更容易傳穿透形體，而不是被吸收——」

杜愛很高興有人這樣跟她解釋。他說的這些，其實她心裡都知道，只是不知道該怎麼表達。奧丁會用很多長長的科學字眼，她都不會。這些字眼可以把事情解釋得更清楚，更有意義。

現在她已經成年，已經不再像小時候那樣怕人家取笑，而且和奧丁崔特一起組成三體，深受尊重，所以，現在她偶爾也會去找其他感性體，耐著性子和她們成群擠在一起，聽她們喋喋不休。畢竟，跟她們在一起，她吸收到的陽光確實比較多，比平常自己一個人在黃昏時刻吸收的多，而這樣確實有助於讓融合更成功。她學她們那樣滑行、調整形體姿勢迎向陽光，儘量讓自己的形體收縮凝聚得更緊密，增強吸收陽光的效率。有時候，她確實因此體驗到她們感受到的喜悅。

然而，用這種方式吸收陽光，她只要吸收一下子就可以撐很久，不像其他感性體那樣似乎永遠吃不夠。她們會用一種怪異的方式扭動形體，拚命想吸收更多陽光，而杜愛永遠學不會那種動作。後來，她終於再也受不了她們了。

那就是為什麼理性體和孕育體很少去外面的地表。他們形體比較緊密，可以迅速吸收陽光，然後就離開。而感性體會在陽光下扭動形體好幾個小時，不光是因為她們吃得比較慢，也是因為她們需要的能量確實比其他人多，最起碼為了融合的需要。

奧丁跟她解釋過，感性體提供能量，理性體負責播種，孕育體負責培育。他解釋的時候形體有點顫動，幾乎說不清楚。

本來杜愛很看不慣她們那種狼吞虎嚥吸收陽光的模樣，不過聽奧丁解釋過之後，她開始覺得她們既討人厭又有趣。既然她們從來不會問問題，那麼，她可以確定她們一定不知道自己為什麼會那樣，也可以確定她們不會意識到自己形體顫動凝聚的模樣，還有回到地下洞穴的路上那種傻笑的模樣，其實也帶著淫蕩的一面，因為那意味她們貯備了充足的能量，可以進行美好的融合。

另外，她也學會了包容崔特對她的不滿。每次她從地表回到洞穴的時候，形體並沒有顯現出朦朧的半透明，而那意味著她沒有吸飽陽光。崔特一看到她那個樣子就很不高興。不過話說回來，他們又有什麼好抱怨的？她的形體保持著擴散狀態，融合的時候會更靈巧。或許他們不像其他三體那樣融合得如膠似漆，但她很確定那種虛無飄渺的感覺才是最美妙的，更何況，小左附體和小右附體都生出來了，不是嗎？

當然，問題的癥結在於他們還沒生出小感性體，也就是小主體。要想生出小感性體，需要的能量比生另外兩個孩子大得多，而她吸收的能量永遠不夠。

就連奧丁也開始會提到這問題了。「杜愛，妳吸收的陽光不夠。」

「誰說不夠？」杜愛急著反駁。

奧丁說：「吉妮亞他們那組三體已經孕育出感性體胚胎了。」

杜愛不喜歡吉妮亞，從來沒喜歡過。就算以感性體的標準來衡量，吉妮亞依然可以說是沒長腦子。杜愛口氣傲慢的說：「我想，她現在應該是到處在吹噓吧。她那個人很沒格調。我猜她應該是這樣說的：『噢，親愛的，本來我是不應該說，不過，你們一定無法想像我的左附體和右附體有多賣力啊——』」杜愛模仿吉妮亞那種顫抖的口氣，模仿得惟妙惟肖，奧丁看了覺得好笑。

但接著他還是說：「吉妮亞也許是個笨蛋，但她確實促成了一個小感性體的孕育，而崔特懊惱的就是這個。比起他們那組三體，我們努力了更久——」

杜愛轉身不看他。「在我承受得了的範圍內，我已經盡全力吸收陽光，甚至因為吸得太飽，形體幾乎沒辦法動。真不知道你們還要我怎麼樣？」

奧丁說：「別生氣。我會來找妳談這件事，是因為我答應過崔特。他覺得妳比較肯聽我的話——」

「噢，崔特只是覺得很奇怪，你怎麼會跟我解釋科學。他根本不懂——難道你寧願我和其他感性體一樣嗎？」

「不。」他口氣嚴肅。「我很高興妳和其他感性體不一樣。而且，如果妳有興趣聽我們理性體說話，那我就跟妳說一件事吧。現在，太陽已經無法再像從前那樣提供給我們充足的食物了。光能減弱了，我們必須花更長的時間曬太陽才吸得飽。長久以來，生育率一直在降低，而整個世界的人口已經只剩下從前的零頭了。」

「那我也沒辦法啊。」杜愛還是很不服氣。

「硬形者說不定有辦法。他們的人數也一直在減少——」

「哦，他們也會昇華嗎？」杜愛突然興趣來了。她一直都以為他們是永生不死的。他們不需要出生就存在了，也永遠不會死。舉例來說，有誰看過剛出生的硬形者？他們沒有孩子，不會融合，也不吸收食物。

奧丁若有所思的說：「他們應該還是會昇華。他們從來不跟我談他們自己的事。我甚至無法確定他們是怎麼進食，不過當然啦，他們一定要進食的，而且，他們也是會出生，舉例來說，最近出現了一個新的硬形者，只是我還沒見過他——呃，算了，不說這個。重點是，他們發明出一種人造食物——」

「我知道。」杜愛說。「我嚐過。」

「妳嚐過？妳怎麼沒告訴我！」

「很多感性體都提到過這件事。她們說硬形者在找人志願嚐試，但那些笨蛋都很怕。她們說那恐怕會導致她們的形體永久變硬，從此再也無法融合。」

「真笨。」奧丁口氣激動。

「我知道，所以我就志願去嚐試，於是她們就不敢吭聲了。噢，奧丁，我真受不了她們。」

「妳覺得那食物味道怎麼樣？」

「好難吃。」杜愛說得很激動。「又辣又苦。當然啦，這我沒有告訴其他感性體。」

奧丁說：「我也嚐過。味道沒那麼糟吧。」

「噢，理性體和孕育體哪會在乎食物是什麼味道。」

但奧丁說：「那種東西還在實驗階段，他們正在努力改良。我是說硬形者，尤其是艾斯華。我剛剛提到的就是他，那個新的硬形者。他正在努力研究改良。洛斯頓偶爾會提到他，感覺上，他似乎是個很特殊的人物，一個非常偉大的科學家。」

「你怎麼會從來沒見過他？」

「我只是軟形者。妳該不會以為他們什麼都會讓我看，什麼都會告訴我吧？不過，總有一天我應該會見到他的。他開發出一種新能源，說不定有一天可以救我們所有人的命——」

「我才不吃人造食物。」話一說完，杜愛忽然就跑掉了。

那是不久前的事。自從那天以後，奧丁就再也沒提到過艾斯華，但她知道總有一天他一定會再提。此刻，她一個人在地表上，面對夕陽餘暉回想著那一天。

就那麼一次，她看到了人造食物。那是一團球形的光，像個小太陽，被硬形者架設在一個特殊的洞穴裡。到現在她還記得那種味道。

他們有辦法改良嗎？他們有辦法讓它味道變得比較好，甚至變得美味嗎？到時候，她是不是就得去吃那種食物，吃得飽飽的，而那種飽足感就會促使她產生一種無法抑制的慾望，想要融合？

她很怕那種自發的慾望。她和左附體右附體在一起的時候，三體會互相激發出強烈的慾望，但那種自發的慾望卻完全不一樣。那種自發的慾望意味著她的形體已經準備要讓小感性體孕育出來了。問題是——她不願意！

她花了很長的時間才願意對自己承認這個事實。她根本不想讓小感性體孕育出來！三個孩子都生出來之後，無可避免的，他們昇華的時候就到了，但她不想昇華。她還記得她的孕育體爸爸永遠離開她的那一天，而她絕對不讓那種事發生在自己身上。她堅決不肯。

其他感性體都不在乎，因為她們腦袋空空，根本不會去想到這個。但她和她們不一樣。她是古怪的杜愛，她們口中的「左感」，那麼，她當然不會一樣。只要別讓第三個孩子孕育出來，她就不會昇華。她就會一直活下去。

所以，她不想要有第三個孩子。絕對不要。永遠不要。

問題是，她該怎麼繼續拖延？要怎麼樣才不會讓奧丁發現真相？萬一奧丁發現了，會怎麼樣？

2b

奧丁等著看崔特會怎麼做。他幾乎可以斷定崔特不會真的到地表上去找杜愛，因為那代表他必須離開孩子，而對崔特來說，那永遠是最難的。崔特沒說話，等了好一會兒，然後就走了，而且是往孩子洞穴的方向走。

崔特走了，奧丁勉強感覺到有點高興，但當然不是真的高興，因為崔特很生氣，把自己封閉起來，導致三體之間的感應變弱，而不愉快的情緒形成障礙。奧丁也無可奈何，只能暗自悶悶不樂。那種感覺就像生命的脈動變遲緩了。

有時候他會想，不知道崔特是否也有這樣的感覺……不對，這樣說並不公平，因為崔特和孩子之間有一種獨特的感應。

至於杜愛，究竟有誰知道她是什麼感覺？有誰知道感性體是什麼感覺？她們實在太不一樣。相形之下，左附體和右附體除了心智不同之外，其餘各方面都很像。然而，就算明知道感性體的心思難以捉摸，又有誰猜得到杜愛究竟是什麼感覺？杜愛實在太特別了。

這就是為什麼崔特走了以後，奧丁會勉強感到高興，因為杜愛真的很難伺候。他們一直沒辦法孕育出第三個孩子，已經拖延太久，而杜愛卻沒有變得比較容易說服。相反的，她越來越難說服。奧丁內心越來越不安，可是卻不太明白自己為什麼不安。他覺得他必須去找洛斯頓討論一下。

他開始往硬形者大洞穴的方向前進，而且讓形體不間斷的滑動，加快移動的速度。他的動作並不像感性體那樣興奮過度沿路扭動，搖搖晃晃猛衝，看起來很不雅。但另一方面，他的動作也不像孕育體那樣笨拙的轉移重心移動，看起來有點可笑——

奧丁腦海中深深烙印著許多畫面。他清楚記得崔特追著小理性體跑，而那個年紀的小理性體當然動作就像感性體一樣滑溜。他也記得當時杜愛擋住了小理性體，把他抓回來，而崔特氣得咕嚕咕嚕叫，不知道該把這小生命抓起來晃一晃，還是該把他緊緊裹在自己形體裡。為了孩子，崔特的形體可以很明顯的擴散，但和奧丁融合的時候，擴散卻沒那麼明顯。奧丁拿這件事消遣崔特，但崔特可沒什麼幽默感。他正經八百的回答說：「噢，可是小孩比較需要我這樣擴散啊。」

奧丁暗暗得意自己的形體能夠這樣滑動。他覺得自己的動作優雅迷人。他曾經對洛斯頓說出自己的感覺。洛斯頓是他的硬形者導師，在洛斯頓面前，他會坦白說出自己的任何想法。但洛斯頓卻說：「感性體或孕育體對自己滑動的方式也會有同樣的感覺吧，你不覺得嗎？你們彼此的思考方式不同，行為不同，那麼，會讓你們感到滿意的事物應該也是不同的，不是嗎？組成三體並不代表你們沒有自己的個體性。這你應該知道。」

奧丁並不確定自己是不是真的懂什麼叫個體性。是獨身的意思嗎？硬形者當然都是獨身。硬形者都沒有組成三體。他們怎麼受得了？

初次想到這種問題的時候，奧丁還很年輕。當時他才剛開始和硬形者建立起關係，而有一天他突然想到自己並不確定硬形者是不是真的都沒有組成三體。這是軟形者群中普遍流行的傳說，但傳說是真的嗎？奧丁考慮過之後，認為自己一定要開口問，而不是光靠信念接受這件事。

於是有一天奧丁終於問了。「老師，你是左附體還是右附體？」後來每次一想到自己問過這種問題，奧丁的形體都會顫動起來。問這種問題真是幼稚得可笑。事實上，任何一個理性體遲早都會開口問這個和硬形者有關的問題，而且多半都很快就會問，但儘管如此，奧丁還是覺得很難為情。

洛斯頓很平靜的回答：「噢，我的小左兄弟。我不是左附體，也不是右附體。硬形者是不分什麼左右的。」

「那麼，你是主——感性體嗎？」

「你問我是不是主體？」硬形者形體上有一個固定的感應區，那感應區這時忽然改變形狀。奧丁後來才知道，那種形狀意味著硬形者覺得很好笑。「不是，我也不是主體。我們硬形者就只有一種。」

奧丁本來並不想追問，可是在心智求知本能的驅使下，他又問了一句：「那你們怎麼受得了？」

「噢，小左兄弟，我們的狀況不太一樣。我們已經習慣了。」

接著奧丁又想，自己有辦法習慣這樣嗎？到目前為止，他的三體父母幾乎是他生命中的一切，而且他很確定，再過不久他也會組成自己的三體。沒有三體，生命會是什麼模樣？他偶爾會很認真的去想這個問題。其實，無論碰到什麼問題，他都會很認真去想。有時候他會靈光一閃，想到那可能代表什麼意義。硬形者只有自己，沒有左附體哥哥，沒有右附體弟弟，沒有主體妹妹，沒有融和，沒有孩子，也沒有養育他們的三體父母。他們擁有的就只有心智，只有對宇宙的探索。

對他們來說，或許這樣就夠了。後來，年紀大一點的時候，奧丁也約略領悟到探索的樂趣，感覺這樣差不多就夠了——差不多。可是當他想到崔特和杜愛，他終究還是認定，就算探索出整個宇宙的奧祕，也還是不夠。

奇怪的是，在某些時刻，他會突然靈光乍現想到：除非有一天在某個時刻的某種情況下會出現一種狀態……然而，那瞬間的靈光一閃很快又消失了。說起來，那靈光一閃其實更像是無數零碎的思緒。不過，沒多久他又想起來了，而且最近那思緒越來越紮實，可以持續很久讓他深入思考。

然而，現在他根本不該去想這些。現在他必須先處理杜愛的問題。他沿著那條熟悉的路線往前移動。當年他第一次走這條路線，是他的孕育體爸爸帶他走的。再過不久，崔特也會帶著他們的小左附體走這條路線。

當然啦，他很快又沈陷在過往的回憶裡。

當年第一次走這條路線是很可怕的。當時路上還有別的小理性體。儘管那些孕育體爸爸想盡辦法哄他們，要他們保持形體穩定，外表平滑，別讓三體父母丟臉，可是他們的形體卻還是一直顫動，閃閃發亮，形狀變來變去。其中有一個小理性體是奧丁的玩伴，他甚至整個形體擴散成扁平狀，而他的孕育體爸爸羞愧得無地自容，拚命哄他，但不管怎麼哄，他就是不肯恢復原形。不過，後來他倒是成為一個很不錯的學生……儘管比不上奧丁。奧丁也意識到這一點，不禁暗暗得意。

上學的第一天，他們見到好幾個硬形者。那些硬形者走到每一個小理性體面前，用各種不同的方式記錄小理性體的顫動模式，藉此判斷是要讓他開始受教育，還是要等下學期。如果要等到下學期，要教他什麼。

有一個硬形者走到奧丁面前的時候，奧丁竭盡全力讓自己形體保持穩定不搖晃，表面保持平滑。

那硬形者說話了，但才一開口，那奇怪的聲音就讓奧丁嚇得差點決定不要長大。他說：「你這個理性體形體很穩定。你叫什麼名字，左附體？」

這是奧丁第一次聽到有人用「左附體」稱呼他，而不是小左之類的暱稱。他內心忽然湧現出前所未有的自信，打起精神說：「我叫奧丁，硬形者大人。」孕育體爸爸特別交代過他要這樣尊稱硬形者。

奧丁隱約記得當時有人帶他們參觀硬形者大洞穴，看到他們的設備、機器、圖書館等等令人眼花撩亂的景象，聽到許多他完全無法理解的聲音。他已經忘了當時看到的聽到的究竟是什麼，只記得自己本能的感到絕望。

孕育體爸爸告訴過他，他要去學習，但他並不是真的懂什麼叫學習。他問爸爸什麼叫學習，結果卻發現爸爸自己也不懂。

過了一段時間，他才發現學習是很愉快的，非常愉快，不過還是有些地方令他擔心。

第一次稱呼他「左附體」的那個硬形者是他的第一個老師。他教奧丁怎麼解讀聲波錄音。過了一陣子，奧丁終於能夠從那些無法理解的聲波中聽出正常的語言，就像聽自己形體顫動發出的說話聲一樣清楚。

可是後來，不知道什麼時候，第一個老師就沒再出現，換成另一個硬形者來幫他上課。奧丁是過了一段時間才注意到老師換了。剛開始學習的時候，奧丁沒發現那是兩個不同的硬形者，聽不出他們說話聲音的差異。後來他終於分辨出來了，一點一滴的認清那是兩個不同的硬形者，而且對這樣的改變感到畏懼。他不明白這代表什麼。

後來他終於鼓起勇氣問：「硬形者大人，我的老師在哪裡？」

「你是說嘉瑪爾丹？……嗯，他不會再教你了，左附體。」

奧丁一時說不出話來，好一會兒才又問：「可是硬形者不會昇華——」他話還沒說完就哽住了。

那個新的硬形者很被動，什麼都沒說，也沒有主動表示什麼。

後來奧丁終於發現他們永遠都是這樣。他們從來不談自己的事。任何事情他們都可以侃侃而談，可是一涉及自己，他們就不吭聲了。

透過拼湊出來的幾十種證據，奧丁也只能認定硬形者確實會昇華，他們並不是像大多數軟形者所認定的那樣永生不死。然而，從來沒有任何一個硬形者說得這麼明白。奧丁和其他理性體學生偶爾會討論這件事，但討論的時候總是猶豫不安。每個學生都舉出了某個他們觀察到的小線索，而那些線索都是鐵一般的證據，足以證明硬形者並非永生不死。然而，他們都感到困惑，不想面對那個明顯的結論，於是就不再談了。

儘管那些線索足以證明硬形者並非永生不死，但他們似乎不在意證據的存在。他們並沒有掩蓋那些線索，但也絕口不提。有時候，免不了會有學生直接問他們，但他們從來不回答。他們既不否認也不承認。

如果他們會昇華，那麼，他們當然也會出生，但他們也絕口不提這個，而且奧丁也從來沒見過小硬形者。

奧丁認定硬形者並不是從太陽吸收能量，而是從石頭吸收，或者，最起碼他們的形體會吸收黑岩石的粉末。除了奧丁以外，還有一些學生也是這麼認為，不過，另外有些學生很激動，不肯接受這種說法。當然，他們無法下結論，因為從來沒人看過硬形者進食，而硬形者也絕口不提這件事。

後來，奧丁覺得硬形者的語多保留是理所當然的，因為那是他們特性的一部分。他認為，硬形者不會組成三體，或許是因為那就是他們的個體性。

不過，後來奧丁知道了很多非常重要的事，相形之下，硬形者個人的事就顯得微不足道。舉例來說，他已經知道整個世界正在枯萎，正搖搖欲墜——

這件事是他的新老師洛斯頓告訴他的。

奧丁曾經問過他，為什麼好多大洞穴都沒人住，而那些洞穴多到數不清，一直往世界深處延伸，綿延不盡。洛斯頓似乎很高興。「你本來不太敢問的對不對，奧丁？」

如今他會直接稱呼奧丁的名字，而不是用左附體這樣的通稱來稱呼他。聽到硬形者這樣稱呼自己的名字，他總是感到很驕傲。很多硬形者都會用名字稱呼他。在領悟力方面，奧丁是一個奇才，而硬形者用名字稱呼他代表他們知道他是個奇才。洛斯頓不只一次說過，他很得意有奧丁這個學生。

奧丁確實不敢問，他猶豫了一下，但最後還是坦白承認自己確實不敢問。向一個硬形者承認自己的缺點是比較容易的，不像對其他理性體同學承認那麼難，而向崔特承認就更難了，難到無法想像……不過，和杜愛在一起的時候就不一樣了。

「那你為什麼會問？」

奧丁又猶豫了一下，然後慢慢說：「我很怕那些沒人住的洞穴。小時候有人告訴我，裡面有很多可怕的東西。不過我知道的這些，都不是我親眼看到的。我知道的，都是那些小夥伴告訴我的，而他們也都沒有親眼看過。我很想找出真相，那種渴望越來越強，到現在，我的好奇心已經戰勝了恐懼。」

洛斯頓似乎很高興。「太好了！好奇心是很有用的，恐懼是沒有意義的。你的心智探索能力非常強，奧丁。你要記住，在那些重要的事情上，你的心智探索能力是唯一有用的工具。我們能教你的很有限。既然你想知道，那我大可告訴你，那些沒人住的洞穴真的沒有人在裡面，都是空的，不過裡面倒是有一些不重要的東西，而那都是很久以前留下來的。」

「硬形者大人，那是誰留下來的？」每當他發現硬形者顯然知道某些事，但他卻不知道，這時他就會不由自主的用硬形者大人這樣的尊稱。

「那是很久以前住在裡面的人留下來。很久很久以前，好幾千年以前，這個世界有好幾千個硬形者，好幾百萬個軟形者，可是奧丁，現在，人數比從前少了很多。現在只剩下不到三百個硬形者，不到一萬個軟形者。」

「為什麼？」奧丁很震驚。只剩下不到三百個硬形者，這等於是洛斯頓公然承認硬形者會昇華。不過，現在不是追究這個問題的時候。

「因為能量越來越少？太陽正逐漸在冷卻，我們一年比一年更難生出新的人口，也更難活下去。」

這時奧丁又想到，洛斯頓說這些話，豈不是代表硬形者也會出生？代表硬形者的食物也是陽光，不是岩石？但奧丁立刻又揮開這些思緒，因為現在不是想這個的時候。

「這種狀況會繼續下去嗎？」奧丁問。

「太陽必然會繼續萎縮，到最後徹底死亡。有一天，奧丁，我們就不再有食物了。」

「你的意思是，所有的人，包括硬形者和軟形者，全部都會死掉？」

「還會有別的意思嗎？」

「我們不能就這樣死掉啊。既然我們需要能量，而太陽又快要死亡了，那麼，我們勢必要找到別的能源。別的太陽。」

「只不過，奧丁，所有的太陽都快要死亡了。整個宇宙就要滅亡了。」

「就算太陽全部死亡，難道別的地方找不到食物嗎？沒有別的能源嗎？」

「沒有。整個宇宙所有的能源都快消失了。」

奧丁還是很不服氣，他想了一下又繼續說：「那還有別的宇宙啊。難道因為宇宙快要死亡，我們就應該這樣放棄嗎？」他說話的時候一直在顫動，而且形體一直擴散，變成半透明，最後整個形體變得比硬形者還大。這是很不禮貌的。

但洛斯頓卻顯得非常開心。「太棒了！親愛的小左。你這話真的應該要讓其他人都聽到。」奧丁形體又縮回原形。聽到洛斯頓稱呼他「親愛的小左」，他又難為情又開心。他從來沒聽過任何人這樣叫他——當然，除了崔特之外。

那天之後過了沒多久，洛斯頓就親自把杜愛帶來給他們。有時候奧丁會不經意的想，這兩件事之間究竟有沒有關聯。但過了一陣子，他就懶得再想了。崔特一天到晚強調，就是因為他去找洛斯頓，洛斯頓才會把杜愛帶來。於是奧丁就懶得再想了，因為那實在太令人困惑。

而現在，他又要來找洛斯頓了。自從當年他得知宇宙已經快要死亡，知道硬形者一直努力想辦法生存下去，到現在已經過了很久了。在很多知識領域裡，他已經成為好手，就連洛斯頓都不得不承認，在物理方面，在軟形者能夠理解的範圍內，他已經沒辦法再教奧丁什麼了。而且，他還有其他的年輕理性體要教，所以就沒辦法再像從前那樣常常和奧丁見面。奧丁在輻射研究室找到了洛斯頓，看到他正在教兩個快成年的理性體。洛斯頓隔著玻璃窗一眼就看到他，立刻走出來，輕輕關上門。

「我親愛的左附體，你還好嗎？」他舉起雙肢，擺出歡迎的姿勢。奧丁一看到他那種姿勢，立刻就像從前一樣不由自主的想去摸他，但終究還是忍住了。

「我並不是有意要來打擾你的，洛斯頓大人。」

「打擾？我離開一下沒關係，那兩個孩子自己研究沒問題的，說不定他們還巴不得我離開。而且，我話太多，他們一定覺得很煩。」

「哪有這種事。」奧丁說：「你上的課實在太令我著迷，我相信他們兩個一定也一樣。」

「噢，哪裡，是你太過獎了。對了，我常常在圖書館看到你，而且聽說進階課程你學得很不錯。聽他們這樣一說，我還真懷念我那個最優秀的學生。崔特還好嗎？他是不是還跟從前一樣堅守孕育體的角色？」

「一天比一天更堅持。他鼓舞了我們這組三體。」

「那杜愛呢？」

「杜愛？就是為了她，我才會來找你——你也知道，她實在太不尋常了。」

洛斯頓點點頭。「沒錯，我知道。」這時他臉上出現奧丁漸漸熟悉的、憂鬱的表情。

奧丁等了一下，然後決定開門見山直接問。他說：「洛斯頓大人，你會把杜愛帶來給我和崔特，就是因為她很不尋常嗎？」

洛斯頓說：「你會覺得意外嗎？奧丁，你自己就很不尋常，而且，你也跟我說過崔特很不尋常，說了很多次。」

「是的。」他很堅定的說。「他確實很不尋常。」

「既然如此，那你們三體不是應該要有一位很不尋常的感性體嗎？」

「不尋常可以表現在很多方面。」奧丁若有所思的說。「可是在某些方面，杜愛那種古怪的方式讓崔特很不高興，也令我擔心。我可以跟你討論一下嗎？」

「那當然，隨時可以。」

「她不太——不太喜歡融合。」

洛斯頓神情凝重的聽著，沒有顯露出半點難為情。

奧丁又繼續說：「應該說，我們融合的時候，她很喜歡，但問題是，想找她來融合卻不是那麼容易。」

洛斯頓問：「崔特對融合有什麼感想？我的意思是，除了行為本身當下的愉悅之外，融合對他的意義是什麼？」

「當然是孩子。」奧丁說。「我喜歡那兩個孩子，杜愛也喜歡，但崔特才是孕育體。這你能夠理解嗎？」這時奧丁忽然覺得，洛斯頓不太可能明白三體的奧妙。

「我儘量去理解。」洛斯頓說：「在我看來，崔特從融合中得到的，除了融合本身的愉悅之外，似乎還有別的。那麼，你自己呢？除了融合的愉悅之外，你又得到了什麼？」

奧丁想了一下，然後說：「我認為你應該知道。那會激發我的心智活動。」

「沒錯，我知道，不過我還是必須提醒你，希望你別忘記這一點。你告訴過我，每次融合都會耗費很多時間，但結束之後，你會發現自己突然想通了很多原先搞不懂的東西。我必須承認，有幾次在你融合的期間，我會很久都見不到你。」

「在長時間融合的過程中，會有短暫的緩和停歇，而在那停歇的時刻，我感覺得到自己的心智還在運作。」奧丁說。「就好像，儘管感覺不到時間的流逝，感覺不到自己的存在，但我卻很需要那停歇的時刻。在那些時刻，我可以很深入很專注的思考，不會有生活中瑣碎的事務讓我分心。」

「沒錯。」洛斯頓說。「而且融合結束之後，你會有突破性的領悟。對你們理性體來說，這是一種很普遍的現象，不過我必須承認，沒有人能夠像你這樣突飛猛進的領悟。老實說，我認為有史以來沒有任何一個理性體能夠像你這樣。」

「真的嗎？」奧丁努力不讓自己顯露出太得意的樣子。

「不過話說回來，我的判斷也可能是錯的——」這時奧丁那因為得意而閃閃發亮的形體忽然黯淡下來，洛斯頓似乎覺得很有趣。「——不過這不重要。重點是，你和崔特一樣，在融合中，除了融合本身的愉悅之外，還得到了更多。」

「是的，確實是這樣。」

「那麼，除了融合的愉悅之外，杜愛還得到了什麼？」

奧丁想了很久才說：「我不知道。」

「你從來沒問過她嗎？」

「沒有。」

「那麼……」洛斯頓說。「在融合的過程中，如果杜愛得到的就只有融合的愉悅，而你和崔特除了愉悅之外還得到了更多，在這種情況下，她又何必像你們兩個一樣，對融合那麼渴望？」

「其他感性體似乎不需要——」奧丁急著反駁。

「其他感性體和杜愛不一樣。我記得你好像告訴過我很多次，你很滿意她這樣。」

奧丁感到很難為情。「我認為似乎有別的原因。」

「會是什麼原因？」

「這很難解釋。我們三體彼此都很熟悉，互相感應得到，從某個角度來看，那種感覺就像，我們三個都是某個獨立形體的一部份，但那形體虛無飄渺，若隱若現，我們幾乎感覺不到它的存在。如果太專心去感覺，我們就感覺不到了，所以我們一直沒辦法感覺到那形體完整的樣子。我們——」說到這裡奧丁忽然停住，感到很無可奈何。「我們實在很難跟人解釋，如果那個人——」

「沒關係，我會盡我所能去理解。你認為你感應到杜愛內心深處的某些想法，而那是她極力想隱藏的秘密，對不對？」

「我不太確定。那是一種很模糊的印象。我內心的某個角落偶爾會感應到。」

「嗯，你感應到什麼？」

「有時候我覺得杜愛似乎不想讓小感性體孕育出來。」

洛斯頓神情凝重的看著他。「我想，目前你們應該只有兩個小孩吧，一個小左附體和一個小右附體。」

「是的，只有兩個。你也知道，感性體很難孕育出來。」

「我知道。」

「偏偏杜愛不肯好好吸收充足的能量，或甚至根本不想。她說了一大堆理由，但我根本不相信。在我看來，她根本就是不想讓小感性體孕育出來，只是不知道為什麼。對我來說，如果杜愛真的暫時不想孕育小感性體，那我會隨她高興。可是崔特是個孕育體，他想要小感性體，而且是非要不可。無論如何，我不能讓他失望，就算是為了杜愛也不能。」

「如果杜愛不想讓小感性體孕育出來，是基於一個理性的原因，那你的態度會不一樣嗎？」

「我的態度當然可以不一樣，但崔特就沒辦法了。他不懂這種東西。」

「那麼，你應該會儘量勸他要有耐性吧？」

「是的，我會盡量勸他。」

洛斯頓又說：「你有沒想過，幾乎沒有任何軟形者——」說到這裡他遲疑了一下，思索該如何表達。接著他用軟形者熟悉的字眼繼續說：「在孩子出生之前，幾乎沒有任何軟形者會昇華。我是說三個孩子都出生之前，包括最後的小感性體。」

「沒錯，這我知道。」奥丁覺得有點奇怪，洛斯頓怎麼會以為他連這種最基本的東西都不知道。

「那麼，一旦小感性體生出來，就等於是昇華的時候到了。」

「通常是這樣，不過還是要等小感性體長得夠大——」

「但昇華的時刻畢竟很快就會來臨。也許杜愛並不想昇華。」

「怎麼可能呢，洛斯頓？昇華的時候到了，感覺就像融合的時候到了，怎麼可能會不想？」

這時奥丁又想到，硬形者不會融合，說不定他們根本不懂。

「假如杜愛就是不想昇華呢？那你會怎麼跟她說？」

「噢，我會告訴她，總有一天我們一定會昇華的。如果杜愛只是想拖延孕育小感性體的時間，那我會遷就她，甚至還會勸崔特一起遷就她。但如果她是根本不想孕育出小感性體，那是絕不能容許的。」

「為什麼？」

奥丁停下來想了一下。「我也說不上來，洛斯頓大人，我只知道我們勢必要昇華。我一年比一年知道得更多，也感覺到更多。有時候我甚至覺得我已經明白為什麼了。」

「奥丁，有時候我會覺得你真是個哲學家。」洛斯頓冷冷的說。「不過你想想看，等第三個孩子出生長大之後，崔特就已經擁有了三個孩子，人生已經圓滿，他會很期待昇華。至於你呢，你已經學到了很多東西，心滿意足了，人生也圓滿了，你也會覺得自己可以昇華了。可是杜愛呢？」

「我不知道。」奧丁愁眉苦臉的說。「其他感性體一輩子都混在一起聊天，其樂融融，可是杜愛卻從來都不跟她們一起混。」

「嗯，她很不尋常。不過，難道她什麼都不喜歡嗎？」

「她喜歡聽我談我的研究。」奧丁喃喃嘀咕了一句。

洛斯頓說：「噢，不用覺得不好意思，奧丁。每個理性體都會跟他的右附體和主體談自己的研究。你們都假裝沒有，其實都有。」

奧丁說：「不過杜愛是真的會聽我說。洛斯頓大人。」

「我很確定她真的會聽。她不會像其他感性體那樣。那麼，你有沒有想過，每次融合結束後，她也會懂得更多。」

「沒錯，我偶爾會注意到。我並沒有特別去留意，不過——」

「因為你認定感性體沒辦法真的懂那些東西。然而，杜愛似乎具有相當程度的理性。」

奧丁忽然抬頭很專注的看著洛斯頓。有一次杜愛曾經告訴他，她小時候很不開心，很怕其他感性體那種尖叫聲，而且她們會辱罵她是「左感」。她只說了那麼一次。難道洛斯頓聽說過這件事？……然而，洛斯頓就只是平靜的看著他。

奧丁說：「有時候我也這麼認為。」接著他忽然大聲說：「不過我很驕傲她是這個樣子。」

「這沒什麼不對。」洛斯頓說。「那你為什麼不告訴她你為她感到驕傲？如果她想培養自己的理性，那麼，讓她自由發展有什麼不好嗎？你可以更認真教她，把你知道的傳授給她。不管她問什麼，你都可以回答。這樣做應該不至於會害你們三體丟臉吧？」

「就算丟臉我也不在乎……更何況，這有什麼好丟臉的？崔特會認為我是在浪費時間，不過我會應付他。」

「你可以告訴他，如果杜愛能夠從生命中得到更多，能夠更感受到真正的滿足，那麼，也許她就不會再像現在這樣那麼害怕昇華，這樣一來，說不定她反而會更願意孕育小感性體。」

奧丁本來有一種大難臨頭的強烈感受，但聽洛斯頓這麼一說，他立刻感到如釋重負。「你說得沒錯，我覺得你說對了。洛斯頓大人，您真是無所不知，什麼都懂。有您領導硬形者，我們另一個宇宙的計畫一定會持續有進展，不可能會失敗。」

「我的領導？」洛斯頓覺得好笑。「你忘了，現在是艾斯華在領導我們。他才是這個計畫真正的英雄。沒有他，這計劃根本不可能會有進展。」

「噢，對了。」奧丁忽然感到很難為情。他從來沒見過艾斯華。事實上，據他所知，到目前為止根本沒有半個軟形者真的見過艾斯華，不過，他倒是偶爾聽說過有人曾經遠遠看到過他。艾斯華是一個新出現的硬形者。最起碼奧丁小時候從來沒聽人提到過他，從這個角度來看，艾斯華可以算是新硬形者。這也意味著艾斯華是一個年輕的硬形者，也就是說，在奧丁還小的時候，艾斯華是一個小硬形者。不是嗎？

但現在奧丁並不去想這個。現在奧丁急著想回家。儘管沒辦法觸摸洛斯頓表達感激，但奧丁還是再三感謝他，然後就興高采烈的匆匆走了。

其實，他的喜悅有相當自私的成分。他開心，並不光是因為再過不久他們就可以孕育出小感性體，也不是因為他覺得崔特會很高興，甚至也不是因為他覺得杜愛會得到滿足。此刻，真正令他感到開心的，是他馬上就可以教學生了。這種期待令他歡欣鼓舞。其他理性體都不可能感受得到教學生的快樂，而且他深信，其他理性體也不可能會有杜愛這樣的感性體當三體伴侶。

如果能夠讓崔特明白他們必須這樣做，那就太棒了。他一定要找崔特談一談，想辦法勸他要有耐性。

2c

崔特從來不覺得自己沒耐性。他不想假裝明白杜愛為什麼會這樣。他甚至不想嘗試去明白。他才不管。他始終搞不懂感性體為什麼會那樣，杜愛為什麼沒辦法和其他感性體一樣，為什麼她連這個都做不到。

她從來不去想那些重要的事。她會盯著太陽，可是卻擴散形體讓陽光食物穿透過去，然後說夕陽好漂亮。可是那並不重要啊，重要的是吃。漂亮和吃有什麼關係？漂亮又是什麼？

她總是想讓融合變得不一樣。有一次她曾經說：「我們先談一談吧。我們從來沒有討論過這問題，也從來沒思考過。」

奧丁總是說：「「崔特，隨她高興吧，這樣會讓融合感覺更美妙。」

奧丁一直都很有耐性。奧丁老是認為，只要耐心等待，情況就會好轉。但情況要是沒有好轉，他就只會想更深入思考，想出辦法。

崔特不太明白奧丁所謂的「想出辦法」是什麼意思。在他看來，奧丁所謂的「想出辦法」就是什麼都不做。

舉例來說，當初他們是怎麼找到杜愛的?奧丁就只會一直想辦法，但崔特卻挺身而出提出要求。事情就是這樣。

而現在，看杜愛那個樣子，奧丁依然不肯採取行動。那小感性體怎麼辦?那才是最重要的。好吧，如果奧丁不肯採取行動，那崔特會採取行動。

事實上，他已經展開行動了。就在他想著這一切的時候，他正沿著那條長長的通道緩緩移動。他幾乎沒有意識到自己已經移動了這麼遠。這就是所謂的「想出辦法」嗎?好吧，他不會容許自己害怕。他不會退縮。

他漫不經心的看看四周。這是通往硬形者大洞穴的路線。他知道，再過不久他就會帶著他的小左走這條路線。有一次奧丁曾經幫他指出這條路線。

然而，這次他並不知道抵達目的地之後該怎麼辦。但無論如何，他還是一點都不怕。他想要一個小感性體。擁有一個小感性體是他應有的權利。沒有什麼比那更重要。硬形者一定會想辦法讓他擁有一個。當年他提出要求之後，他們不是把杜愛帶來了嗎?

但這次他該找誰提出要求?隨便找任何一個硬形者都可以嗎?他隱約感覺得到他不能隨便找一個硬形者。他記得一個名字。他要去找叫那個名字的硬形者，然後跟他談這件事。

他記得那個名字。他甚至記得自己是什麼時候第一次聽到那個名字。當時小左已經長得夠大，有辦法自發性的讓形體改變形狀。那真是個大日子！「來啊，奧丁，趕快來看！阿尼斯變成橢圓形了，而且變結實了，而且是自己變的。妳看，杜愛！」他們立刻衝進來。當時阿尼斯是他們唯一的孩子。他們必須等很久才會有第二個孩子。他們衝進來的時候，阿尼斯的形體正好貼在牆角。接著他慢慢蜷曲成一團，像一團濕黏土一樣滑過他的小洞穴。後來奧丁先離開了，因為他太忙。不過杜愛說：「噢，他一定會再變形的，崔特。」後來他們在那邊等了好幾個小時，等著看阿尼斯再變形，可惜他卻一直沒再變。

奧丁沒有等著看阿尼斯變形，崔特心裡很不舒服。他本來想罵奧丁，可是發現奧丁顯得很焦慮，卵型體上出現明顯的皺紋，而且他似乎沒有心思讓那些皺紋消失。

崔特急忙問：「出了什麼事嗎，奧丁？」

「今天很不好過。真不知道這些微分方程式要多久才解得開，恐怕到下一次融合之前都還解不開。」崔特記不清楚奧丁當時說的是什麼字眼，只有模糊的印象。奧丁老是愛用那種很艱深的字眼。

「你現在想融合嗎？」

「噢，不要。我剛剛看到杜愛正要到上面去，不過，如果我們攔她，你也知道她會怎麼樣。所以，真的，不要把她逼得太急。另外，最近出現了一個新的硬形者。」

「新的硬形者？」崔特顯然根本沒興趣。奧丁很熱衷於和硬形者建立起關係，但崔特真希望他別那麼熱衷，最好根本沒興趣。比起這個地區的其他理性體，奧丁更專注於他所謂的教育。真是不公平。奧丁沈迷於他的教育，杜愛沈迷於獨自在地表上遊蕩。除了崔特自己，另外兩個人都不夠關心三體的事。

「他叫艾斯華。」奧丁說。

「艾斯華？」崔特感到那麼一絲興趣了，不過那可能是因為他急於想感受到奧丁的感情。「我從來沒見過他，可是大家都在討論他。」這時奧丁的眼睛顯得失神。每當他陷入沈思的時候，就會出現那種眼神。「他們手上有一種新東西，是他負責研發的。」

「什麼新東西？」

「正電子換能──呃，這你不會懂的，崔特。那是他們研發出來的新東西，會讓整個世界出現革命性的變化。」

「什麼是革命性的變化？」

「所有的東西都會變得不一樣。」

崔特立刻緊張起來。「他們怎麼可以讓所有的東西都變得不一樣？」

「他們會讓所有的東西都變得更好。你要知道，不一樣不見得就是不好。總之，那是艾斯華負責的。他非常聰明。我感覺得到。」

「可是我感覺得到你似乎不喜歡他。」

「噢，崔特，我沒有不喜歡他啊。只不過那種感覺就像——就像——」奧丁忽然笑起來。「我有點嫉妒他。硬形者實在太聰明，軟形者根本無法相提並論，不過，這我已經習慣了，因為洛斯頓一直說我太聰明了——不過我猜，他是以軟形者的標準來衡量的。而現在，這位艾斯華出現了，就連洛斯頓似乎都很崇拜他。這樣比起來，我真的是微不足道。」

崔特伸出前肢輕輕碰觸了一下奧丁。奧丁看看他，露出笑容。「唉，我也太傻了，何必在乎硬形者有多聰明啊！哪個硬形能夠像我一樣擁有崔特？」

接著他們兩個都去找杜愛。很巧，杜愛也遊蕩夠了，正要從上面下來。那次融合非常美妙，雖然只持續了大約一天。當時崔特融合得很不安，因為阿尼斯還太小，就算只離開他一下，他都會有危險。儘管有別的孕育體可以代為照顧，崔特還是不太放心。

自從那天以後，奧丁偶爾會提到艾斯華。儘管時間已經過了很久，奧丁還是一直稱呼他「新硬形者」。他還是一直沒見過他。有一次，杜愛和他們兩個在一起的時候，奧丁說：「我想，我應該是有意要避開他吧，因為他實在太了解那種新設備。我不想太快看到那東西，因為那實在太有趣了，我捨不得太早學。」

「正電子換能空間嗎？」當時杜愛問。

崔特覺得那又是杜愛古怪的另一面，令他很不是滋味。她總是能夠說出那些很艱澀的字眼，說得跟奧丁一樣好。感性體實在不應該是這樣。

於是崔特決定去找艾斯華，因為奧丁說過艾斯華很聰明。更何況，奧丁從來沒見過艾斯華，所以艾斯華沒辦法對他說：「我已經和奧丁談過了，崔特，用不著你擔心。」

大家都認為，只要和理性體談過，就等於和整個三體談過。沒有人把孕育體當一回事。但這次，他們非把他當一回事不可。

他來到硬形者大洞穴，所有的東西看起來都很不一樣，沒有什麼東西是他看得懂的。一切看起來都太古怪，太可怕。然而，他實在太急著想見到艾斯華，所以根本忘了要害怕。他告訴自己：「我要我的小感性體。」這樣就能夠鼓舞自己不屈不撓的繼續前進。

後來，他終於看到一個硬形者。就只有這麼一個。他正在忙，埋頭忙著做某件事，忙個不停。有一次奧丁告訴過他，硬形者總是忙著做他們的——天曉得是什麼。崔特想不起來奧丁說了什麼，不過，反正他也不在乎。

他慢慢靠近那個硬形者，然後停下來。「硬形者大人。」他說。

那硬形者看了崔特一眼，接著他形體四周的空氣忽然顫動起來。奧丁曾經說過，有時候，兩個硬形者交談的時候，他們形體四周的空氣就會這樣顫動。過了一會兒，那個硬形者好像終於看清楚崔特了。他說：「咦，這不是個右附體嗎？你來這裡有什麼事嗎？你有帶你的小左附體一起來嗎？新學期今天開始了嗎？」

崔特根本不理他說什麼。他直接說：「硬形者大人，我該去哪裡找艾斯華？」

「找誰？」

「艾斯華。」

那硬形者沒說話，過了好一會兒才說：「右附體，你找艾斯華有什麼事嗎？」

崔特還是很堅持。「我有重要的事要找他談。硬形者大人，請問你是艾斯華嗎？」

「噢，我不是……右附體，你叫什麼名字？」

「我叫崔特，硬形者大人。」

「我知道了，你是奧丁那組三體的右附體，對吧？」

「是的。」

這時那硬形者的聲音變得比較溫和了。「現在你恐怕見不到艾斯華。他不在這裡。還有誰能幫你嗎？」

崔特不知道該說什麼，就只能愣愣的站在那裡。

那硬形者說：「現在你先回家吧，跟奧丁談一談，他會幫你的，好不好？回家吧，右附體。」

然後那硬形者轉身不再看他。他的心思似乎全在手頭的工作上，根本沒空理崔特。崔特還站在那裡，不知道該怎麼辦。接著他靜靜移動到另一個區域，無聲無息的滑動著。那硬形者沒有轉過來看他。

一開始崔特不知道自己為什麼會特別往那個方向移動。一開始他只是覺得往那邊移動很舒服。接著他忽然明白了，原來他四周瀰漫著熱氣食物，而自己正在吸食。

他本來沒發現自己餓了，但現在他已經在吃，吃得津津有味。

這裡看不到太陽。他本能的往上看，但立刻就想到自己在洞穴裡。這裡的熱氣食物是他從來沒嚐過的美味，比外面的陽光美味得多。他轉頭看看四周，拚命想搞清楚這是怎麼回事。而他最納悶的是，自己竟然會動腦筋，想把事情搞清楚。

有時候奧丁會讓他感到很不耐煩，因為奧丁老是想東想西，想搞清楚一大堆無關緊要的事。而現在他自己——崔特——竟然也會想把事情搞清楚。不過，他想搞清楚的東西是很重要的。接著他忽然明白，這件事真的很重要。那一剎那彷彿心中一亮，他忽然明白，要不是因為他本能的感覺到這件事很重要，他也不會想搞清楚。

他移動得很快，沒想到自己竟然這麼勇敢。過了一會兒，他轉身開始往回移動。剛剛和他說話的那個硬形者還在忙他的。奧丁從他旁邊經過的時候對他說了一句：「我要回家了，硬形者大人。」

那硬形者就只是咕噥了一聲，不知道在說什麼。他還在忙，埋頭忙著做某件事。他看不到重要的事，只知道忙著做傻事。

崔特心裡想，如果硬形者真的這麼偉大，這麼有權威，這麼聰明，那他們怎麼會笨到做這些事？

3a

杜愛意識到自己正往硬形者大洞穴的方向移動。一方面，那是因為太陽已經沈落，而她不想太早回家，想找點事情做，打發時間。一回到家，崔特就會一直煩她，而奧丁雖然有點難為情，卻也不得不勸她該做這個該做那個。另一方面，那也是因為大洞穴裡似乎有一種力量吸引她過去。

長久以來，她一直感受得到那種力量的吸引，甚至在她還很小的時候就感受到了。而現在，她已經不想再假裝自己感受不到。照理說，感性體是不應該會感受到那種吸引的。有些時候，小感性體會感受到那種吸引，但那種感覺很快就會消失，更何況，如果沒有很快消失，父母會立刻制止她們去感受。現在杜愛已經夠大，看得多了，所以知道這種狀況。

然而，她自己小時候也曾經對整個世界感到好奇，就算父母制止，她也依然故我。她對太陽，對大洞穴，對一切的一切都感到好奇，到後來，她的孕育體爸爸無奈的說：「親愛的杜愛，妳真是古怪，真是一個難以捉摸的小主體。真不知道妳長大以後會變成什麼樣。」

起初她不太明白，對世界感到好奇，想知道一切，怎麼會是古怪，怎麼會是難以捉摸？然而，她很快就發現，她的孕育體爸爸沒辦法回答她的問題。有一次，她試著去找理性體爸爸問問題，然而，他可不是像孕育體爸爸那樣只是感到困惑。他反應很激烈，大聲責問她：「杜愛，妳怎麼會問這個？」他表情嚴厲，一臉狐疑。

她嚇得立刻跑開，從此再也不敢問他。

有一天，她說了一件事之後，另一個和她同年紀的感性體忽然對她怪叫了一聲：「左感」。她忘了當時自己說的是什麼，只覺得說那些話應該是很尋常，沒什麼好奇怪的。她不懂自己為什麼會被羞辱，一肚子困惑，於是就去找她的左附體哥哥，問他什麼叫「左感」。他退縮了一下，顯然很難為情，喃喃嘀咕著說：「我不知道。」但他顯然知道。

後來杜愛考慮了一下，決定去找孕育體爸爸。她問：「爸爸，我是一個左感嗎？」

他說：「是誰這樣叫妳的，杜愛？妳自己絕對不可以用這個字眼。」

她在他旁邊轉來轉去，想了一下，然後又問：「那東西不好嗎？」

他說：「妳長大以後就不是了。」接著他讓自己形體膨脹了一下，把她彈開，讓她顫動一下。她一向很喜歡這樣玩，但當時她忽然不想玩，因為他顯然沒有回答問題。她若有所思的走開。剛剛他說：「妳長大以後就不是了。」也就是說，她現在是就是一個左感。可是，左感到底是什麼？

其他感性體沒幾個是她真正的朋友，甚至當年她還很小的時候就已經是這樣。她們喜歡湊在一起竊竊私語咯咯傻笑，但她卻喜歡一個人在碎石堆上滑來滑去，享受那種粗糙岩石的摩擦。不過，感性體當中還是有幾個對她比較友善，比較不會挖苦她。其中一個叫朵拉。說起來，朵拉也是跟其他感性體一樣傻兮兮的，不過有時候和她聊天倒是相當有趣。朵拉長大以後和杜愛的右附體哥哥組成了三體，而他們三體的另一個成員是一個年輕的左附體。那左附體是另一個洞穴區來的，杜愛並不怎麼喜歡他。朵拉很快就孕育出一個小左附體，緊接著又孕育出小右附體，然後沒多久又孕育出小主體。而且，她的形體也變得好密實，看起來彷彿他們那組三體有兩個孕育體。杜愛不由得很好奇，朵拉這樣還有辦法融合嗎……但儘管如此，崔特還是一天到晚對她說，朵拉組成的三體有多棒。

有一天，杜愛和朵拉兩人坐在一起。杜愛悄悄問她：「朵拉，妳知道什麼叫『左感』嗎？」

朵拉立刻嗤笑起來，縮小形體，彷彿怕別人看到。她說：「左感就是行事作風像理性體的感性體，也就是說，像左附體一樣，明白了嗎？左感性體，簡稱左感，懂了嗎？」

杜愛當然懂。聽朵拉解釋過之後，一切都清楚了。要是當初她想像得到作風像理性體的感性體是什麼樣子，她自己會想通。

杜愛說：「妳是怎麼知道的？」

「是那些年紀比較大的感性體告訴我的。」這時朵拉的形體忽然開始打轉，杜愛覺得那種動作看起來很不舒服。「她們說那很猥褻。」朵拉說。

「為什麼？」杜愛問。

「因為那樣就是猥褻。感性體的所作所為不應該像理性體一樣。」

「為什麼不應該？」

「妳還問為什麼！妳想知道還有什麼是猥褻的嗎？」

杜愛不由自主的感到好奇。「什麼？」

朵拉沒說話，但她形體的某個部位突然脹起來，猛然擦過杜愛的形體，杜愛猝不及防，形體根本來不及往內陷。她很不喜歡這樣，趕緊退開對朵拉說：「別這樣。」

「妳知道還有什麼是猥褻的嗎？告訴妳，妳可以滲透進岩石裡。」

「那不可能的。」杜愛說。其實那真是睜著眼睛說瞎話，因為杜愛常常讓形體在岩石表面摩搓，很喜歡那種感覺。只是朵拉正在嘲笑她，她下不了台，只好矢口否認，甚至欺騙自己。

「噢，妳可以的啦。那叫做『摩岩』，很舒服的。感性體很輕易就可以這樣做，而左附體和右附體只有在小時候才做得到，長大以後，他們就只能互相摩搓滲透。」

「我才不相信，妳在鬼扯。」

「告訴妳，他們真的會這樣。妳認識蒂米特嗎？」

「不認識。」

「妳當然認識。就是形體邊緣很厚的那個，住在c洞穴區。」

「就是移動的樣子怪怪的那個嗎？」

「沒錯。就是因為形體邊緣太厚，移動才會怪怪的。就是她。有一次她滲透進岩石裡面，厚厚的邊緣還露在外面。她這樣做的時候，她的左附體哥哥在旁邊看，結果他跑去告訴孕育體爸爸，然後她就慘了。從此以後她就再也沒有這樣做。」

然後杜愛就走了，心裡很懊惱。後來很長一段時間她都沒有再跟朵拉說話，而她兩個也不再像從前那麼好了。不過，她的好奇心燃燒起來了。

好奇心？乾脆說那是左感性體特性好了。

有一天，她確定孕育體爸爸不在附近之後，就立刻滲透進一塊岩石裡，慢慢的，滲透進一點點。那是她第一次嘗試，因為當時她還很小。當時她沒想到自己竟然敢滲透這麼深。那種感覺暖暖的，可是當她出來之後，她卻有點擔心，怕自己的形體被岩石弄髒，任何人都看得出來她做過這種事。

後來她偶爾還是會再嘗試，而且越來越大膽，滲透得越來越深，而且越來越喜歡那種感覺。當然，她從來沒有滲透得太深。

後來，她終究還是被孕育體爸爸逮到了。他發出嘖嘖的聲音，很不高興的走了。從此以後她更小心了。現在她長大了，也終於明白，不管朵拉怎麼嘲笑，這其實是很普遍的現象。事實上，每個感性體偶爾都會做這種事，而有些人甚至還公開承認。

不過，當她們年紀更大的時候，她們就比較少這樣做，而且杜愛認為，她認識的每一個感性體在加入三體開始進行真正的融合之後，就再也沒有做那件事。然而，她卻持續這樣做，甚至在組成三體之後也還是一樣。這是她的祕密，她從來沒告訴過任何人。有幾次她曾經想過：萬一被崔特發現了會怎麼樣……而當她想到那可能會有嚴重後果，那種樂趣就被破壞了。

她心裡有點亂，於是就幫自己找了一個藉口。她告訴自己，她之所以這樣做，是因為其他人讓她日子很難過。不管走到哪裡都有人叫她「左感」，等於是在公開羞辱她。在她生命中，有一段時期她被逼得像隱士一樣孤立，而這導致她開始喜歡獨自一人。每當她孤零零的一個人，她會從岩石裡找到安慰。無論「摩岩」是不是猥褻的行為，那畢竟是一個人可以做的事，而她被她們逼得只能自己一個人。

她也只能這樣告訴自己了。

她曾經試著和她們對抗。每當她們嘲笑她，她就會大罵：「妳們是一大群右感，淫蕩的右感！」

但她們卻只是大笑起來，而杜愛會感到困惑又沮喪，於是就跑掉了。然而，她們真的就是她說的那樣。一旦到了組成三體的年紀，幾乎每一個感性體都會對幼兒產生興趣，她們會學孕育體那樣繞著他們團團轉，那模樣令杜愛感到很噁心。她自己對幼兒並沒那麼感興趣。幼兒就只是幼兒，該為他們操心的是右附體，輪不到她來操心。

後來，杜愛長大了，忽然沒有人再嘲笑她是「左感」了。而且，她依然像小時候一樣，可以把形體擴散得像煙霧一樣，移動的時候有如煙霧裊繞，那種動作誰都學不來。或許是因為這樣，大家就不再嘲笑她。後來，越來越多的左附體和右附體表示對她有興趣，這樣一來，其他感性體就不敢再嘲笑她了。

奧丁是他們這一代最傑出的理性體，他的名聲傳遍了所有的洞穴區，而杜愛是他的主體伴侶。再也沒有人敢對她說話沒禮貌。然而，正因為這樣，她反而明白自己真是個無可救藥的左感。

她並不覺得身為左感是猥褻的，至少不能算是。不過，她偶爾會察覺到，她居然會希望自己是個理性體，而這令她感到難堪。她很想知道其他感性體是不是也一直有同樣的念頭，或只是偶爾會閃過那個念頭？另外，她會有那種期望，代表她不是一個真正的感性體，沒有在三體中扮演好自己角色，所以她也很想知道是不是因為這樣她才會不想孕育小感性體？

奧丁並不在乎她是個左感。他從來沒有這樣叫過她，但他很高興她對他的生活有興趣。他喜歡她問問題，而且會跟她解釋，也很高興她有辦法理解。後來，崔特開始嫉妒她了，而奧丁甚至還會替她辯護。說起來，崔特也不是真的嫉妒，只不過他很頑固，對外面的世界理解有限，所以對杜愛很不以為然。

奧丁偶爾會帶杜愛去大洞穴，因為他渴望在她面前炫耀。看到她一臉佩服的樣子，他會很開心。她確實佩服，但不完全是佩服他知識淵博聰明過人，而是佩服他不吝於和她分享。她記得當年曾經去找理性體爸爸問問題，也記得他當時的反應。現在她更愛奧丁了，因為他願意和她一起分享他生活中的一切。她從來不曾這麼愛過他。

她不只一次想到過，或許就因為她是個左感性體，她才會和奧丁比較親近，和崔特比較疏遠。奧丁從來沒有表示過他知道這種狀況，但崔特或許隱約感覺到了。或許他沒辦法清楚感覺到這種狀況，但他很清楚的感覺到他很不高興，只是不知道為什麼。

她第一次到大洞穴的時候，曾經聽到兩個硬形者在說話。當然，她聽不懂他們在說什麼，只感覺到空氣的顫動，速度很快，變幻莫測，導致她形體內嗡嗡作響，感覺很不舒服。她只好讓自己形體擴散，讓那種顫動穿透過去。

奧丁說過：「他們在說話。」他以為杜愛會反駁，於是又急著說：「他們用這種方式說話。他們聽得懂對方的意思。」

杜愛勉強能夠理解那種概念，而且非常高興自己這麼快就能夠理解，因為那會讓奧丁很開心。有一次奧丁告訴她：「我見過很多理性體，他們的感性體伴侶全都是腦袋空空，什麼都不懂。我實在太幸運了。」當時她說：「但其他理性體好像都喜歡感性體腦袋空空。奧丁，你為什麼跟他們不一樣呢？」奧丁並沒有否認其他理性體喜歡腦袋空空的感性體。他只是說：「我一直想不通，但就算想通了也沒什麼用。我很慶幸能夠擁有妳，更高興自己能夠因為擁有妳而感到慶幸。」

她問：「你聽得懂硬形者說話嗎？」

「不太懂。」奧丁說。「我沒辦法很快感應到顫動的變化。有時候，就算聽不懂，我還是感覺得到他們在說什麼。不過，只是有時候。這種感覺方式是感性體比較擅長的，問題是，就算感性體感覺到了，她們永遠搞不懂自己感覺到什麼。不過，杜愛，說不定妳搞得懂。」

杜愛不贊成。「我不敢。說不定他們不喜歡我這樣。」

「噢，不會啦，妳儘管試試看。我很好奇。妳可以試試，看看能不能聽得懂他們在說什麼。」

「我可以這樣嗎？真的嗎？」

「妳儘管試試看。要是他們發現妳在聽，不高興了，我會告訴他們是我強迫妳的。」

「你一定要哦。」

「我保證。」

杜愛很興奮。她讓自己的感覺延伸到硬形者身上，而且徹底敞開自己，盡全力去感應。接著她說：「是興奮！他們很興奮！他們在說一種新東西。」

奧丁說：「也許他們說的是艾斯華。」

這是杜愛第一次聽到這個名字。她說：「很奇怪。」

「什麼奇怪？」

「我感覺到一個很大的太陽。很大很大。」

奧丁顯得若有所思。「也許他們說的就是那個。」

「可是，那怎麼可能呢？」

就在這時候，硬形者注意到他們了。兩個硬形者走過來，態度很客氣，用感性體的方式跟他們打招呼。杜愛尷尬得不知道該怎麼辦，不知道他們是不是發現她在感應他們。可是，如果他們知道，他們為什麼不說話？

後來奧丁告訴她，很難得會聽到硬形者用他們自己的方式說話，因為只要有軟形者來找他們，他們總是會暫時放下手邊的事，先接待軟形者。「他們太喜歡我們了。」奧丁說。「他們對我們很親切。」

他偶爾會帶杜愛來大洞穴，尤其是趁崔特忙著照顧小孩的時候。奧丁不敢告訴崔特他帶杜愛去大洞穴。他想像得到崔特的反應。崔特一定會說，都怪奧丁太寵她，她才會不把吸收陽光當一回事，導致融合沒有成果……每次和崔特說話，不到五分鐘，話題一會扯到融合上。要崔特不談融合實在太難了。

杜愛甚至獨自去過大洞穴一兩次。每次去，她都有點怕，儘管她碰到的每一個硬形者都很親切，就像奧丁說的那樣，「非常親切」。然而，他們似乎不怎麼把她當一回事。他們很高興看到她，然而每當她問問題的時候，他們似乎又覺得她有點可笑。她確定她感覺得到。而且他們回答的時候總是很敷衍，等於什麼都沒告訴她。「那就是一台機器啊，杜愛。」他們總是說。「回去問奧丁吧，說不定他可以告訴妳。」

她無法確定自己有沒有見過艾斯華。她見到過好幾個硬形者，可是卻不敢問他們叫什麼名字。她知道名字的，只有洛斯頓，因為奧丁替她介紹過，而且常常會提到他。有時候她會覺得每個硬形者都有可能是他。每次奧丁提到他，口氣總是很崇拜，但又有那麼一點不滿。

後來她想到，艾斯華一定是在忙非常重要的事，根本不在大洞穴裡，所以軟形者見不到他。

奧丁告訴過她很多事，而她把他說的話一點一滴拼湊起來，終於發現整個世界很缺乏食物。奧丁從來不說「食物」這個字眼。他總是說「能量」，而且說這是硬形者用的字眼。

太陽越來越黯淡，而且逐漸在死亡，但艾斯華想出辦法，在很遠的地方找到新能源。那地方比太陽更遠，甚至比黝黑的天空中那七顆閃亮的星星更遠。奧丁告訴過她，那七顆星星是七個距離很遠的太陽，而且，更遠的地方還有更多星星，只是太暗了，根本看不見。崔特也聽他說過這些，而且還質問他，如果那些星星是看不見的，那要那些星星有什麼用?他說他根本不相信有那些星星。奧丁立刻說：「算了，崔特，懶得跟你說。」杜愛本來也想說出崔特說的那些話，可是看到奧丁的反應，她就決定不說了。

現在看來，他們似乎找到了很多能量，用不完的能量。也就是，很多食物。最起碼，等艾斯華和其他硬形者想到辦法讓那些能量變得比較好吃，他們就會有吃不完的食物了。

就在幾天前，她曾經對奧丁說：「很久以前，有一次你帶我去硬形者大洞穴，當時你要我去感覺硬形者說了什麼，而我告訴你我感覺到一個大太陽。還記得嗎？」

奧丁顯得有點困惑，過了一會兒才說：「我不太記得。不過，杜愛，有什麼話妳就說吧。」

「後來我一直在想，所謂的新能源是不是就是那個大太陽？」

奧丁很高興的說：「太棒了，杜愛。雖然不完全對，不過，一個感性體有辦法這樣推論，實在不簡單。」

此刻，杜愛正緩緩移動，回想著這一切，心情沈重。她不太確定自己移動了多久，多遠，但她突然發現自己已經來到硬形者大洞穴。這時她開始擔心自己是不是已經拖延太久，是不是該回家了？可是現在回家，崔特一定會很不高興……然而，或許是因為想到崔特，這時候她忽然感應到崔特！

一開始她有點困惑，他們家的洞穴那麼遠，她怎麼可能感應得到崔特？但那感應實在太強，她很快就明白，不對，崔特就在這裡！跟她一起在硬形者大洞穴裡！

問題是，他到這裡來做什麼？他是來追她的嗎？他是來這裡找她吵架嗎？他是笨到來這裡向硬形者提出要求嗎？杜愛不知道自己要如何面對這種場面——

但緊接著，她內心感覺到的不再是恐懼，而是驚訝。崔特根本沒在想她。他根本不知道她在這裡。她只感覺到他現在有一股驚人的決心，還有一絲恐懼，而且他已經明白自己該做什麼。

杜愛本來可以更深入去感應，搞清楚某些事，最起碼可以搞清楚他做了什麼。然而，她並沒有再感應下去。既然崔特不知道她就在附近，那麼，此刻她只想做一件事：接下來也絕對不要讓他知道她在這裡。

接下來，她本能的做了一件事。在那一刻之前，她敢發誓那是她無論如何都不會想去做的事。事後回想起來，她覺得她之所以絕對不會想去做那件事，有兩個可能的原因。第一，或許是因為小時候和朵拉談過那種事，心裡有陰影。第二，或許是因為她記得自己曾經嘗試「摩岩」。成年的軟形者會用另一個字眼來表示這種事，但她覺得那個字眼比小孩子說的「摩岩」更不雅。

不管是哪個原因，當時她迫不及待的衝向距離最近的一面岩壁，整個形體滲透進去，完全沒有意識到自己正在做這種事，而進去之後也沒有意識到自己已經在岩石裡面。

她滲透進去了。整個形體都滲透進去了。

她完全滲透進去之後，目的顯然達到了，因為崔特經過的時候根本沒發現她。他離得好近，伸出上肢就可以碰觸到他的主體伴侶，可是他卻渾然無覺。那一剎那，她忽然沒那麼害怕了。

此刻，杜愛根本沒心思去想，如果崔特來這裡並不是為了追她，那他究竟來做什麼。

此刻，她完全忘了崔特的存在。

此刻她只感覺到驚訝，為自己目前的狀態感到驚訝。即使在很小的時候，她也從來不曾完全滲透進岩石裡，也沒聽說有人這樣做過，儘管老是有傳言說有人這樣做過。

當然，成年的感性體也沒人這樣做過，也辦不到。而即使以感性體的標準來衡量，杜愛形體稀疏的程度也是異乎尋常的。奧丁很喜歡在她面前讚美這一點。另一方面，她老是逃避吸收陽光，也導致她形體變得更稀疏。崔特最常抱怨的是這一點。

而她剛剛做的這件事代表她的形體已經稀疏到不可思議的程度，右附體恐怕會氣到不知道該怎麼罵她。有那麼一會兒，她感到羞愧，為崔特感到難過。

接著她感到一陣更強烈的羞愧，因為她忽然想到，萬一被人看到怎麼辦？她是一個成年的感性體啊——

要是有個硬形者從她面前經過，而且停下腳步不走，那該怎麼辨——有人看的時候，她當然不可能從岩石裡出來，可是，她不知道自己還能在岩石裡待多久，而更糟糕是，萬一被人發現她在岩石裡——

儘管腦海中思緒起伏，她還是試著去感應硬形者，結果居然感覺到他們離她很遠。

接著她暫時停止感應，努力讓自己冷靜下來。她整個形體融合在岩石裡，使得她感應到的東西帶著一點灰灰的色澤，但她的感應力並沒有減弱。相反的，她的感應反而變得更敏銳。她還是感應得到崔特正慢慢往下移動，那種清晰的感覺彷彿他就在她旁邊。另外，硬形者都在很遠的另一個洞穴區，但她還是感應得到他們。她甚至「看」得到那些硬形者，一個個看得清清楚楚，每個的位置都不同。她感應得到他們說話的震動，甚至聽得到他們說的某些話。

這樣的感應力已經達到她做夢都想不到的程度，前所未有。

現在她已經可以確定旁邊都沒有人，而且她沒有被人發現，所以，她已經可以從岩石裡出來了。然而，她並沒有出來。這一方面是因為她太驚喜，另一方面是因為她從領悟中感受到狂喜，想更進一步體驗。

她的感應實在太強。她甚至透過感應知道她為什麼會變得這麼敏銳。奧丁常常提到，每次融合一段時間之後，他會忽然領悟到某些東西，領悟得很徹底，而那些東西他原先根本不懂。融合的狀態似乎產生了某種功效，可以讓感應力強化到不可思議的程度。他吸收到更多感應力，也運用了更多。這是因為融合的過程會導致原子密度變高。奧丁是這樣說的。

杜愛不太明白「更高的原子密度」是什麼意思，不過她知道那是融合造成的，那麼，她目前的狀態是不是就像融合？她和岩石融合了嗎？

三體融合的時候，所有的感應力都會集中到奧丁身上。奧丁會吸收感應力，領悟到一些東西，而且融合結束後他還會記得自己領悟到什麼。而杜愛和岩石融合的時候，只有她是有意識的，所謂「更高的原子密度」只會對她產生作用。

是不是因為這樣，「摩岩」才被當成是變態行為？是不是因為這樣，大人才會禁止小感性體摩岩？或者說，是不是只有杜愛才能這樣，因為她形體稀疏？還是因為她是個左感？

接著杜愛不再去想這些了。她開始單純的去感應。她已經迷上了這種感覺。她察覺到崔特從大洞穴裡出來了，又從她前面經過，沿著他先前來的方向往回移動。她察覺到奧丁也正從硬形者大洞穴上來，而她一點都不覺得意外。這些都是她不由自主察覺到的，並沒有刻意去感應。她真正刻意去感應的是硬形者。她只針對他們。她努力想發揮更大的感應力，把感應力發揮到極限。

過了很久，她才從岩石裡出來。出來的時候，她並不怎麼擔心自己會不會被人看到，因為她對自己的感應力太有自信，知道不會有人看到她。

於是她回家了，一路上陷入沈思。

3b

奧丁回到家的時候，發現崔特正在等他，而杜愛卻還沒回來。然而，崔特似乎沒有因為杜愛還沒回來而顯得心神不寧。或者說，他看起來是有點心神不寧，但不是為了杜愛。他的情緒很強烈，所以奧丁可以清楚感受得到，但他並沒有進一步去探索崔特在煩惱什麼，也沒去安撫他。真正令奧丁感到不安的，是杜愛竟然不在家。他實在太煩躁，甚至連看到崔特都覺得煩，因為崔特不是杜愛。

他有點驚訝自己竟然會這樣。在兩個三體伴侶當中，崔特和他比較親近，這一點他心知肚明。在理想狀態下，整個三體的成員應該是一體的，任何一個成員都應該要平等對待另外兩個成員，三體之間都要這樣互相平等對待。但奧丁從來沒見過有哪一組三體是真的這樣，更沒看過有任何人宣稱自己那組三體是理想典範。三體的成員當中，總是有一個多多少少會被冷落，而且一般來說，那個人也知道自己被冷落。

只不過，被冷落的人很少會是感性體。分屬各個三體的感性體會互相扶持，她們團結的程度是理性體和孕育體永遠難以企及的。就像俗話說的，理性體有他的老師，孕育體有他的孩子，而感性體則是有全部的感性體。

感性體會互相分享心事。如果有個感性體宣稱自己被冷落，或是可能被冷落，其他感性體就會鼓勵她要堅強，回家爭取自己應有的地位。由於融合非常依賴感性體提供能量，而且要看她願不願意配合，所以左附體和右附體通常很寵她。

然而，杜愛是一個很不像感性體的感性體。她並不在乎奧丁和崔特太親密，在感性體圈子裡也沒有朋友，沒什麼人是她在乎的。這是理所當然的，因為她實在太不像感性體。

奧丁愛杜愛，是愛她對他的工作感興趣，愛她這麼渴望求知，領悟力這麼強。然而，那是知性的愛。他更愛的是崔特，那個呆呆的、可靠的崔特。他非常安分守己，堅守崗位，只做真正重要的事——堅定遵循慣例。

但此刻，奧丁感到很焦躁。他問：「崔特，你知道杜愛去哪裡嗎？」

崔特並沒有直接回答。他說：「我很忙，等一下再來找你，我有很多事要做。」

「孩子們在哪裡？你也出去過嗎？我感覺得到你出去過。」

崔特口氣明顯不高興了。「小孩都被教得很好，他們自己會去社區育幼中心。說真的，奧丁，他們已經不是小嬰兒了。」然而，他並沒有否認他「出去過」。他身上還是散發著「出去過」的氣息。

「對不起，我只是太急著想找到杜愛。」

「你確實應該要常常有這種感覺。」崔特說。「你老是叫我別管她，現在自己卻在找她。」

說完他就繼續往洞穴深處移動。

奧丁看著崔特離開，心裡有點驚訝。如果是平常看到他這樣子，奧丁多半會跟進去，想辦法搞清楚天生淡漠的孕育體為什麼會如此異乎尋常，顯露出如此明顯的不安。崔特究竟做了什麼？

然而，此刻他就只想等杜愛回來，而且越來越焦慮，所以他就暫時不去管崔特了。

焦慮讓奧丁的感應力變強了。相對來說，理性體的感應力比較弱，但他們反而為此感到驕傲。理性體多半都是這樣。對他們來說，這種感應力和心智無關。這種感應是感性體最明顯的特性。奧丁是理性體中的頂尖人物，他最引以為傲的是自己的推理能力，不是感應能力。然而，此刻他還是儘可能讓自己有限的感應延伸出去。有那麼一剎那，他忽然很渴望自己是個感性體，這樣他就能夠讓感應延伸得更遠。

但他有限的感應力終究還是發揮功效了。他終於遠遠感應到杜愛正逐漸靠近。對他來說，這樣的感應距離已經是異乎尋常的遠。他迫不及待的出去迎接她。正因為他隔著這樣的距離感應到杜愛，所以他比平常更感覺得到她形體的稀疏。她根本就是就像是一團輕飄飄的霧。

奧丁忽然很擔心，心裡想，崔特是對的，他真的應該想辦法讓杜愛乖乖吃東西，好好融合。

一定要想辦法讓她對生命本身更感興趣。

他滿腦子只想著這些迫切需要做的事，沒注意到杜愛正朝他快速移動過來。杜愛撲上來，把奧丁的形體融在一起，根本不管此刻是光天化日，可能會被人看到。她說：「奧丁，我一定要知道——有太多事我非知道不可——」他覺得她想的正好跟他想的一樣，所以並不覺得奇怪。

接著他小心翼翼的退開，和她保持適當的距離，但同時又不會讓她覺得自己被推開。「走吧。」他說。「我一直在等妳。告訴我妳想知道什麼，我會儘量回答。」

他們飛快往家的方向移動。奧丁刻意去學感性體那種搖搖擺擺的移動方式。杜愛說：「我要你告訴我另一個宇宙的事。那個宇宙為什麼不一樣？哪裡不一樣？告訴我。」

杜愛並沒有意識到自己問太多，但奧丁注意到了。他感覺到杜愛知道的東西多得嚇人，很想開口問她對另一個宇宙的事怎麼會知道這麼多，對它這麼好奇？

但他忍住了，沒有追問。他注意到杜愛是從硬形者大洞穴的方向來的，心裡想，說不定洛斯頓和她談過，因為他擔心奧丁對自己的身分太過自傲，不肯好好教他的感性體。

但他仔細一想，覺得不可能會是這樣。不過，他不打算開口問杜愛，只想好好跟她說明。

他們一進門，崔特就急著催他們去別的地方。「如果你們想談事情，就去杜愛的洞穴。我外面還有事情要忙，要幫孩子洗澡，監督他們做運動，現在沒時間跟你們融合。我不想融合。」

其實奧丁和杜愛也沒有想要融合，但他們都不想違背崔特的心意，所以就假裝乖乖聽他的吩咐，畢竟，孕育體的家就是他的城堡。理性體有底下的硬形者大洞穴可以去，感性體可以去上面和其他感性體打交道，但孕育體卻只有自己的家。

奧丁說：「好的，崔特，你忙你的，我們不會妨礙你。」

就連杜愛都展現出她親暱的一面。她說：「真高興看到你，親愛的右附體。」奧丁有點好奇，不知道她是不是因為不用被逼著融合而感到如釋重負，所以才表現得這麼親暱。不過，就算以孕育體的標準來衡量，崔特確實也太熱衷於融合。

進了自己的洞穴，杜愛立刻盯著她的私人小餐廳。通常她根本懶得看一眼。

那是奧丁的主意。之前他告訴崔特，他知道確實有人這樣做，而且，如果杜愛不喜歡和其他感性體混在一起，那他們可以把太陽能引導到杜愛的洞穴，這樣杜愛就可以在裡面進食。這是辦得到的。

崔特嚇壞了。「怎麼可以這樣！我們會被人笑！我們三體會很丟臉。杜愛為什麼就不能和別人一樣？

「你說得沒錯，崔特。」奧丁說。「但問題是，杜愛偏偏就是和別人不一樣，既然如此，我們何不遷就她呢？有這麼可怕嗎？」但她可以私下吃東西，她的形體就會變得比較密實，這樣一來，我們會更開心，她也會更開心，說不定有一天她就會慢慢變得比較合群。」

最後崔特同意了。而杜愛和他爭辯過之後，最後也同意了，不過她堅持設計要簡單一點。於是他們就在杜愛洞穴裡架了兩根桿子當成兩個電極體，接通太陽能，而兩根桿子之間的寬度正好容得下杜愛。

杜愛平常很少用，但此刻她卻盯著兩根桿子說：「是崔特裝飾的嗎……還是你，奧丁？」

「我？當然不是。」

現在兩根桿子底下多了一片彩色黏土做成的底座。「他大概是用這樣的方式表示他希望我用它。」杜愛說。「不過，我確實餓了。另外，我吃東西的時候，崔特絕對不會打擾我們，對吧？」

「當然不會。」奧丁說。「如果他認為世界轉動會干擾到妳吃東西，他甚至會讓整個世界停止轉動。」

杜愛說：「呃——我是真的餓了。」

奧丁感覺到她有罪惡感。奇怪，她是覺得自己虧欠崔特嗎？還是肚子餓令她感到愧疚？杜愛為什麼會因為肚子餓感到愧疚？她是不是做了什麼事，消耗了太多能量，所以她會感到——

但他立刻揮開那些思緒。理性體有時候會太過於理性，他們會從所有的角度思考過之後才決定什麼是重要的。此刻，真正重要的是和杜愛談一談。

她凝聚自己的形體，移動到兩根桿子中間。這時候就明顯看得出來她的形體實在太小。奧丁自己也餓了。他知道自己餓了，是因為兩根電極桿顯得比平常更亮，而就算隔著一段距離，他依然嚐得到食物，覺得很美味。肚子餓的時候，總是會比平常更渴望吃東西，就算距離太遠……但他還是決定等一下再吃。

杜愛說：「親愛的左附體，別待在那裡不吭聲。告訴我啊，我想知道。」她讓自己的形體變成理性體那樣的卵型，彷彿想藉此表示她很渴望成為一個理性體。不知道這是不是她潛意識的動作。

奧丁說：「我沒辦法完整說明。我是說我沒辦法完整說明那個宇宙的完整科學，因為妳缺乏背景知識。我會想辦法簡單說明，然後妳就先聽，聽完之後再告訴妳哪裡不懂，我會再想辦法進一步說明。首先妳要明白，所有的東西都是由一種很小的粒子組成的，那種粒子叫原子，而原子是由更小的次原子粒子組成的。」

「我知道，我知道。」杜愛說：「那就是為什麼我們能夠融合。」

「沒錯。」奧丁說。「實際上，我們整個形體絕大部分是空的，所有的粒子都是分隔的，而妳的粒子和我和崔特的粒子可以混在一起，是因為每個人所有的粒子正好可以進入另外兩個人所有粒子之間的空隙。另外，我們的形體是一種物質，而物質之所以不會散掉，是因為那些小粒子隔著空隙還能夠聚在一起。所有的粒子都是靠某些吸引力凝聚在一起，其中最強的一種力叫做核力。核力把主要的次原子粒子緊緊聚合成一團，就是原子，而一個個的原子分得很散，但還是被一些比較弱的力聚在一起。妳聽得懂嗎？」

「只懂一點。」杜愛說。

「先不管這個，我等一下再說……物質有各種不同的型態。有些物質可以擴散得很開，就好比感性體，就好比妳，杜愛。有些物質比較沒那麼擴散，像是理性體或孕育體。還有更難擴散的，像是岩石。有些物質可以非常緊密，像是硬形者。那就是為什麼他們的形體那麼硬。他們整個形體全是密密麻麻的粒子。」

「你的意思是他們形體裡完全沒有空隙？」

「不是。不完全是那個意思。」奧丁有點困擾，不知道要怎麼樣才能夠解釋得更清楚。「他們形體裡還是有很多空隙，只不過空隙沒有我們那麼多。粒子之間還是要有一定的空隙，但如果他們粒子間的空隙只有一點點，別的粒子就很難塞進去。如果硬要把別的粒子塞進去，他們會痛。那也就是為什麼硬形者不喜歡我們碰他們。我們軟形者的粒子之間有很充裕的空隙，所以別的粒子很容易塞進來。」

杜愛似乎根本不認為是這樣。

奧丁趕緊繼續往下說：「在另一個宇宙裡，物理定律是不一樣的。那裡的核力並不像我們宇宙裡這麼強，那代表粒子之間需要更大的空隙。」

「為什麼？」

奧丁搖搖頭。「因為——因為粒子分散的波形更大，我只能解釋到這種程度了。由於核力比較弱，粒子之間需要更大的空隙，所以兩種物質之間就沒辦法像在我們宇宙裡這樣融合。」

「我們看得到另一個宇宙嗎？」

「噢，沒辦法。那是不可能的。不過我們可以推斷出那裡的基本物理定律，這樣硬形者就可以做很多事。我們可以把物質傳送過去，然後把別的物質收回來。我們可以研究他們的物質，明白嗎？我們可以建立正電子換能空間。這妳應該知道吧？」

「嗯，你告訴過我，我們可以透過換能空間取得能量，不過我不知道那還牽涉到另一個宇宙……另一個宇宙是什麼樣子？他們像我們一樣也有星星和世界嗎？」

「這問題太好了，杜愛。」奧丁越來越沈迷於老師的角色，因為硬形者鼓勵他要多說一點。先前他總覺得跟感性體說這種事是很不成體統的。

他說：「我們看不到另一個宇宙，不過根據那裡的物理定律，我們可以推斷出那裡是什麼樣子。妳要知道，恆星之所以會發亮，是因為簡單的粒子組合慢慢融合成複雜的粒子組合，我們稱之為『核融合』。」

「另一個宇宙裡也有核融合嗎？」

「有啊，不過因為另一個宇宙的核力比較弱，核融合的速度比我們這裡慢得多，而這代表那裡的恆星比我們宇宙的太陽大得多，否則就沒辦法出現核融合讓恆星發亮。如果那裡的恆星沒有比我們的太陽大，那麼，那些恆星會冷卻，然後死亡。反過來，如果我們宇宙的恆星比那裡的太陽大，那就會出現太多核融合，導致恆星爆炸。而這意味著，我們宇宙裡小恆星的數量比另一個宇宙裡大恆星的數量多了好幾千倍——」

「可是我們不是只有七顆恆星……」她才剛開口就停住，接著又說：「不好意思，我忘了還有……」

奧丁露出笑容，用寬容的眼神看著她。很容易就會忘記還有數不清的恆星必須用特殊的設備才看得到。「沒關係。聽我說這些一定很無聊，希望妳不會覺得煩。」

「我一點都不覺得無聊。」杜愛說「我很愛聽這些。聽這個，吃東西反而覺得更有滋味。」她的形體在兩根電極桿之間微微搖晃顫動，顯得很舒服。

關於食物，奧丁從來沒聽杜愛說過什麼好話，此刻聽到她這樣說，他很振奮。他繼續說：「當然啦，我們的宇宙沒辦法像他們的宇宙那樣存在那麼久。我們這裡核融合的速度太快，過了幾百萬輩子的時間以後，所有的粒子就會全部融合完。」

「可是不是還有那麼多恆星嗎？」

「噢，不過妳知道嗎，所有的恆星都會同時死亡。我們的宇宙快要毀滅了。至於另外一個宇宙，他們恆星雖然比我們少，但數量也夠多了，而且比較大，融合的速度非常慢，所以那些恆星存在的時間比我們的恆星長好幾千倍或好幾百萬倍。不過嚴格來說，很難這樣比較，因為兩個宇宙時間的快慢不一樣。」接下來，他的口氣變得有點猶豫。「這個部分我自己也不懂。那是艾斯華理論的一部分，我研究得還不夠深入。」

「這些都是艾斯華研究出來的嗎？」

「大部分都是。」

杜愛說：「能夠從另外一個宇宙取得食物，實在太棒了。我的意思是，就算我們的太陽死亡了也沒關係。不管需要多少食物，我們都可以從另外一個宇宙取得。」

「沒錯。」

「可是，不會有什麼可怕的後果嗎？我有一種不祥的預感，總覺得好像會有什麼不好的事情發生。」

「呃……」奧丁說。「我們在兩個宇宙之間轉換物質，創造出正電子換能空間，而這代表兩個宇宙會有點混在一起。我們的核力會減弱一點，所以我們太陽的核融合速度就會變慢一點，太陽冷卻的速度會變快一點……不過就只有一點點，而且，反正以後我們也不需要太陽了。」

「我說的不祥的預感不是這個。如果我們的核力減弱了一點，原子之間的空隙就會變小，對不對？那麼……這對我們融合會有什麼影響？」

「會變得難一點，不過要好幾百萬輩子的時間以後，我們才會明顯感覺到融合有困難。也許有一天，我們會根本沒辦法融合，所有的軟形者都會昇華，不過，就算真有那麼一天，那也是很久很久以後的事了。如果我們不利用另外一個宇宙，我們就會缺乏食物，這樣一來，我們就會更快昇華，快很多。」

「我說的不祥的預感也不是這個——」這時杜愛說話開始變得含糊不清。她在兩根電極桿之間扭來扭去，而奧丁注意到她的形體似乎變大了，也變得比較密實。他眼中露出喜色。那種感覺彷彿他說的話就像食物一樣滋潤了她。

洛斯頓說對了！教育確實讓她對生命感到更滿足。奧丁感覺得到杜愛的形體散發出一種肉慾的歡愉。這是他很少感覺到的。

她說：「奧丁，謝謝你為我解釋了這麼多。你真是個很棒的左附體。」

「妳還要我繼續說嗎？」奧丁問。聽了杜愛這些話，他整個人飄飄然，心花怒放得難以形容。

「妳還想問什麼嗎？」

「我要有好多東西想問你，奧丁，不過——不過現在……不過現在，噢，奧丁，你知道我現在想做什麼嗎？」

奧丁立刻就猜到了，不過他很謹慎，不敢說出來。杜愛突然慾望高漲，這實在太難得了，一定要好好把握。他暗暗希望此刻崔特沒有因為小孩忙得不可開交，無法好好利用這個機會。

但沒想到崔特已經在洞穴裡了。難道他一直在外面等嗎？奧丁懶得想了，沒時間想那些了。杜愛從兩根桿子之間滑出來，奧丁忽然感覺到她美得不可思議。她來到奧丁和崔特中間。她一靠近，崔特的形體開始閃閃發亮，顯現出鮮艷奪目的色澤。

這真是前所未見的狀態。前所未有。

奧丁極力克制自己，讓自己的形體慢慢滲透進杜愛，滲透進崔特，一個原子接著一個原子慢慢滲透。而杜愛也正以沛然莫之能禦的力量滲透他的形體，他用盡全力抗拒，不讓自己立刻陷入極樂狀態，而是一點一點的沈進去。他極力讓自己保持清醒，直到那一瞬間，他感受到一股衝擊，那衝擊是如此強烈，感覺就像爆炸，那爆炸的力量在他形體內無止盡的震動迴盪。那一刻，他喪失了意識。

自從組成三體以來，沒有任何一次喪失意識的融合能夠持續這麼久。

3c

崔特好開心。這次融合感覺是如此美妙。比較起來，先前的融合就顯得微不足道，空洞乏味。而最令他高興的是發生了一件事，但他並沒有說出來。他覺得還是別說比較好。

崔特看得出來奧丁和杜愛也很開心。就連小孩都顯得閃閃發亮。

不過，最開心的人當然是崔特。

他聽到奧丁和杜愛說話。他根本聽不懂，不過那無所謂。看到他們兩個在一起顯得那麼開心，他也覺得沒關係。他有他自己的樂趣，而且他很樂意聽他們說話。

有一次他聽到杜愛說：「他們真的嘗試要和我們溝通嗎？」

崔特一直不太確定「他們」是誰的。他猜，「溝通」應該是一個花俏的字眼，意思就是「說話」。那麼，他們為什麼不乾脆說「說話」呢？有時候他會想是不是應該插嘴問一下，可是如果他問問題，奧丁就只會說「算了，崔特，懶得跟你說。」，而杜愛會在一旁不耐煩的轉來轉去。

「噢，沒錯。」奧丁說。「硬形者很確定他們想跟我們溝通。有時候，他們傳送過來的物質上會有符號，硬形者說，透過這種符號來溝通是很可行的。事實上，很久以前硬形者就曾經把符號傳送給他們，因為當時必須教那邊的生物怎麼建立那邊的換能空間。」

「我很好奇，不知道那邊的生物長什麼樣子。你覺得他們會是什麼樣子？」

「根據他們的物理定律，我們可以推斷出他們太陽的特性，因為那很容易。可是，我們要怎麼推斷他們是什麼樣的生物？我們永遠沒辦法知道。」

「他們沒辦法透過符號溝通讓我們知道他們是什麼樣子嗎？」

「要是我們搞得懂那些符號是什麼意思，或許還能夠知道一些，但問題是，我們根本看不懂。」

杜愛似乎很不服氣。「難道硬形者也看不懂？」

「我不知道。就算他們看懂了，他們也沒告訴我。有一次洛斯頓告訴我，只要換能空間能夠正常運作，而且持續擴建，他們是什麼樣子並不重要。」

「說不定他只是不希望你去煩他。」

奧丁氣沖沖的說：「我才沒有煩他。」

「噢，你知道我的意思啊。他只是懶得跟你講太多細節。」

這時崔特已經聽不下去了。奧丁和杜愛繼續爭辯了好久，一直在吵說該不該讓杜愛看看那些符號。杜愛說，說不定她能夠感應出他們在說什麼。

這令崔特有點不高興。畢竟杜愛只是個軟形者，甚至不是理性體。他開始想，奧丁告訴她這麼多，真的對嗎？那會導致杜愛產生奇怪的念頭——

杜愛看得出奧丁也不高興，對她的想法很不以為然。一開始他大笑起來，然後說感性體不應該處理這麼複雜的事，然後就不肯再說話了。杜愛只好對他百般溫柔，過了好久他才消了氣。

不過有一次是杜愛大發脾氣，可以說是怒火沖天。

一開始很平靜。那天，他們和兩個孩子在一起。他們偶爾會這樣陪孩子。奧丁陪孩子玩，甚至還讓小右附體多倫拉扯他。事實上，他那天的行為很不成體統，甚至不在乎自己的形體完全變形。這足以顯示他非常開心。崔特一直待在角落休息，心滿意足的看著眼前的情景。

杜愛嘲笑奧丁的形體變得奇形怪狀，甚至還用一種挑逗的姿態去碰奧丁。她很清楚，崔特也很清楚，左附體那卵型的形體變形的時候，表皮會變得很敏感。

杜愛說：「奧丁，我一直在想……如果另一個宇宙的物理定律會經由換能空間滲透到我們宇宙來，那麼，我們宇宙的物理定律是不是也會滲透到他們的宇宙？」

奧丁被杜愛碰了一下，怪叫了一聲，拚命想躲開她的碰觸，可是又極力避免驚動小孩。他氣喘吁吁的說：「妳不停下來，我怎麼回答？妳們感性體真的很愛作怪。」

於是她就不再碰他。他說：「杜愛，妳竟然有辦法想到這個，真不簡單。妳真的很驚人。妳說得沒錯，當然是這樣。這樣的滲透是雙向的……呃，讓崔特先把孩子帶出去好嗎？」

沒想到孩子自己出去了。他們已經長得夠大，不再是小孩了。阿尼斯很快就要開始受教育，而多倫的形體已經變大，行動變得有點遲鈍，開始像個孕育體了。

崔特沒有出去。他還是待在那裡看著杜愛。杜愛和奧丁說這些話的時候，看起來真的好美。

杜愛說：「如果另一個宇宙的物理定律會使得我們的核融合變慢，導致我們的太陽變冷，那麼，我們的物理定律是不是會使得他們那邊的核融合變快，導致他們的太陽變熱？」

「完全正確，杜愛。就連理性體都沒辦法像妳這樣思考。」

「那他們的太陽會變得多熱？」

「噢，不會太熱，只是熱一點，一點點。」

杜愛說：「可是，就是他們的太陽讓我有不祥的預感。」

「噢，好吧，問題在於他們的太陽太大了。如果我們的小太陽冷了一點，那也不會有什麼太大的關係。只要換能空間正常運作，就算所有的太陽完全變冷也沒關係。然而，如果太陽太巨大，就算只是熱一點也會很麻煩。那裡的恆星，物質的量太龐大，如果突然出現核融合，就算只出現一點點，恆星都會爆炸。」

「爆炸！這樣的話，那裡的人會怎麼樣？」

「什麼人？」

「另一個宇宙的人啊！」

奧丁顯得有點困惑，過了好一會兒才說：「我不知道。」

「哦，那麼，要是我們的太陽爆炸了，會怎麼樣？」

「不可能會爆炸的。」

崔特搞不懂他們為什麼會這麼激動。太陽怎麼可能會爆炸？杜愛越來越生氣，而奧丁顯得很困惑。

杜愛說：「萬一太陽真的爆炸呢？會變得非常熱嗎？」

「應該會吧。」

「那我們會不會全部死光？」

奧丁猶豫了一下，然後顯然不高興了。他說：「杜愛，他們的太陽會不會爆炸，跟我們有什麼關係？反正我們的太陽又不會爆炸。別再問這種蠢問題了。」

「是你叫我要問問題的，奧丁。更何況，那跟我們確實有關係。因為正電子換能空間必須兩邊同時運作才有用。不光是我們這邊必須運作，他們那邊也同時必須運作。」

奧丁瞪著她。「我從來沒跟妳說過這個啊。」

「我自己感覺到的。」

奧丁說：「妳感覺得太多了。杜愛——」

但杜愛開始大吼了。她情緒已經失控。崔特從來沒看過她這個樣子。她說：「奧丁，不要轉移話題，不要逃避，別當我是傻瓜，更別以為我只是個感性體。你說過我簡直就像理性體一樣，而我確實夠像，所以我知道，如不靠另一個宇宙的人幫忙，換能空間是沒辦法運作的。如果另一個宇宙的人滅亡了，換能空間就會停止運作，我們的太陽就會變得比從前更冷，我們會全部餓死。你不覺得這很重要嗎？」

奧丁也開始大吼了：「妳知道的還不夠多。我們之所以需要他們幫忙，只是因為那裡的能量密度太低，必須靠雙方轉換物質。如果另一個宇宙的太陽爆炸，就會產生無比巨大的能量，那能量巨大到足以持續一百萬輩子的時間。那麼多的能量，我們根本不需要靠雙方轉換物質就可以直接取得。所以，我們並不需要他們，不管他們出了什麼事都跟我們沒關——」

他們兩個已經快要碰在一起了。崔特嚇壞了。他覺得自己應該要說些什麼，把他們兩個分開，勸勸他們。然而，他根本不知道該說些什麼。過了一會兒，他發現自己什麼都不必說了。

有一個硬形者就在洞穴外面。不對，有三個。他們一直在交談，可是卻沒讓裡面的人聽到。

崔特尖叫起來：「奧丁！杜愛！」

然後他就不敢再吭聲，一直發抖。他猜得到硬形者是來跟他們談什麼，心裡很害怕。他決定離開。

可是有個硬形者伸出不透明的前肢說：「不要走！」

他的口氣聽起來很嚴厲，很不友善。崔特更害怕了。

4a

杜愛實在太憤怒，憤怒到沒感應到硬形者。她感覺自己的形體彷彿充滿了怒氣，脹得她簡直沒辦法呼吸。她就是感覺不對，奧丁怎麼可以騙她？她就是感覺不對，為什麼全世界的人都在說謊？她就是感覺不對，她明明很有能力學習，為什麼他們就是不讓她學？

那天在硬形者大洞穴，她讓自己的形體融合進岩石裡。那是第一次，後來她又去過兩次，而且兩次都是融合進岩石裡，沒有人發現。每次她都刻意去感應，知道了一些事，而每次奧丁跟她解釋一些事的時候，其實她事先就知道他會怎麼解釋。

他們肯教奧丁，為什麼就是不肯教她？為什麼就只教理性體？難道她擁有學習能力，就只是因為她是個左感，是個異常的主體？那麼，就用這種方式來讓他們教她吧，管他異不異常。怎麼可以讓她無知？這樣是不對的。

後來，她終於聽到硬形者在說話了。洛斯頓在這裡，不過說話的並不是他。說話的是一個沒見過的硬形者，在最前面。她不認識他，不過話說回來，她認識的也沒幾個。

那硬形者說：「你們哪一個最近去過底下的大洞穴，硬形者大洞穴？」

杜愛很不服氣。他們一定是發現她「摩岩」了，但她才不在乎。就算他們要讓全世界都知道也無所謂。他們不說，她自己也會說。於是她說：「是我。去過很多次。」

「一個人去的嗎？」那硬形者口氣平靜。

「一個人去的。去過很多次。」杜愛說。其實只去過三次，但她偏偏就是要這樣說。

奧丁喃喃說：「我去過。我當然常常要去大洞穴的。」

那硬形者似乎沒在聽他說什麼。他轉過來看著崔特，口氣嚴厲的逼問：「那你呢，右附體？」

崔特顫抖著聲音說：「是的，我去過，硬形者大人。」

「一個人去的嗎？」

「是的，硬形者大人。」

「去過幾次？」

「一次。」

杜愛很不高興。可憐的崔特根本不需要這麼驚慌。做壞事的人是她，而她已經準備好要跟他們對抗。「別找他。」杜愛說。「我才是你們要找的人。」

那硬形者慢慢轉過來看著她。「為什麼？」他問。

「因為……反正就是我幹的。」事到臨頭，她終究還是說不出口自己做了什麼。不能當著奧丁的面說。

「嗯，我等一下會找妳。現在我要先找右附體……你叫崔特，對吧？你為什麼自己一個人去底下的大洞穴？」

「我有話要跟硬形者艾斯華說。硬形者大人。」

這時杜愛又迫不及待插嘴問：「你就是艾斯華嗎？」

那硬形者只回了一句：「不是。」

奧丁顯得很不高興，彷彿覺得很尷尬，杜愛竟然沒認出這個硬形者。但杜愛根本不在乎。

那硬形者又問崔特：「你從底下的大洞穴拿走了什麼東西？」

崔特沒說話。

那硬形者冷冷的說：「我們知道你拿走了某種東西。我們想知道的是，你究竟知不知道那是什麼東西。那東西可能很危險。」

崔特還是沒說話。這時洛斯頓忽然插嘴了，口氣比較溫和。「崔特，你就說吧。現在我們已經知道是你拿走的，我們不想對你太嚴厲。」

崔特喃喃說：「我拿走了一個食物球。」

「哦。」第一個硬形者說話了：「你拿那個做什麼？」

崔特突然激動起來。「那是要給杜愛的！她不肯吃東西！我是要拿給她吃的！」

杜愛嚇了一跳，整個形體跳起來縮成一團。

這時硬形者立刻轉過來看著她。「妳知道這件事嗎？」

「不知道。」

「那你也不知道嗎？」硬形者問奧丁。

奧丁一動也不動，彷彿整個形體被冰凍了。「我不知道，硬形者大人。」

這時三個硬形者開始交談起來，暫時不理三體。他們談話的時候，好一會兒空氣中瀰漫著不愉快的顫動。

這時杜愛忽然明白了一些事，但並不是因為她聽懂他們說了什麼。她是直接感應到的。她不知道自己感應變得這麼強，是因為自己和岩石融合，還是因為剛剛情緒太激動。但不管是為什麼，她根本不想去分析。

現在她知道了，前些時候這些硬形者發現有東西不見了，他們一直在暗中尋找。他們本來是很不願意懷疑這是軟形者幹的，不過經過調查之後，他們不得不找上奧丁這組三體。當然，這是他們更不願意的。為什麼呢？杜愛沒有感應到。他們不認為奧丁會笨到去拿那種東西，也不認為是杜愛拿的，因為杜愛本來就不愛吃東西。至於崔特，他們根本沒有懷疑過。

後來，有一個硬形者想到他曾經在大洞穴裡看到過崔特。那硬形者現在也在這裡，就是到現在都還沒跟他們軟形者說話的那個。杜愛忽然想到，那天第一次和岩石融合的時候，她感應到的就是他，只是一時沒想起來。

儘管他們覺得很不可能是崔特，然而，他們已經排除了其他所有的可能，而且時間已經拖延太久，情勢變得非常危急，所以他們終究還是找上門了。他們本來想找艾斯華提供建議，可是當他們發現可能是崔特拿走東西的時候，艾斯華正好不在。

這些都是杜愛在短短的一瞬間感應到的。這時她開始把感應轉移到崔特身上，心裡又是驚訝又是氣忿。

洛斯頓急著發出顫動說，幸好目前沒有造成任何傷害，而杜愛也還好好的，所以，這等於是一次很有幫助的實驗。剛剛和崔特說話的那個硬形者同意他的看法。不過，另一個硬形者還是很擔心。

此刻杜愛並不是只在感應他們。她同時也在感應崔特。

第一個硬形者問：「崔特，那個食物球在哪裡？」

崔特拿出來給他們看。

東西藏得很隱密，接線的方式很笨拙，不過勉強還可以用。

那硬形者問：「崔特，是你自己安裝的嗎？」

「是的，硬形者大人。」

「你怎會知道怎麼安裝？」

「我在大洞穴看過你們怎麼做。我完全按照在那裡看到的方式安裝。」

「難道你不知道這樣有可能會傷害到你的主體伴侶嗎？」

「我不知道啊，硬形者大人！我怎麼可能會想傷害她啊！我——」崔特似乎一時說不出話來，過了一會兒才又說：「我這樣做並不是想傷害她。我只是要想辦法讓她吃東西。我把那東西安裝到她的進食器，裝飾了一下。我希望她會試試看，結果她真的試了。她吃了！長久以來，這是她第一次吃得這麼飽。然後我們就融合了。」接著他忽然激動的大喊起來：「她終於有足夠的能量孕育出一個小感性體了。她接收了奧丁的種子，然後傳給我。胚胎已經在我體內孕育了。一個小感性體正在我體內孕育。」

杜愛說不出話來。她往後一倒，然後不顧一切衝向洞口，那些硬形者根本來不及讓開。她撞到最前面那個硬形者的上肢，形體滲透進去，然後又縮回來，發出一陣刺耳的聲音。

那硬形者的上肢立刻麻痺，痛得臉都扭曲了。奧丁想繞過他去追杜愛，但那硬形者很費力的說：「現在先隨她去吧。傷害已經夠大了。我們會處理。」

4b

奧丁感覺自己彷彿活在噩夢裡。杜愛走了，硬形者也走了，只剩崔特還留在這裡，悶不吭聲。

奧丁很痛苦的想著：怎麼會發生這種事？崔特怎麼會自己一個人去大洞穴，怎麼會拿走那個東西？那是一個蓄電池，在換能空間充過電，會放射出比陽光更強的輻射。還有，他怎麼敢——

就連奧丁自己也不敢貿然讓杜愛……崔特怎麼敢？那個遲鈍無知的崔特？難道他也很不尋常？奧丁是一個聰明的理性體，杜愛是一個好奇心旺盛的感性體，那崔特呢？一個膽大包天的孕育體嗎？

他問：「崔特，你怎麼會做這種事？」

崔特的反應很激烈。「我做了什麼？我只不過是餵她吃東西啊！她從來沒有吃得這麼飽過。現在我們終於開始孕育一個小感性體了。難道我們等得還不夠久嗎？要是我們一直等杜愛，我們永遠等不到那一天。」

「可是你不明白嗎，崔特？你這樣可能會傷害到她。那不是一般的陽光。那是一種還在實驗的輻射能源，濃度可能會太高，會有危險。」

「我聽不懂你在說什麼，奧丁。那怎麼可能會造成傷害？硬形者從前做過一種食物，我嚐過，很難吃。你自己也嚐過不是嗎？那實在太難吃，我們根本不會去吃，所以就不可能會傷害到我們。那實在太難吃，杜愛絕對不肯碰。後來我無意中發現食物球，味道真不錯。我吃了一些，覺得味道很棒。好吃的東西怎麼可能會造成傷害？你自己也看到了，杜愛吃了，也覺得很好吃。而且那東西讓一個小感性體開始孕育了。我做錯了什麼嗎？」

奧丁已經不知道該怎麼解釋了。他說：「杜愛會很生氣。」

「她氣慢慢會消的。」

「這我可不敢確定。崔特，她可不是一般的感性體。那就是為什麼她會那麼難相處，可是我們跟她生活在一起卻又是那麼美妙。她可能永遠不會再跟我們融合了。」

崔特無動於衷，結實的形體表面依然保持平坦。過了一會兒他說：「哦，那又怎麼樣？」

「怎麼樣？你認為呢？你是不想再跟她融合了嗎？」

「想啊，不過如果她不肯就算了。反正我已經有了第三個孩子，我什麼都不在乎了。當然，古時候軟形者的狀況，我全都知道。有時候他們會生出兩組三體孩子。不過我無所謂，有一組就夠了。」

「可是，崔特，融合並不光是為了要孩子啊。」

「那還能有什麼？有一次我聽你說過，每次融合之後你就會學習得更快，然後過了一段時間又變慢了。我才不在乎，我已經有第三個孩子了。」

奧丁轉身不看他，氣得渾身發抖，然後猛然滑出洞穴。罵崔特有什麼用？崔特根本不會懂。不過，他也不確定自己是不是真的懂。

一旦第三個孩子生出來，等她再長大一點，他們就到了該昇華的時候了。到時候，是他奧丁要判定時間，告訴大家什麼時候該昇華，而且昇華的時候不能害怕。如果做不到，會很丟臉，甚至會比丟臉更糟糕。然而，要是沒有先融合，他根本沒有勇氣面對這一切。即使現在已經有了三個孩子，他還是很需要融合。

融合總是能夠消除恐懼……說不定那是因為融合的感覺就像昇華一樣，有一段時間你會失去意識，但那並不會痛。那種感覺就彷彿自己已不復存在，但感覺卻是如此美妙。只要能夠多融合，他就會有勇氣讓自己昇華，不會恐懼，而且不會——

噢，太陽和眾星在上，那根本不是「昇華」。何必用這麼隆重的字眼。他知道另一個字眼，不過大家從來不用，只有小孩子會用，因為他們想嚇唬大人。那就是「死亡」。他必須毫無畏懼的準備面對死亡，而且還要杜愛和崔特跟他一起面對。

然而，他不知道自己要怎麼……要是沒有融合，他辦不到……

4c

崔特還是一個人在洞穴裡，心裡很害怕，很害怕，但他還是打定主意不動。他已經有了第三個孩子。他感覺得到她就在自己體內。

那是最重要的。

只有那才是重要的

然而，不知道為什麼，他內心深處卻隱約有一種揮之不去的感覺，覺得並不是只有那才是重要的。

5a

杜愛羞愧到無地自容。她花了很長的時間才克服了那種羞愧。當她不再那麼羞愧，她才會有心力思考。

剛剛她迫不及待的衝出來，漫無目的的衝出來，拚命想遠離那個恐怖的洞穴家。她並不怎麼在乎自己身在何處，要往何處去。

已經是晚上了。守規矩的軟形者不會在這個時間到外面的地表，就連那些最輕浮的感性體都不會這樣做。太陽還要很久才會升上來，杜愛為此感到高興，因為此刻她最痛恨的就是食物，還有發生在她身上的事。

外面好冷，但杜愛只隱約感覺到冷。她心裡想，就為了有人硬要她要履行職責，她慘遭羞辱，形體和心靈的雙重羞辱，在這種情況下，她還會在乎冷嗎？經歷過那種折磨之後，挨餓受凍簡直就像是一種享受。

她太了解崔特。可憐的傢伙。要了解他實在太容易了。他的所作所為都是基於純粹的本能。他會毫無畏懼的追隨自己的本能，這點實在值得讚美。他膽大包天，竟然從大洞穴裡拿著食物球出來，而當時她正好感應到他。當時他太緊張，整個人都呆了，根本不敢去想自己正在幹什麼。要不是因為這樣，她早就感應到他做了什麼事。而她自己也差不多。當時她融合在岩石裡，發現自己的感應力變得無比敏銳，於是她沈浸在那種感覺裡，如癡如醉，根本就忘了應該去感應最需要感應的東西。要不是因為這樣，她早就感應到崔特做了什麼。

崔特偷偷把那東西帶回來，佈置了一個幼稚得可笑的陷阱，把她的進食器裝飾了一下，引誘她上當。而那天她回來之後，意識到自己的形體因為和岩石融合而變得非常稀疏，感到很羞愧，而且忽然覺得崔特很可憐。就因為羞愧和憐憫，她用進食器吃了那東西，使得崔特成功受孕。

那天以後，她還是會吃東西，不過又像從前一樣吃得很少，而且再也不用進食器吃，因為她已經沒有動機會想再去用了。而崔特也沒有強迫她，而且顯得心滿意足。他當然心滿意足。這樣一來，她就沒有再覺得自己虧欠崔特。

後來，崔特一直沒去動那食物球。那東西一直留在原地。他不敢冒險把那東西拿回大洞穴。最好又最簡單的辦法，就是把它留在那裡，然後忘了這件事。

然後崔特被逮到了。

不過，聰明的奧丁一定早就看穿了崔特的計劃，一定早就注意到電極桿接上了新東西，一定洞悉了崔特的用意。當然，他沒有告訴崔特他知道這件事，因為那會令這個可憐的右附體難堪又害怕。奧丁一向都很照顧崔特，很疼他。

當然，奧丁什麼都不必說。他只需要暗中彌補漏洞，改善崔特這個笨拙的計劃，確保計畫成功。

現在，杜愛不再抱有任何幻想了。要不是因為杜愛只顧著和奧丁說話，她一定會察覺食物球的味道不一樣，注意到那種獨特的氣味，注意到那種東西怎麼吃都吃不飽。

這是他們兩個聯手策劃的陰謀，無論崔特有沒有意識到自己也參與了策劃。她怎麼會相信奧丁突然間就變成了一個細心又熱心的老師？她怎麼會沒看出他背後的動機？他們擔心她，其實只是擔心第三個孩子沒辦法孕育出來，而策劃出這樣的陰謀也代表他們實在太小看她了。

既然如此——

這時她暫時不再想，休息了一下，終於意識到自己很累，於是就移動到一塊岩石的凹洞裡躲避寒風。從凹洞的視野看出去，她看得到七顆星星中的兩顆。她茫然的看著那兩顆星星，把自己對外的感應限制在這些瑣碎的東西上，這樣她才能夠專心思考。

她感到幻滅。

「他們背叛我。」她喃喃自語。「他們背叛我。」

難道他們眼裡只有自己，別的什麼都不在乎嗎？

對崔特來說，只要能夠確保自己的孩子平安無事，就算眼看世界毀滅他也無所謂。不過，他本來就是一個本能的動物。但奧丁呢？

奧丁有思考能力，那麼，那是不是意味著，為了運用他的思考能力，他會不惜犧牲一切？難道他做任何事都只是不計一切代價為自己找到思考的理由？難道就因為艾斯華發明了正電子換能空間，全世界的人，包括硬形者和軟形者，都要任憑他擺佈？另一個宇宙的人都要任憑他擺佈？如果另一個宇宙的人把換能空間關掉，那麼，失去換能空間，我們的太陽是不是就會嚴重冷卻？

然而，另一個宇宙的人是不會關閉換能空間的，因為他們乖乖聽話啟動了換能空間，所以他們也會乖乖聽話繼續運作，直到他們被毀滅——然後，那些理性體，無論是軟形者還是硬形者，就再也不需要他們了，而杜愛自己也一樣，他們已經不需要她了，所以她就必須昇華，或者說，消滅。

她和另一個宇宙的人都被他們背叛了。

她不自覺的把形體縮進凹洞裡，越縮越深。她讓自己深埋進凹洞裡，這樣就看不到星星，也不會被風吹到。現在，她可以全心全意思考。

她痛恨的是艾斯華。他等於是自私與冷血的化身。他發明了正電子換能空間，而這會摧毀整個世界，可能會害死成千上萬的人，但他一點都不會良心不安。他實在太隱密，從來不露面，可是又非常有權勢，就連硬形者似乎都很怕他。

於是，她決定要對抗他，要制止他。

她曾經聽奧丁提到過，正電子換能空間是另一個宇宙的人透過某種方式的溝通協助建立的。那麼，這些溝通用的符號收藏在哪裡？那是什麼樣的符號？要怎麼利用那些符號來進一步溝通？

她沒想到自己竟然能夠思考得這麼透徹，真是驚人。太驚人了。她好興奮。她決定用自己的思考能力打敗那些殘酷的、會思考的人。

他們是沒辦法阻擋她的。因為她能去的地方，他們都去不了，無論是硬形者或軟形者都去不了，而其他感性體是不會去那種地方的。

或許最後她會被逮到，但那個時候她已經沒什麼好在乎的了。她要用自己的方式和他們對抗，不計一切代價，儘管這意味著她必須滲透進岩石，繞著硬形者大洞穴移動，必要的時候就從他們的蓄電池裡偷食物，而只要有機會，她會去和那些感性體混在一起吸收陽光。

總之，最後她一定會給他們一點教訓，接下來，不管他們想幹什麼，就隨他們去了。到時候，她甚至願意昇華——不過一定要等到那時候——

5b

小感性體出生的時候，奧丁也在旁邊。看起來，小感性體各方面都很完美，但她卻沒辦法讓他感受到熱情。至於崔特，他善盡孕育體的責任，把她照顧得很好，但似乎也已經不再那麼興奮了。

時間已經過了很久，但杜愛卻彷彿昇華了一樣。不過，她當然沒有昇華。軟形者唯有在三體同時昇華的時候才會昇華。她沒有昇華，但也不在他們身邊。她沒有昇華，可是卻像昇華了一樣。

那天知道自己讓崔特成功孕育了小感性體之後，她發了瘋似的跑掉了。自從那天以後，他只看到過她一次。就那麼一次。

當時他在地表上遊蕩，從一群正在曬太陽的感性體旁邊經過。他傻傻的以為說不定這樣會找得到她。那群感性體一看到他，立刻竊笑起來，因為很難得看到一個理性體出現在一大群感性體旁邊。她們立刻讓形體擴散，那姿態彷彿在集體挑逗他。那一大群感性體腦袋空空，滿腦子只知道賣弄感性體的風情。

看她們這樣，奧丁只感到厭惡，形體沒有任何興奮的反應。他想到的是杜愛，想到她和她們是那麼的不一樣。杜愛從來不會無端讓形體擴散，除非她有需要。杜愛從來不會想吸引任何人，而這樣反而令她更有魅力。就算她勉強自己去和一大群腦袋空空的感性體混在一起，她也很快就會被認出來，因為只有她不肯讓形體擴散。這一點他很有把握。說不定她反而會故意讓形體縮小，因為其他感性體都在擴散形體。

奧丁想著這些的時候，同時也在感應那群感性體。他忽然發現真的有一個感性體沒有擴散形體。

他立刻停住，急忙朝她移動過去，彷彿沒有意識到那些感性體擋在他前面，沒有意識到她們趕緊讓開，嘶聲尖叫，而且七嘴八舌的拚命互相閃避，避免撞在一起。她們不能在公開場合互相接觸形體，特別是有理性體在旁邊看的時候。

真的是杜愛。她並沒有打算離開。她留在原地，沒說話。

「杜愛。」他低聲下氣的說。「妳不回家嗎？」

「我沒有家，奧丁。」她的口氣聽不出憤怒，也聽不出怨恨，但這樣奧丁反而更恐懼。

「杜愛，崔特做這種事，妳實在不應該怪他。妳也知道那可憐的傢伙沒有思考能力。」

「可是你有思考能力啊，奧丁。他忙著安排要讓我吃東西的時候，你故意跟我說話讓我分心，對不對？你的思考推斷是，我更容易上你的當，而不是上他的當。」

「杜愛，事情不是這樣！」

「不是嗎？你那麼費心教我，不是為了演出一場大戲嗎？」

「我確實有教妳，但那並不是演戲。我是真心要教妳。我並不是為了掩護崔特做那件事才教妳。我根本不知道崔特做了那件事。」

「我才不相信。」她迫不及待的走了，他跟在後面。現在只剩他們兩個人了。紅紅的陽光照在他們身上。

她轉過來看著他。「奧丁，我問你一個問題。你為什麼會想教我？」

奧丁說：「因為我就是想啊。因為我喜歡教學生，因為我寧願教學生也不想做別的事——除了學習之外。」

「你當然也喜歡融合……算了，不說這個。」接著她又繼續質疑他。「別告訴我你這樣是出於理智而不是出於本能。好，假設你說的都是真的，假設我真的有辦法相信你說的是真的，那麼，也許你就聽得懂我等一下要說的事。

「奧丁，自從離開你們以後，我知道了很多事。別管我是怎麼知道的，反正我就是知道。現在我已經完全不是感性體了，只剩生理結構還是。在心智上，我已經是一個徹底的理性體，這才是重要的。不過，我還是希望自己會比理性體更關心其他人。告訴你，奧丁，現在我已經知道我們究竟是什麼了。你、我、崔特，還有這星球上的其他三體，我們究竟是什麼，長久以來一直是什麼，這一切我都已經知道了。」

「是什麼？」奧丁問。只要有機會勸她回家，不管她說多久，他都願意聽，而且會靜靜的聽。他會表示懺悔。任何有必要做的事，他都會做。只要她肯跟他回家——然而，他內心深處一個陰暗的角落隱約知道她必須是自願跟他回家。

「我們是什麼？告訴你，奧丁，我們什麼都不是。」她說得漫不經心，幾乎笑出來。「你覺得奇怪嗎？告訴你，這個星球上只有硬形者才是有生命的。他們沒告訴你嗎？這星球上只有一種生命，因為你、我這樣的軟形者並不是真的活著。我們只是機器啊，奧丁。我們一定是，因為只有硬形者是真的活著。他們都沒告訴過你嗎，奧丁？」

「可是，杜愛，這實在太離譜了。」奧丁一臉驚訝。

杜愛口氣變嚴厲了。「我們就是機器！奧丁！硬形者把我們製造出來，然後再毀滅我們！只有他們才真的活著，奧丁，只有他們。他們很少說這件事，而事實上也不必多說，因為他們都知道。不過，奧丁，我已經學會了思考。我把收集到的一些小線索拼湊起來，終於知道了這件事。他們的壽命很長很長，但最後還是會死。現在，他們再也沒辦法生出下一代，因為太陽散發的能量太少，不足以讓他們生育。他們壽命太長，很難得會有人死亡，不過他們沒辦法生育，所以他們人口雖然逐漸減少，卻減少得很慢。再也沒有年輕的硬形者加入他們，激發新的思想，所以那些活了很久的老硬形者覺得很無聊。那麼，奧丁，你猜他們做了什麼？」

「做了什麼？」他聽出興趣來了，但這樣的興趣令人很不舒服。

「他們製造出機器小孩，這樣就可以把他們當學生教。你自己說過的，奧丁，你寧願教學生也不想做別的事，除了學習之外……當然，還有融合。硬形者是不融合的，而且對他們來說，學習是很困難的，因為他們懂的已經太多。他們僅剩的樂趣就是教學生。所以硬形者以自己的心智為範本製造出理性體，目的就是要把他們當學生教。而感性體和孕育體之所以被製造出來，是因為理性體的自體延續功能需要透過他們才能製造出新的理性體。硬形者必須不斷的製造出新理性體，因為老理性體過了一定的時間就沒用了。能教他們的都教完了。理性體接受完所有的教育之後，就會被摧毀。不過，硬形者摧毀他們之前，事先就已經灌輸給他們一種觀念，讓他們以為他們只是「昇華」，不是被摧毀，這樣他們比較不會怕。當然啦，感性體和孕育體體也會跟著他們一起昇華。既然他們已經為硬形者生出下一代的新三體，那他們就沒有利用價值了。

「可是根本不是這樣啊，杜愛！」奧丁勉強說了這麼一句。對杜愛這種可怕的陰謀論，他不知道要怎麼反駁，不過他心裡很清楚，她根本就搞錯了，不需要反駁。然而，他內心深處還是有一絲疑惑。他為什麼能夠這麼篤定？是不是因為他們把這樣的認知植入他的腦海？不對，當然不是這樣。說不定被植入認知的人是杜愛，所以她才會有這種錯誤的認知，不是嗎？也說不定她是個有瑕疵的感性體，進行植入的時候出了問題，而且沒有——噢，他在想什麼啊！他也跟她一樣瘋了嗎？

杜愛說：「奧丁，你看起來好像有點心神不寧。你真的確定我是錯的嗎？當然啦，現在他們已經有了正電子換能空間，已經得到他們需要的能量了，或者說，快要得到了。再過不久，他們又可以生育下一代了。也說不定他們已經開始生育了，這樣一來，他們根本就不需要軟形者這種機器了，我們就會全部被摧毀。噢，不好意思，應該說全部昇華。」

「不是這樣的，杜愛！」奧丁說。這話他不但是對她說，也是對自己說，說得很辛苦。「我不知道妳這些想法是哪來的，不過硬形者並不是這樣。他們不會摧毀我們。」

「不要騙自己了，奧丁。你自己不就是那樣嗎？為了自己的利益，他們會毫不猶豫的毀滅其他生物的世界，甚至必要的話，他們會毀滅整個宇宙。那麼，摧毀區區幾個軟形者，你覺得他們會手軟嗎？——只不過，他們犯了一個錯誤。製造過程不知怎麼出了問題，有人不小心把理性體的心智放進感性體的形體裡。我是一個左感，這你應該知道吧？從小他們就是這樣叫我，不過他們真的叫對了。我能夠像理性體那樣思考，可是也能夠像感性體那樣去感覺。我要利用這樣的結合對抗他們。」

奧丁非常激動。他認為杜愛一定是瘋了，可是卻不敢說出口。他必須想辦法哄她，帶她回家。於是他用非常真摯的口氣說：「杜愛，我們昇華的時候，並不是被摧毀。」

「不是?那是怎麼樣?」

「我——我不知道。我認為，昇華就是進入另一個世界，一個更美好更幸福的世界。我們會變得就像——就像——總之會變得比我們現在更好。」

杜愛大笑起來。「這你是聽誰說的?是硬形者告訴你的嗎?」

「不是，杜愛。是我自己想出來的，我很確定是這樣。自從妳離開之後，我一直在想這個問題，想了很多。」

杜愛說：「那就少想一點吧，這樣你就比較不會那麼笨。可憐的奧丁，再見了。」於是她又走了，形體輕飄飄的。他感覺得到她很累。

奧丁大喊一聲：「等一下，杜愛!妳應該會想看看新生出來的小感性體吧?」

她沒回答。

他沒有繼續追她，只是看著她越來越遠，漸漸消失，內心很痛苦。

他沒有告訴崔特他看到杜愛。說了又有什麼用?後來他就再也沒有看到過她。

他常常會到那一帶的幾個地點去尋找。感性體喜歡去那幾個地點曬太陽。他到外面找人的時候，崔特偶爾也會跟出來看，那呆呆的臉上滿是狐疑。其實，比起絕大多數的孕育體，崔特已經是心智上的巨人了。

失去她的日子，一天比一天更痛苦。杜愛不在，他感到很恐懼，而隨著日子一天天過去，他感覺到那種恐懼越來越深，只是不知道為什麼。

有一天，他回到洞穴家的時候，發現洛斯頓正在等他。崔特正捧著那個新生的小感性體給洛斯頓看，而且努力不讓那團霧一般的小生命碰觸到洛斯頓。洛斯頓就只是站在那裡，態度和氣，神情凝重。

洛斯頓說：「她真漂亮。她叫蒂蕾拉是嗎？」

「蒂蘿拉。」崔特糾正他。「我不知道奧丁什麼時候才會回來。他最近常常不在……」

「我回來了，洛斯頓。」奧丁趕緊說。「崔特，把孩子抱進去好嗎，麻煩你了。」

於是崔特就把孩子抱進去了。這時洛斯頓立刻轉過來看著奧丁，顯然鬆了一口氣。他說：「現在三體都生出來了，你一定很高興吧。」

奧丁本來想說幾句客套話，可是卻什麼都說不出來。他本來已經和硬形者建立起一種夥伴關係，有那麼一點平起平坐的味道，這樣他們才能對彼此說真心話。可是杜愛失控的事多少破壞了這樣的關係。奧丁知道是她不對，但後來他還是又去找了一次洛斯頓，只是那次他又變得像很久以前那樣戰戰兢兢，感覺自己比硬形者矮了一截，就好像……就好像——機器？

洛斯頓問：「你有見到過杜愛嗎？」奧丁明白他真的是在問問題，不是寒暄客套。

「只見到過一次，硬形——」他差點就脫口說出「硬形者大人」，彷彿他又變回小時候那樣，或是變得像孕育體一樣。「只見到過一次，洛斯頓。她不肯回家。」

「你一定要想辦法讓她回家才行。」洛斯頓口氣很溫和。

「我不知道要怎麼勸她回家。」

洛斯頓用憂慮的眼神看著他。「你知道她在做什麼嗎？」

奧丁不敢看他。他是不是知道了杜愛那套陰謀論？他打算怎麼樣？

奧丁沒說話，只是做了一個動作表示他不知道。

洛斯頓說：「奧丁，她是一個很不尋常的感性體，這你應該知道吧？」

「我知道。」奧丁嘆了口氣。

「其實從理性體的角度來看，你也很不尋常，崔特也一樣。我不知道有哪個孕育體能像他這樣，有這種膽子自作主張去偷能量電池，而且還不顧一切自己想辦法安裝。你們三個是一組很不尋常的三體，史無前例。」

「謝謝你。」

「不過你們三體也有令人很不安的一面。這是我們沒料到的。本來我們是希望你儘可能想出一種最理想的方式，適度教她一些東西，藉此誘導她，讓她比較願意履行自己的職責。不過我們沒想到崔特竟然在那個時候做出那種魯莽的舉動。而且，老實告訴你，我們也沒想到，當她知道我們勢必要毀滅另一個宇宙的世界的時候，她的反應會這麼激烈。」

「當初我回答她問題的時候，實在應該更小心一點。」奧丁口氣悶悶不樂。

「你再怎麼小心也沒用。是她自己發現的。這我們也沒料到。奧丁，很抱歉，不過我不得不告訴你，杜愛已經對我們造成嚴重威脅。她打算讓換能空間停止運作。」

「她？她怎麼辦得到？換能空間她根本不可能進得去，而且就算進去了，她也不知道要怎麼操作。」

「噢，，她確實進得去。」洛斯頓遲疑了一下，然後說：「她一直躲在岩石裡，我們找不到她。」

好一會兒奧丁才明白「躲在岩石裡」是什麼意思。他說：「成年的感性體都不會——杜愛絕對不會——」

「她會，而且她已經做了。別浪費時間爭辯這個了。她能夠滲透進大洞穴的任何一個地方。什麼都瞞不了她。她研究過另一個宇宙傳送給我們的符號。我們不知道整件事是否真的是這樣，不過，對於最近發現的一些狀況，我們實在想不出別的解釋了。」

「噢！噢！噢！」奧丁整個形體前後搖晃，又難堪又痛心，表皮變成不透明。「艾斯華全都知道嗎？」

洛斯頓神情凝重。「還不知道。但他早晚會知道的。」

「可是她要用那些符號做什麼？」

「她正在研究那些符號，想找出辦法把她自己的符號傳送到另一邊。」

「可是她根本不知道要怎麼翻譯，怎麼傳送啊。」

「她兩樣都慢慢學會了。那些符號，她懂的比艾斯華還多。她真是個驚人的天才。一個有思考能力的感性體，可是卻失控了。」

奧丁不由得打了個冷顫。失控？這種字眼不是用來形容機器的嗎？

奧丁說：「不可能那麼嚴重。」

「有可能。她已經傳送過符號了。恐怕她是要勸另一邊的生物停止運作換能空間。在他們的太陽還沒爆炸之前，要是他們真的這麼做了，那我們這邊就無計可施了。」

「可是——」

「奧丁，我們一定要阻止她。」

「可──可是，要怎麼阻止？難道你們要炸──」他說到一半忽然停住。他隱約知道硬形者有一種工具，可以在岩石裡挖出洞穴，不過，自從很久以前整個世界的人口開始減少以後，這種工具就幾乎沒再用了。他們會不會想辦法找出杜愛在岩石的什麼位置，然後炸掉她和岩石？

「不會。」洛斯頓很堅決的說。「我們不能傷害杜愛。」

「說不定艾斯華──」

「艾斯華也絕對不可能傷害她。」

「那你們打算怎麼辦？」

「那就要看你了，奧丁，只能靠你了。我們已經無能為力，所以一定要靠你。」

「靠我？可是我能做什麼？」

「你自己去想。」洛斯頓口氣很急切。「你好好想一想。」

「想什麼？」

「我只能說到這裡了。」洛斯頓似乎內心深受煎熬。「好好想！時間不多了。」

然後他就轉身離開，移動的速度快得簡直不像是硬形者，快得彷彿他不敢繼續留下來，怕自己會說太多。

奧丁也只能看著他離去，內心恐懼又困惑，還有──失落。

5c

崔特要忙的事太多了。他必須花很多心力照顧孩子，而且，就算兩個小左附體和兩個小右附體全部加起來，都比不上一個小主體那麼令人焦頭爛額，更何況是像蒂蘿拉這麼完美的主體。他必須讓她做運動，必須安撫她，提防她滲透進她接觸到的任何東西，哄她凝聚形體好好休息。

他真的已經好久沒看到奧丁了，但他不在乎。蒂蘿拉佔據了他所有的時間。不過，後來他在自己洞穴的角落裡看到奧丁。奧丁陷入沈思，形體不斷變色。

他忽然想起那天的事。他說：「洛斯頓在生杜愛的氣嗎？」

奧丁嚇了一跳，然後說：「洛斯頓？——對，他很生氣。杜愛嚴重傷害到他們。」

「她應該要回家來的，不是嗎？」

奧丁盯著崔特。「崔特。」他說。「我們一定要去勸杜愛回家。我們必須先找到她。你辦得到。現在有了一個新生兒，你的孕育體感應力變得非常強，你可以用那種感應力找到杜愛。」

「不行。」崔特搖搖頭說。「那只能用在蒂蘿拉身上，怎麼可以用來找杜愛？更何況，現在家裡有個小主體很需要她，偏偏她又不回來，都沒想過她自己也曾經是小主體。如果她想一直在外面遊蕩，那麼，也許我們應該開始學著過沒有她的日子。」

「可是，崔特，難道你都不會想再融合嗎？」

「呃，現在三體少了一個。」

「三體在一起並不光是為了要融合。」

崔特說：「問題是我們要去哪裡找她？小蒂蘿拉需要我，她還那麼小。我不想離開她身邊。」

「硬形者會安排找人幫忙照顧蒂蘿拉。你和我去硬形者大洞穴找杜愛。」

崔特想了一下。他並不在乎杜愛，甚至也不怎麼在乎奧丁。他只在乎蒂蘿拉。於是他說：「改天吧，改天吧。等蒂蘿拉再大一點，到時候再說。」

「崔特。」奧丁急了。「我們一定要找到杜愛，否則——否則小蒂蘿拉會被帶走。」

「被誰帶走？」崔特問。

「硬形者。」

崔特不說話了。他不知道要說什麼。他從來沒聽過這種事，也無法想像這種事。

奧丁說：「崔特，我們一定要昇華。現在我已經知道為什麼了。我一直在想這件事，因為洛斯頓——算了，不說這個。杜愛和你也一定要昇華。現在我已經知道為什麼你自己也會感覺到，而且我希望——我認為杜愛自己也會感覺到。我們一定要趕快昇華，因為杜愛正在毀滅這個世界。」

崔特開始往後退縮。「奧丁，不要用那種眼神看我……不要逼我……不要逼我……」

「我沒有逼你，崔特。」奧丁口氣有點悲哀。「只是因為現在我已經知道為什麼了，所以你一定要……我們一定要找到杜愛。」

「不要！不要！」崔特顯然內心飽受煎熬，拚命反抗。他感覺奧丁突然變得很不一樣，而且感覺到自己已經快要無法存在了，無法逃避。以後這世上不會再有崔特和小蒂蘿拉。其他孕育體都可以和自己的小主體在一起很久，而崔特卻眼看就要失去這一切。

這樣不公平，噢，太不公平了！

崔特氣喘吁吁的說：「都是杜愛害的！讓她先去昇華！」

奧丁口氣異常平靜。「不可能的，我們三個一定要同時——」

崔特心裡明白，事情一定是這樣——一定是這樣——一定是這樣——

6a

杜愛感覺好冷，感覺到自己形體好稀疏，輕飄飄的簡直就像一團霧。那次她想到外面去休息一下，吸收陽光，結果卻被奧丁發現。她會從硬形者的電池吸收能量，但並不是常常有機會吸收。她不敢在外面待太久，因為只有躲在岩石裡才安全。於是每次她都只能囫圇吞棗匆匆吸一點，從來沒有真的吸飽過。

她一直感覺好餓，而且似乎是因為一直躲在岩石裡，感覺更餓。她覺得這彷彿就是報應，因為從前她老是沈迷於黃昏時刻，吃得太少。

要不是為了眼前的任務，她是不可能忍受得了這樣的疲憊飢餓。有時候她甚至會希望硬形者趕快摧毀她——不過，當然要等到任務完成。

只要她一直躲在岩石裡，硬形者就拿她無可奈何。有時候她感應得到他們就在岩石外面的空地上。他們很害怕。有時候她會覺得他們是為她感到害怕，可是，那怎麼可能呢？他們怎麼可能會為她感到害怕？怕她極度缺乏食物，精疲力盡，怕她可能會死嗎？他們怎麼可能會怕這個？他們害怕是，他們設計的機器沒有如他們預期的那樣運作。他們被她這樣的天才嚇壞了，怕她怕得要命，不知如何是好。他們怕的一定是這個。

她小心翼翼的避開他們。她總是知道他們在哪裡，所以他們不可能逮得到她，制止不了她。

他們沒辦法一直監視所有的地方。她甚至覺得她不需要擔心他們會感應到她，因為他們的感應力實在太差。

她從岩石裡溜出來，研究那些符號。那是另一個宇宙傳送過來的符號，硬形者把它們複製到某種東西上。他們不知道她究竟在找什麼，而就算他們知道了，故意把那些東西藏到另一個地方，她還是一樣找得到，不管他們藏在那裡。就算他們毀掉那些東西，也沒關係，因為杜愛全都記住了。

一開始她看不懂那些符號，不過就因為她一直融合在岩石裡，感應變得異常敏銳，所以她似乎不用真的看懂就能夠明白。她看不懂符號的意思，但那些符號會激發出她的某些感覺。

她挑選了幾個符號，刻在那個東西上。硬形者會把那個東西傳送到另一個宇宙。那幾個符號是FEER。她根本不知道那幾個符號究竟是什麼意思，但那種形狀激發出來的感覺是恐懼。她竭盡全力把恐懼的感覺灌注到那些符號上。這樣一來，另一個宇宙的生物看到這些符號的時候，說不定就感覺得到恐懼。

後來，對方回傳了符號。她從那些符號上感覺到的是興奮。她常常傳送符號，但不是每次都看得到對方回傳的符號。有時候是硬形者先看到那些符號，所以他們一定知道她在做什麼。不過，他們看不懂那些符號，感覺不到那些符號上的情緒。

所以她並不在乎。無論硬形者發現了什麼，他們還是阻擋不了她。她終究還是會完成任務。

她在等對方回傳訊息，希望那些訊息裡會有她期待的情緒。後來她終於等到了：PUMP BAD（換能不好）。

那幾個符號散發出恐懼和怨恨的情緒。那正是她期待的。她補充了別的符號再傳送回去，那些符號散發出更多的恐懼，更多的怨恨。這下子，那邊的人就會明白了，他們會停止換能空間的運作。這樣一來，硬形者就勢必要想別的辦法，尋找別的能源。她不能容許他們害死另一個宇宙成千上萬的生物，藉此取得能源。

躲在岩石裡，休息的時間太長，她逐漸陷入類似昏迷的狀態。她好渴望食物，一直在等機會從岩石裡出來。她渴望的不只是從蓄電池裡吸取能量，她更渴望的是毀掉那個蓄電池。她想把那個電池的能量全部吸乾，而且想讓那個電池再也無法補充能量，這樣一來，她的任務就完成了。

最後她終於出來了，而且不顧一切一直留在外面。那裡有好幾個電池，她選了其中一個開始猛吸裡面的能量，拚命想把它吸乾，而且很希望看到沒有新的能量補充進來——但沒想到，能量的補充源源不絕——源源不絕——源源不絕。

她形體顫動了一下，放開那個電池，感到很厭惡。顯然正電子換能空間還在運作。難道她的訊息不足以說服另一個宇宙的生物停止換能空間的運作嗎？還是他們沒收到？還是他們感覺不到那些訊息是什麼意思？

她必須再試一次。她一定要讓訊息的意思清楚得不能再清楚。她感覺得到有些符號會激發出危險的感覺，於是就把那些符號排出各種不同的組合，希望每一種組合都足以讓對方明白她是在哀求，哀求他們停止換能空間運作。

她開始用形體裡的能量在金屬箔上燒熔出那些符號，拚命的燒，拚命消耗剛剛從電池裡吸收的能量。最後，能量終於消耗光了，而她也感覺到前所未有的疲憊。她燒出來的符號是：PUMP NOT STOP NOT STOP WE NOT STOP PUMP WE NOT HEAR DANGER NOT HEAR NOT HEAR YOU STOP PLEASE STOP YOU STOP SO WE STOP PLEASE YOU STOP DANGER DANGER DANGER STOP STOP YOU STOP PUMP（換能不停不停我們不停換能我們不聽危險不聽不聽你們停求停你們停所以我們停求你們停危險危險危險停停你們停換能）。

她已經盡力了。現在她只感覺得到無比的痛苦，別的都感覺不到了。她把那張訊息放在可以傳送東西的地方，而且她不想等硬形者無意間把那張訊息傳送出去。她打算自己傳。她痛得昏昏沈沈，但還是強忍著痛苦操作儀器。她曾經看過他們操作。後來，她終於找到了動力開關，於是就啟動了傳送。

那張訊息消失了，接著她感到一陣暈眩，感覺整個大洞穴彷彿變成一大片閃閃發亮的紫色。

她已經累得筋疲力盡，感覺自己快要昇華了——

奧丁——崔——

6b

奧丁進來了。他拚命滑行，越滑越快，這輩子從來沒有這麼快過。先前他一直跟在崔特後面。崔特的感應力是用來感應新生兒的，非常敏銳。不過現在已經夠近了，奧丁有限的感應力也已經感應得到杜愛就在附近。他自己已經感應得到杜愛那飄忽閃爍的意識已經快要消失了。他加快滑動的速度，氣喘吁吁的大喊：「快點——快點——」，而崔特也拚全力跟在後面移動。

奧丁發現她已經昏迷，幾乎沒有生命跡象，形體變得好小。他從來沒看過成年感性體的形體這麼小。

「崔特！」他大喊。「去把電池拿過來。不行——不行——不要想抱她。她的形體已經快散掉了，沒辦法抱。快點！萬一她滲透到地底下——」

硬形者也開始聚集了。當然，他們來得太晚，因為他們沒辦法遠距離感應到生命形態。要是杜愛的命只能靠他們來救，那根本就來不及了。她是沒辦法昇華的。她會真的毀滅，而且——而且有一種很重要的東西也跟著她一起毀滅了。那是她難以想像的東西。

現在，有了能量供應，她的生命跡象又漸漸恢復了。硬形者靜靜的站在他們旁邊。

奧丁挺起形體。此刻的奧丁已經不是原來的奧丁了。這個奧丁已經完全明白這一切是怎麼回事。他渾身散發出不可一世的氣勢，擺出一種憤怒的姿勢要那些硬形者退開。他們乖乖退開，默默不語，沒有人敢違抗。

杜愛形體顫動了一下。

崔特說：「奧丁，她沒事吧？」

「她沒事，崔特。」奧丁說。「杜愛？」

「是奧丁嗎？」她又顫動了一下，說話聲音很微弱。「我還以為我已經昇華了。」

「昇華的時候還沒到，杜愛，時候還沒到。妳必須先休息一下，吃點東西。」

「崔特也在這裡嗎？」

「我在這裡，杜愛。」崔特說。

「不要救我。」杜愛說。「一切都結束了。我想做的事已經做了。我相信電子換能空間很快就會——很快就會停了。以後硬形者還是會需要軟形者，他們會照顧你們兩個，至少會照顧孩子們。」

奧丁沒說話，擺了個姿勢要崔特也別說話。他把輻射慢慢灌進杜愛體內，很慢很慢，偶爾停下來讓她休息，然後再繼續。

她開始呻吟。「夠了，夠了。」她形體扭動得越來越厲害。

但他還是不斷把輻射灌進她體內。

後來他終於說話了。他說：「杜愛，妳錯了。我們並不是機器。我已經很清楚的知道我們是什麼了。要是當初早點想通，我就可以更快找到妳。那天洛斯頓來求我好好想一想，我是那時候才開始思考。我終於想通了，好不容易想通了。不過，就算想通了，我還是知道得不夠徹底。」

杜愛又呻吟了，於是奧丁又停了一下。

他說：「妳聽著，杜愛，生命型態確實只有一種，硬形者就是這個世界唯一的生物。這是妳自己想通的。這一點，妳是對的，不過那並不代表了軟形者不是一種生命。那只代表我們是那種生命型態的一部分。軟形者是硬形者還沒有成熟之前的生命形態。小時候，我們是軟形者，長大以後還是軟形者，不過最後會變成硬形者。妳聽懂了嗎？」

崔特有點困惑。他說：「你說什麼？你說什麼？」

奧丁說：「現在先別插嘴，崔特，先別急。以後你也會明白的。現在我要先跟杜愛說明。」

他一直看著杜愛。杜愛形體已經漸漸呈現乳白色。

他說：「妳聽著，杜愛，每次我們融合的時候，三體融合的時候，我們就會變成硬形者。硬形者就是三體合一，所以才會變硬。融合的時候我們會失去意識，而那段期間我們就是硬形者，不過只是暫時的，而且融合結束後，我們不會記得那段期間發生的事。我們成為硬形者的時間沒辦法持續很久。我們勢必要變回三體。不過，在我們整個生命歷程中，我們會不斷的進化，而且劃分成幾個關鍵階段。每個孩子的出生就代表下一個關鍵階段的開始。到了第三個孩子，也就是小感性體出生後，我們就有機會進入最後的階段。在那個階段，理性體會想起變成硬形者期間所發生的事，會有一些片斷的記憶，不過只有理性體會記得，另外兩個不會。到那個時候，也只有到了那時候，他才有辦法引導三體進行一次完美的融合，然後變成永遠的硬形者。這樣一來，三體就會合為一體，成為一種擁有知識和智慧的新生命。我告訴過妳，昇華就像重生一樣，不過當時我只是有一些模糊的概念，並不完全懂。現在我懂了。」

杜愛看著他，努力想露出笑容。她說：「奧丁，你怎麼會這樣欺騙自己呢？如果真是這樣，硬形者應該很久以前就會告訴你，告訴我們三個了，不是嗎？」

「他們不能說啊，杜愛。很久很久以前，有一段時期，融合只不過是形體的原子混在一起。後來，生命慢慢進化，最後發展出心智。妳要知道，杜愛，從此以後，融合就是連心智也一起融合了，不過那過程非常困難，非常複雜微妙。要想完美的永遠融合在一起，理性體必須進化到一定的境界。然而，要怎麼達到這種境界呢？當他靠自己想通這一切的時候，他就達到這種境界了。這代表他的心智已經夠敏銳，記得自己暫時融合成硬形者期間所發生的一切。如果有人事先把這一切告訴理性體，進化就失敗了，理性體就無法判斷什麼時候該進行完美的融合，而這樣融合出來的硬形者就會有缺陷。那天洛斯頓來求我好好想一想的時候，其實冒了很大的風險。就算他只是暗示，都有可能會——但願不會——

「而且，杜愛，我們這組三體更是這樣啊。無數個世代以來，硬形者一直精挑細選，想搭配出最理想的三體，融合出更進化的硬形者，而我們這組三體就是他們搭配出來的最理想的三體。特別是妳，杜愛，特別是妳。洛斯頓從前也曾經是三體，而他那組三體生出來的小主體就是妳。他的生命有一部分就是妳的孕育體。他認識妳。就是他把妳帶來給我和崔特。」

杜愛挺起形體。她說話的聲音已經差不多恢復正常。「奧丁，這該不是你編出來安慰我的吧？」

這時崔特忽然插嘴說：「不是啊，杜愛，我也感覺到了。雖然我並不完全清楚，不過我感覺到了。」

「他確實感覺到了，杜愛。」奧丁說：「妳也會感覺到的。我們融合的期間變成一個硬形者，這妳應該已經開始回想起來了，不是嗎?妳現在不是很想融合嗎?最後一次融合了，妳不想嗎？」

他把她扶起來。她的形體在發熱。儘管她還是有點掙扎，她的形體已經開始擴散了。

「奥丁，如果你說的都是真的。」她氣喘吁吁的說。「如果我們真的會變成硬形者，那麼，聽你剛剛說的話，意思好像是我們會變成很重要的硬形者，是不是？」

「最重要的硬形者。有史以來最優秀的硬形者。我是說真的……崔特，過來這裡。我們不是要說再見，崔特，我們還是會在一起。其實我們一直都想在一起。妳也是啊，杜愛，妳也是。」

杜愛說：「這樣的話，我們就可以去找艾斯華，讓他明白換能空間不可以繼續運作下去。我們要逼——」

融合開始了。在這個關鍵時刻，硬形者又一個接一個進來了。奥丁看得到他們，只是看不清楚，因為他已經開始融合進杜愛的形體裡。

這次的感覺和從前不一樣。他們沒有感覺到強烈的狂喜，只感覺到一種平靜舒緩的律動。他感覺得到自己有一部分變成了杜愛，感覺自己彷彿和整個世界融合為一體，感覺自己越來越敏銳。換能空間還在運作——他（她）感覺得到——換能空間為什麼還在運作？

他也變成了崔特。他（她）（他）感覺到強烈的失落。噢，我的孩子——

接著他驚叫起來，那是奥丁的意識所發出的最後的驚叫，不過，那又好像是杜愛的驚叫。

「噢，我們沒辦法阻止艾斯華啊！我們就是艾斯華！我們——」

那是杜愛在驚叫，但也不是杜愛。最後喊叫聲消失了，而杜愛也消失了。從此以後，杜愛不存在了，奧丁也不存在了，崔特也不存在了。

7abc

那些硬形者還在等著。艾斯華往前湊近他們，形體四周的空氣出現一波波的顫動。是他在說話，口氣悲傷。他說：「現在我可以永遠和你們在一起了。我們還有太多事要做——」

第三部　鬥不過

第一章

瑟琳妮林斯壯笑得很燦爛。她走路腳步輕快，看起來有點像彈跳。觀光客第一次看到她那樣子都嘖嘖稱奇，但沒多久他們就會覺得那也有她獨特的優雅。

「午餐時間到囉——」她說話的聲音充滿歡樂。「各位先生女士，全都是當地的土產喔。也許大家會吃不慣那個味道，不過營養可是很豐富的喔……這位先生，這裡有位子，我相信您應該不會介意和這幾位女士坐在一起吧……噢，麻煩再等一下，等一下大家都會有位子……不好意思，主餐沒有附贈飲料，飲料要另外加點喔。主菜是小牛肉……噢，不是不是，調味和肉都是人工合成的，不過真的很好吃。」

後來她自己找了個位子坐下，輕輕嘆了口氣，臉上愉悅的神情變得有點僵。

旅遊團裡有個人忽然走到她對面坐下。

「我可以坐這裡嗎？」他問。

她飛快瞥了他一眼。她天生就很會看人，一眼就看得出對方是什麼角色。眼前這個人看起來不像是會惹麻煩的，於是她說：「當然可以，請坐。不過，你是一個人參加旅遊團的嗎，沒有人同行嗎？」

他搖搖頭說：「沒有，我自己一個人。不過，就算有人同行，地球佬也多半都很無趣。」

她又看了他一眼。他大概五十幾歲，神情疲憊，不過眼裡卻是藏不住的神采奕奕，閃爍著好奇的光芒。他一看就知道是地球人，因為那種體型是典型地心引力的產物。她說：「地球佬是月球上的土話，有點不雅。」

「我是地球來的。」他說。「所以用這個字眼也不會得罪誰。除非妳不喜歡聽。」

瑟琳妮聳聳肩，彷彿是表示：「隨你高興。」

她的眼睛看起來有點像東方人，絕大多數的月球女生都是這樣。不過除此之外，她是一頭金髮，鼻子高聳。她不是那種典型的古典美人，但無可否認，她還是非常迷人的。

那地球人一直盯著她上衣左胸口的名牌，然而，衣服底下就是她那高聳勻稱的胸部，而且在某個特定角度的光線照射下，衣服的材質看起來會是半透明，而且她沒穿內衣。但儘管如此，她也只能假設他是真的看在她的名牌，而不是在看她的胸部。

他說：「月球上有很多女生叫瑟琳妮嗎？」

她說：「噢，多得很，成百上千。另外還有很多叫辛西亞、黛安娜，或是阿堤米絲的。瑟琳妮這名字有點無趣，我認識的叫這個名字的女生，有一半被人叫成『傻琳』，另外一半被叫成『呆妮』。

「那妳是哪一種？」

「都不是。我就叫瑟琳妮，完整的發音，『瑟』『琳』『妮』。」她唸第一個字還特別加重音。「會叫我名字的人，都必須這樣叫我。」

地球人臉上露出一絲微笑，那神情彷彿他不太習慣叫這個名字。他說：「瑟琳妮這個名字，英文唸起來會有點像是問妳『賣不賣』，要是有人不小心把妳的名字叫成像是問妳賣不賣，妳會怎麼樣？」

「他們再也不敢這樣叫第二次。」她口氣很堅定。

「不過，會不會有人是真的在問妳賣不賣？」

「世上難免會有白癡。」

這時女服務生已經走到他們桌子旁邊，把盤子擺在他們面前，動作迅速流利。

那地球人露出欽佩的神色，對那女服務生說：「哇，這盤子像是飄下來的一樣。」

那女服務生淡淡一笑，然後就走了。

瑟琳妮說：「你可千萬別想學她這樣。她已經習慣了月球上的重力，動作駕輕就熟。」

「要是我真學她這樣，盤子會破光光，是吧？」

「場面會很壯觀。」她說。

「好吧，那我還是別試的好。」

「你等著看，再過不久一定會有人學她這樣，結果盤子就飄向地上，然後他就會伸手去抓，然後沒抓到，然後十個當中就有一個會整個人摔到地上。我警告過他們，可是他們從來不聽，就只會把自己搞得更尷尬。其他人會哄堂大笑——我說的是觀光客。我們這裡的人已經看太多，不會覺得好笑，因為那代表有人得去打掃。」

地球人小心翼翼舉起叉子。「我知道妳的意思。就連一些最簡單的動作看起來都會很怪。」

「沒錯，不過你很快就會習慣的，最起碼會習慣一些生活上的小事，像是吃東西。走路就比較難了，我從來沒看過地球人能夠跑得像個樣子。沒辦法真的跑。」

有好一會兒他們靜靜吃東西，然後他忽然又問：「那個L是什麼意思？」他又看著她的名牌。名牌上寫著「瑟琳妮林斯壯・L」。

「L代表月球。」她漫不經心的說。「那是用來區分的，代表我不是移民。我是在這裡出生的。」

「真的？」

「這沒什麼好奇怪的。我們這裡發展出各行各業的社會，已經有大半個世紀了。難道你以為不會有小孩在月球上出生嗎？有些在這裡出生的人甚至都已經當祖父母了。」

「妳幾歲了？」

「三十二歲。」她說。

他露出驚訝的表情，但隨即嘀咕著說：「妳確實像三十二歲的人。」

瑟琳妮揚揚眉毛。「你的意思是你懂這裡的狀況？絕大多數的地球人都需要我解釋才會懂。」

那地球人說：「我很清楚絕大多數的老化現象都是地心引力造成的，像是臉頰鬆弛，乳房下垂。地心引力對人體組織有絕對的影響力。月球的重力只有地球的六分之一，所以這裡的人看起來會比較年輕。這沒什麼好難懂的。」

瑟琳妮說：「只是看起來年輕。那並不代表我們這裡的人會長生不老。我們的壽命和地球人差不多，只不過，我們這裡的人絕大多數都不會覺得老是一種困擾。」

「這倒是個優點……不過，月球上的生活應該還是有缺點的吧？」他才剛啜了一口咖啡。「你們竟然喝這種——」他說到一半忽然停住，顯然是不想說出接下來那個字。

「我們本來是可以從地球進口食物和飲料。」她似乎覺得他的反應很有趣。「可是那只夠極少數的人吃喝，而且撐不了幾天。而且，既然太空船可以用來運輸更重要的東西，那又何必浪費在食物和飲料上。更何況，我們已經喝慣了這種雜碎……或者，你是不是有更強烈的字眼可以形容？」

「我不會用那個字眼形容咖啡。」他說。「那個字眼我打算留著用來形容食物，不過，用雜碎來形容也勉強可以……對了，林斯壯小姐，我想請問妳，為什麼旅遊行程裡完全沒有提到質子同步加速器？」

「質子同步加速器？」她正喝乾杯子裡的咖啡，眼睛開始瞄瞄四周，彷佛在看有沒有遊客摔倒。「那東西是地球人的，不開放給遊客參觀。」

「妳的意思是，月球人不准去那裡？」

「噢，不是，沒這回事。那裡的工作人員絕大多數是月球人，只不過，法規是地球政府定的，禁止遊客參觀。」

「我真想去看看。」他說。

「噢，我相信你一定看得到——你這個人一定很有福氣，連我都沾到不少，你看看，沒有盤子碎滿地，也沒有觀光客摔到地上。」

接著她站起來說：「各位先生女士，再過十分鐘我們就要離開了，盤子就請各位留在桌上不用管。那裡有化妝室，需要的人可以去。接下來我們要去參觀食品加工廠，多虧有他們，各位才吃得到這麼豐盛的大餐。」

第二章

瑟琳妮的宿舍又小又擠，不過卻有一些複雜的裝置。窗戶是全景式的，看得到滿天星星，不過景觀的變化很慢，而且變化完全沒有規律，看得到的星座都不會出現在固定的位置。三面窗戶都有望遠鏡似的放大功能。瑟琳妮很需要這種功能。

巴倫納維爾對這種東西深惡痛絕，他老是會很粗暴的關掉那種功能，然後說：「妳怎麼受得了這種東西？我認識的人當中，也只有妳會有這種怪癖，喜歡這種東西。妳以為妳看到的那些星雲星團都還存在嗎？」

瑟琳妮會冷冷的聳聳肩說：「什麼叫存在？存不存在有什麼關係？更何況這種功能可以讓我感覺到自由，感覺到星球的運轉。這是我的宿舍，我想用那種功能不行嗎？」

於是納維爾就會嘀咕幾句，很不情願的重新啟動功能，讓景觀恢復到原來的樣子。這時瑟琳妮就會說：「算了，就這樣吧。」

宿舍裡的家具曲線柔和，牆壁的裝潢沒什麼特色，色調暗淡，看起來很不顯眼。整間宿舍沒有什麼東西能讓人感覺到有生命氣息。

「只有地球上才會有生命氣息。」瑟琳妮老是說：「月球上不會有。」

此刻，她走進宿舍，看到納維爾就像平常一樣在裡面。巴倫納維爾坐在那張破沙發上，只有一隻腳還穿著拖鞋，另一隻拖鞋就掉在沙發上，就在他旁邊。他肚子上有一道紅痕，就在肚臍上方，可能是他不自覺抓出來的。

她說：「巴倫，去煮點咖啡好嗎？」她很優雅的扭扭身子慢慢卸掉身上的衣服，還很放鬆的吁了一口氣。衣服滑落到地上之後，她用腳尖一挑，把衣服踢到牆角。

「擺脫這身衣服，真是輕鬆多了。」她說。「這工作最讓人受不了的，就是得學地球佬那樣穿衣服。」

納維爾在廚房的角落，聽她說這些的時候左耳進右耳出，根本不當一回事，因為他聽多了。他說：「妳的蓄水箱是不是水位不夠了？水流變小了。」

「是嗎？」她問。「應該是我用水超量了。有耐性一點吧，等水慢慢流。」

「今天有碰到什麼麻煩嗎？」

「沒有，就跟平常一樣，看著他們搖搖晃晃走來走去，看著他們裝模作樣的說不覺得這裡的東西很難吃，而且我知道他們以為我們可能會強迫他們脫光衣服。這些我都習慣了……真不知道他們脫掉衣服會是什麼樣子，光想到就噁心。」

「妳對那些人的身體是不是有點太大驚小怪？」他端來兩小杯咖啡，擺在桌上。

「碰到那些人，能不大驚小怪嗎？他們臉上全是皺紋，皮膚鬆垮垮的，男人都挺個啤酒肚，滿身都是細菌。我才不管官方是怎麼檢疫的，反正他們身上全是細菌……你呢，今天有什麼新鮮事嗎？」

巴倫搖搖頭。以月球人的標準來看，他的體型算是很結實，眼睛總是瞇瞇的，看起來一副悶悶不樂的樣子。除此之外，他五官均勻，瑟琳妮覺得他可以算得上英俊。

他說：「沒什麼驚天動地的事。我們還在等特派員交接完畢。我們得看看那個葛斯坦是什麼樣的人物。」

「他會找麻煩嗎？」

「他再怎麼找麻煩，也製造不出比現在更多的麻煩。畢竟，他們又能怎麼樣？他又沒辦法滲透進我們內部。地球佬再怎麼偽裝也沒辦法像個月球人。」他嘴裡這樣說，神色還是有點不安。

瑟琳妮啜了一口咖啡，用精明的眼神盯著他。「說不定有些月球人骨子裡是地球佬，會跟他們一個鼻孔出氣。」

「沒錯，我真想揪出這種傢伙。有時候，我還真不知道有誰是靠得住的——噢，我的計畫一直在排隊等著用同步加速器，已經等了不知道多久，真他媽的浪費時間。感覺好像永遠輪不到我。」

「大概是他們不信任你吧，不過這也難怪，因為你老是在同步加速器附近晃來晃去，一副鬼鬼祟祟的樣子，好像在搞什麼陰謀。」

「哪有這回事！我還樂得離開同步加速器室，永遠不要再回去，不過這樣一來，他們反而會懷疑……對了，妳怎麼不去找他們抗議一下水配額的事，我們都快沒水喝了。」

「不行！那怎麼可以！不過談到這個，倒是你一直在幫忙浪費水，上星期你在這裡洗了兩次澡。」

「沒想到妳竟然在算這個。我給妳一張水配給券好了。」

「我是沒在算啦，不過蓄水箱的水位自己會算。」

她喝完了自己那杯咖啡，盯著空空的杯子出神。「他們每次喝這種東西，都會皺眉頭。我是說那些觀光客。我永遠搞不懂為什麼。我覺得還挺好喝的。對了，巴倫，你嚐過地球的咖啡嗎？」

「沒有。」他簡單回了一句。

「我嚐過一次。有個觀光客偷偷挾帶了幾袋進來，說那叫做即溶咖啡。他想用那個來跟我交換……呃，你知道的。他似乎覺得這是很公平的交易。」

「妳嚐過嗎？」

「我很好奇。那味道又苦又澀，難喝得要命。我告訴他，和地球人私通違反月球的善良風俗，他立刻就翻臉了。」

「妳怎麼沒告訴我？他沒有想對妳怎麼樣吧？」

「這好像跟你沒什麼關係吧？不過，沒有，他沒有想對我怎麼樣。就算他想，這裡的重力對他是很不利的，他會被我一拳打飛，直接飛到一號通道。」

接著她又繼續說：「噢，對了，今天又接待了另一個地球佬，他堅持要跟我坐在一起吃飯。」

「那他有想跟妳交換什麼嗎？他是不是想跟妳好好搞一下『呃，你知道的』？」

「沒有。他就只是坐在那裡。」

「然後盯著妳的胸部？」

「我的胸部就長在那裡，誰要看我管得著嗎？不過說真的，他沒有。他只是盯著我的名牌……更何況，他愛怎麼遐想關你什麼事？他要遐想是他的事，我又不需要幫他實現遐想。你是覺得我有什麼遐想嗎？你以為我會想跟一個地球佬上床嗎？地球人不習慣這裡的重力，為了適應，你覺得他們會出現什麼動作？所以囉，請問要怎麼跟他們幹那件事？我不敢說沒人幹過，不過絕不會是我，而且我也沒聽說過那樣幹有什麼好處。好了，這樣說你滿意了嗎？現在我可以回頭說說那個地球人了嗎？他大概五十歲，而且就算他二十歲的時候也不會有人說他帥……不過，他的長相倒是蠻有趣，這我不能否認。」

「好了好了，不需要跟我講他是什麼長相。他怎麼了嗎？」

「他跟我打聽質子同步加速器。」

納維爾忽然站起來，搖晃了一下。重力這麼低，動作這麼突然，身體難免會有點搖晃。「他打聽同步加速器，是打聽哪一方面？」

「他什麼都沒問。你這麼激動幹嘛？你不是說，無論什麼時候，只要觀光客有什麼異常舉動，我都要告訴你嗎？在我看來，這就是一種異常舉動。從來沒人跟我打聽過同步加速器。」

「好啦！」他停了一下，接著又用正常的口氣說。「他怎麼會對同步加速器有興趣？」

瑟琳妮說：「我完全不知道。他只是問我他可不可以去看看。說不定他只是一個對科學有興趣的觀光客。根據我的經驗，那通常只是一種伎倆，藉此博取我的好感。」

「那妳是對他有好感囉。他叫什麼名字？」

「不知道。我沒問。」

「為什麼不問？」

「因為我對他沒興趣。怎麼，你是希望我對他有興趣嗎？更何況，他會問這個，代表他就只是一個觀光客。如果他是物理學家，那還需要問嗎？物理學家會自己去。」

「親愛的瑟琳妮。」納維爾說。「我跟妳說明一下。在目前的情況下，只要有人說他想看看同步加速器，這個人就有問題，我們就要查清楚他的底細。更何況，他為什麼偏偏就要找妳打聽？」他快步走到房間另一頭，然後又走回來，彷彿精力過剩想發洩一下。接著他又說：「妳不是很會看人嗎？這方面妳是專家。妳覺得這個人會讓妳感興趣嗎？」

「感興趣？哪方面的興趣？性方面嗎？」

「妳明知道我說的是什麼。別鬧了瑟琳妮。」，

瑟琳妮顯然很不情願。她說：「他這個人是有點怪，甚至有點令人感到不安，不過我不知道我為什麼會有那種感覺。他什麼都沒說，什麼都沒做。」

「古怪又令人感到不安，是這樣嗎？瑟琳妮，妳一定要再跟他見面。」

「跟他見面？做什麼？」

「我怎麼知道妳會做什麼？這是妳的專業。想辦法問出他叫什麼名字，盡妳所能摸清他的底細。妳是有腦子的，那就用點腦子發揮妳包打聽的專長，幹點正事。」

「噢，好吧。」她說：「你還真有長官的架勢，遵命。」

第三章

光看空間大小，實在看不出特派員的宿舍和一般月球人宿舍有什麼差別的。月球上空間有限，就算是地球的官員也不能揮霍空間，就算是母星的代表也不能奢侈浪費。更何況，月球的環境是絕對無法改變的，就算是最偉大的地球人也改變不了。月球的重力就是那麼低，人類就是只能在地底下生活。

「人類永遠是環境的產物。」路易斯蒙太茲嘆了口氣。「我已經在月球上待了兩年，有好幾次有人想辦法勸我再待下去，只可惜——這幾年我漸漸老了。我今年已經滿五十歲了，所以，如果我有打算再回地球的話，那我最好現在就回去。再老一點，我恐怕就沒辦法再重新適應地球的重力。」

康拉德葛斯坦才三十四歲，而且看起來似乎更年輕。他的臉又圓又大，五官也大，那種長相一看就知道不是月球人。而且，如果有人想畫一張地球佬的漫畫肖像，他的臉就是最好的範本。他的身材並不壯碩，不過，身材壯碩的人是不會被送到月球來的，因為那不會有好結果。另外，以他的身材來說，他的頭大得異乎尋常。

他說標準地球語的時候，聽得出來口音和蒙太茲不太一樣。他說：「你好像很愧疚。」

「我是愧疚。確實愧疚。」蒙太茲說。葛斯坦天生就是一張慈祥的臉，相形之下，蒙太茲那張又瘦又長的臉則是一臉悲苦。「而且我的愧疚是雙方面的。我很慚愧自己竟然就要離開月球了，因為這個世界是那麼迷人，充滿驚奇。而另一方面，我又很慚愧自己竟然會怕回到地球，因為地球的重力是很難承受的。」

「沒錯。不難想像，六分之五的體重又要重新扛回來，實在很辛苦。」葛斯坦說。「來到月球才不過幾天，我就已經感覺到體重只剩六分之一是多麼舒服。」

「等你開始便祕的時候，你就不會覺得舒服了。到時候，你得靠礦物油過日子。不過話說回來，你終究會熬過去的……還有，千萬不要因為自己感覺變輕了就想學羚羊那樣跳，那需要很高深的技巧。」

「這我明白。」

「你只是自以為明白，葛斯坦。你應該沒看過袋鼠跳吧？」

「在電視上看過。」

「光看電視沒辦法真正體會，你一定要實際嘗試。要想快速越過月球的平地，那是最適合的運動模式。就像在地球上立定跳遠那樣，你兩腳同時用力向後一蹬，跳起來，身體懸空的時候兩腳又往前伸，等快碰到地面那一剎那，兩腳才又用力向後一蹬，再跳起來，就這樣周而復始。和在地球上比起來，這樣的動作在月球上會變得很慢，不過每跳一步都會超過六公尺遠，而肌肉只需要用一點力量就可以讓身體長時間停留在半空中，感覺就像在飛——」

「你試過嗎？你做得到嗎？」

「我試過。我曾經一口氣連跳了五步，正好開始抓到那種感覺，正好開始想繼續跳，但那一刻我突然判斷錯誤，腳往後蹬的時機沒抓準，和前面那五步不一致，然後就摔倒了，在地上滑了將近四百公尺。月球人都很有禮貌，從來不會笑我們。當然啦，那對他們來說是很容易的，因為他們從小就是這樣跳，隨時想跳就跳。」

「他們本來就是在這種環境下生活。」葛斯坦咯咯笑起來。「想像一下到了地球他們會怎麼樣。」

「他們不能去地球。在那裡他們沒辦法生存。我想，這點應該是我們的優勢。我們可以在月球上生存，也可以在地球上生活，而他們卻只能在月球上。我們很容易就會忘了這一點，因為我們老是分不清月球人和移佬的差異。」

「什麼移佬？」

「那是月球人的土話，說的就是地球移民。移民在地球上出生長大，不過後來長時間在月球上生活。當然，那些移民還是可以回地球，可是真正的月球人是沒辦法去地球的，因為他們的骨骼肌肉無法承受地球的重力。在人類移民月球的初期，就曾經發生過這方面的悲劇。」

「哦？」

「噢，對了，忘了告訴你，曾經有人把在月球上出生的孩子帶回地球。我們老是會忘了這種事。當時我們正面臨重大危機，二十世紀晚期死了太多，而且後來還發生更多慘劇，所以在那種情況下，我們不會覺得幾個垂死的小孩有什麼大不了。可是在月球這裡，大家都不會遺忘那些被地球重力折磨至死的月球人……我覺得，這會更讓他們覺得月球是另一個分離的世界。」

葛斯坦說：「還在地球的時候，有人給我做過簡報，我還以為那簡報已經夠詳細了，現在看來，我似乎還有很多要學。」

「在地球上，你根本沒辦法徹底了解月球，所以我留了一份完整的報告給你。我的前任也曾經留了一份這樣的報告給我。你會發現月球很迷人，可是在某些方面又會讓你飽受折磨。我猜你在地球上應該沒吃過月球的食物，而且，如果你只是聽人說過，那你一定要有心理準備，因為當你真正吃到的時候……但不管怎麼樣，你一定要想辦法讓自己喜歡。別想把地球的東西運送過來，那是很不切實際的，我們只能只能吃這裡的食物，喝這裡的飲料。」

「既然你已經這樣生活了兩年，我想我應該也撐得過去。」

「這兩年，我並不是持續不斷在月球上生活。我們必須定期回地球休假，那是強制性的，不管你想不想回去。我猜他們應該已經告訴過你了。」

「沒錯。」葛斯坦說。

「不管你在月球上怎麼鍛鍊身體，你偶爾還是必須讓自己處在完整重力的環境，喚醒骨骼肌肉對那種重力的感覺，所以偶爾要回地球。回到地球的時候，你當然會『吃東西』。所以，偶爾有人會偷偷挾帶地球的食物回來。」

葛斯坦說：「我的行李當然都被人仔細檢查過，不過我沒注意到外套口袋裡有一罐玉米牛肉罐頭。我沒注意到，他們也沒注意到。」

蒙太茲慢慢露出笑容，有點猶豫的說：「我猜你應該不會想分一點給我吃吧。」

「誰說的。」葛斯坦皺起圓圓的大鼻子，用篤定的口氣說：「我會懷著最尊崇的心對你說：『蒙太茲閣下，這一切都是要奉獻給您的，請盡情享用，您比我更需要。』」他說這些話的時候舌頭有點打結，因為他說古老的標準地球語的時候很少用第二人稱單數。

蒙太茲笑意更深了，但那笑容很快就消失。他搖搖頭說：「不需要這樣。再過一個星期我就回到地球了，到時候我愛怎麼吃就怎麼吃，而你就不行了。在接下來的幾年裡，你能享用的機會不多了，到時候你會悔不當初，為什麼要對我這麼慷慨。現在吃了你一口，到時候你會恨我。」

他的神情很嚴肅，手搭在葛斯坦肩上，眼睛盯著葛斯坦。「更何況……」他說：「我有件事想告訴你，不過卻一直藉故拖延，因為我不知道要怎麼開口。剛剛跟你扯吃東西的事，其實只是繼續拖延。」

葛斯坦立刻把罐頭擺到一邊。他那張臉沒辦法露出像蒙太茲那種嚴肅的表情，不過他說話的口氣很嚴肅沈穩。「蒙太茲，是不是有什麼事你沒辦法向地球報告？」

「葛斯坦，我是有想過要向地球報告這件事，可是一方面，我實在不知道要怎麼說，另一方面又擔心他們會故意假裝聽不懂我的意思，所以最後我就沒有向他們報告。說不定你有本事向他們報告。但願你辦得到。我沒有申請延長任期，有很多原因，其中一個原因就是，我一直拖延，不敢向地球報告這件事，但現在已經拖不下去了，我承擔不起這個責任。」

「好像很嚴重。」

「但願你會覺得很嚴重。說實在的，這整件事聽起來很荒唐。月球殖民地上只有差不多一萬個人，其中包括土生土長的月球人，但他們人數不多，還不到總人數的一半。他們缺乏資源，缺乏空間，生活環境嚴苛，日子過得很艱苦，可是——可是——」

「可是什麼？」葛斯坦催他趕快說。

「他們正在做一件事——我還不完全清楚他們在做什麼，不過那可能是有危險的。」

「會有什麼危險？他們能做什麼？跟地球開戰嗎？」葛斯坦的臉顫動起來，彷彿快笑出來了。

「噢，不是，那件事比較複雜，很難捉摸。」蒙太茲伸手揉眼睛，感覺有點急躁。「老實告訴你，我覺得地球人變膽小了。」

「這話什麼意思？」

「呃，不然還能怎麼形容？月球殖民地剛開始建立的時候，地球正面臨『大危機』，我想這應該用不著我來告訴你。」

「是用不著。」葛斯坦似乎有點反感。

「地球的人口從最巔峰的六十億減少到剩下二十億。」

「不過這樣地球反而變得更好了，不是嗎？」

「噢，確實沒錯，不過我只是希望人口減少的過程可以不要那麼慘烈……另外，大危機的後遺症，就是從此以後大家再也不信任科技。那是一種巨大的惰性，大家再也不想冒險去改變世界，因為怕有副作用。某些偉大的事物可能會造成危險，而大家再也不肯努力去追求那種事物，因為，他們雖然想追求，可是卻更怕危險。」

「我猜，你說的是基因工程計畫。」

「那確實是一個最顯著的例子，不過，並不是只有那方面。」蒙太茲口氣很苦澀。

「老實說，他們放棄基因工程，我倒不覺得那有什麼大不了。那東西根本就是徹底失敗。」

「可是那代表我們再也沒有機會開發直覺感知超能力。」

「沒有任何證據顯示直覺感知超能力有什麼好處，而相反的，有不少證據顯示那會造成不良影響……呃，我們還是談月球殖民地的事吧。這裡到底怎麼樣了？這裡當然不會有地球那種發展停滯的跡象。」

「正是這樣！」蒙太茲忽然興奮起來。「月球殖民地正是人類僅剩的最後一塊淨土。大危機前的文明還遺留在這裡。人類都退縮了，而這裡保留了從前的人類那種奮勇向前的精神，碩果僅存。」

「這也太誇張了吧，蒙太茲。」

「我並不覺得。地球退縮了，人類退縮了。除了月球上的人之外，所有的人都退縮了。月球殖民地是人類的先鋒。空間上，他們位於人類世界的最前緣，而在精神上，他們奮勇向前，把地球遠遠甩在後面。這裡沒有複雜的生物體系，所以他們不會危害到任何生物。這裡沒有複雜的環境，他們不用擔心會破壞環境的微妙平衡。月球上任何有用的東西都是人類製造出來的。月球是人類用最基本的工具憑空創造出來的世界。月球沒有過去。」

「那又怎麼樣？」

「在地球上，我們渴望回到那有如田園詩般的美好過去，那從來沒有真的存在過的過去。那樣的過去就算曾經存在，也永遠不會再出現了。在大危機期間，地球的生態在很多方面遭到嚴重破壞，而我們只能靠僅剩的沒有被破壞的環境勉強撐下去，所以我們很害怕，永遠都很害怕……可是在月球上，他們沒有美好的過去可以渴望，可以嚮往。他們只能向前走。」

蒙太茲似乎被自己的話打動了，越說越激昂。他說：「葛斯坦，這一切我已經看了兩年，接下來你也會看到，至少會看兩年，或者更久。月球是一粒火種，永不熄滅的火種。他們正在全面拓展。空間上，他們在拓展。每個月他們都會挖出新通道，建造新宿舍，準備容納未來可能增加的人口。他們盡全力開發資源。他們找到新的建材，新的水源，新的特殊物質的礦源。他們擴充太陽能電池的容量，擴建發電廠……我想你應該知道，月球上這一萬個人現在已經成為地球某些重要物資的主要來源，像是微電子設備或是精密生化產品。」

「我知道他們是很重要的來源。」

「地球人根本就是在自我安慰欺騙自己。月球已經是他們最主要的來源，而且按照目前的比率，在不久的將來，他們會成為唯一的來源……另外，他們的知識能力也在成長。葛斯坦，地球上有不少聰明的年輕人對科學有興趣，而我猜他們應該都隱約懷著一種夢想，或甚至充滿渴望，希望有一天可以去月球。地球人排斥科技，而月球人正在蓬勃發展科技。」

「你說的應該是質子同步加速器。」

「這只是一個例子。提到這個，你倒是應該反過來看看地球。地球上還有沒有新的同步加速器建造出來？上次建造是多久以前的事？其實，那只不過是一個規模最大、最引人注意的設備，而且那還不是唯一的，甚至也不是最重要的。如果你想知道月球上最重要的科學設備是什麼——」

「他們隱藏了什麼東西嗎？怎麼都沒人告訴我？」

「根本沒有隱藏。那東西那麼明顯，偏偏就沒人注意到。那就是月球上一萬個人的頭腦。一萬個人的頭腦緊緊結合在一起，稟持著共同的信念，滿懷熱情追求科學。」

葛斯坦忽然感到有點煩躁，身體扭來扭去，想移動一下椅子，可是椅子被固定在地板上，沒辦法動，而就因為他去頂椅子，結果整個人從椅子上彈起來。蒙太茲立刻伸手抓住他。

葛斯坦紅著臉說：「不好意思。」

「你慢慢就會習慣這裡的重力。」

葛斯坦說：「不過地球好像沒有你說的這麼糟糕吧？地球人並不是什麼都不懂。我們不是發展出電子換能空間嗎？那純粹是地球人的成就，跟月球人沒半點關係。」

蒙太茲搖搖頭，嘴裡嘰咕了幾句他的母語西班牙語，聽起來不是什麼好話。接著他又說：「你有沒有見過斐德烈克哈勒姆？」

葛斯坦露出笑容。「見過。我確實見過。電子換能空間之父。我敢說他胸口一定有那個頭銜的刺青。」

「說真的，看你這樣的笑法，聽你說這樣的話，我更確信我的觀點是對的。你捫心自問，哈勒姆這樣的人發明得出電子換能空間這樣的東西嗎？這種神話只能騙騙那些不用腦子的社會大眾。如果你認真想一想，你就會知道真相是什麼。真相是：地球上根本沒有所謂的電子換能空間之父。電子換能空間是平行人發明的，或者說是平行宇宙的外星人。哈勒姆只是無意間被他們當成工具，而整個地球也無意間變成了他們的工具。」

「我們也很聰明啊，懂得好好利用他們的發明。」

「是啊，就像乳牛也很聰明，懂得吃牧場提供的草料。換能空間並不是人類前瞻的象徵，而且事實上正好相反。」

「如果換能空間象徵的是人類的倒退，我會說這樣的倒退很了不起。我可少不了換能空間。」

「誰少得了？重點是，這正凸顯出地球目前的狀態。能源取之不盡，而且除了維修保養之外，不需要付出任何代價，更何況還是零污染。不過你知道嗎，月球上可沒換能空間。」

葛斯坦說：「我猜他們應該是用不著吧。他們需要的是太陽能電池。能源取之不盡，而且除了維修保養之外，不需要付出任何代價，更何況還是零污染……咦，一模一樣，簡直像是在唸禱告詞。」

「嗯，是很像。不過差別在於，太陽能電池是完全人造的。這就是重點。我們也在月球上架設了換能空間，嘗試啟動。」

「然後呢？」

「然後失敗了。平行人並沒有拿走鎢金屬，換能空間根本沒有作用。」

「這我倒不知道。為什麼沒有作用？」

蒙太茲聳聳肩，揚揚眉毛。「天曉得。舉例來說，我們可以假設平行人住的星球沒有衛星。或者，平行人從來沒見過兩個距離這麼近的星球上面都有住人，又或者，他們已經找到了一個星球，覺得不需要再找第二個。天曉得為什麼。不過重點是，如果平行人不拿走鎢金屬，我們是搞不出什麼名堂的。少了他們，我們自己唱不了獨角戲。」

「我們自己。」葛斯坦若有所思。「你說的我們是指地球人嗎？」

「是啊。」

「那月球人呢？」

「他們沒有參與。」

「他們有興趣嗎？」

「我不知道。我無法確定他們是不是感興趣，而令我感到困惑的就是這個。我擔心的就是這個。月球人，特別是土生土長的月球人，和地球人很不一樣。我不知道他們打算做什麼，不知道他們有什麼企圖。我查不出來。」

葛斯坦似乎若有所思。「可是他們能做什麼？為什麼你會覺得他們打算對我們不利？為什麼你會覺得如果他們想對我們不利就真的辦得到？」

「我沒辦法回答這個問題。他們聰明又迷人，而且在我看來，他們不會真的恨任何人，也沒什麼強烈的不滿，也沒在怕什麼。不過，那也許只是我個人的感覺吧。我最擔心是我什麼都不知道。」

「月球上的科學儀器應該都是地球人在管的吧？」

「質子同步加速器是我們管的，朝向地球那一面的那座無線電望遠鏡也是我們管的，直徑七公尺半的光學天文望遠鏡也是我們管的……不過，這些大型設備都是五十年前就有的。」

「那麼，這五十年來有做出什麼成果嗎？」

「地球人沒什麼貢獻。」

「那月球人呢？」

「我不太清楚。那些大型設備都是他們的科學家在操作的，不過有一次我檢查工作時間記錄表，發現時間記錄有漏洞。」

「漏洞？」

「有很多時間他們並沒有在那裡操作大型設備，感覺好像他們在別的地方有實驗室。」

「哦，既然微電子設備和精密生化產品都是他們生產的，那他們當然會有自己的實驗室，這沒什麼好奇怪的。」

「你說的沒錯，可是——葛斯坦，我也說不上來，我就是會怕，怕自己什麼都不知道。」

葛斯坦有一會兒沒說話，接著又說：「蒙太茲，我想，你說這些的用意，就是叫我要小心，要我想辦法查清楚他們在搞什麼，是嗎？」

「大概就是這樣。」蒙太茲悶悶不樂。

「可是，你甚至根本不知道他們在做什麼。」

「不過我感覺得到他們似乎在做什麼。」

葛斯坦說：「這樣說來，是有點怪。本來我是應該勸你不要瞎操心，不要胡思亂想——不過，確實有點怪——」

「哪裡怪？」

「我是搭一艘太空梭到月球來的。那艘太空梭上還有別的乘客，一大群觀光客，其中有個人看起來很眼熟。我沒跟他說話，沒什麼機會說，後來我就忘了這回事。現在聽你說這些，我靈光一閃，忽然就想到他——」

「他怎麼了嗎？」

「我曾經在一個委員會待過，負責處理電子換能空間的相關事宜，跟安全有關的。」他露出一絲笑容。「就像你說的，地球人膽子變小了，我們對什麼都不放心，特別注意安全——不過這也沒什麼不好啊，膽子小又怎麼樣。提到安全，我忽然想到，我曾經在一場聽證會上看到過那個人。就是太空梭上那個人。我很確定就是他。」

「你覺得這有什麼關聯嗎？」

「我不太確定。我記得那個人惹過一些麻煩，至於是什麼麻煩，我想不太起來，不過只要我認真想，早晚會想起來的。總之，我最好先去搞一份乘客名單，看看上面有哪個名字是我有印象的。看樣子不太妙，不過，蒙太茲，多虧了你，我知道要怎麼著手了。」

「沒那麼糟糕吧。」蒙太茲說。「我很高興能幫上你的忙。至於那個人，說不定他就只是個觀光客，不會造成什麼危害，而且說不定再過兩個星期就走了。不過我很高興你能想到這個

——」

葛斯坦似乎沒在聽他說話，自顧自喃喃嘀咕著。「他是個物理學家。或者，反正就是什麼科學家之類的。這我很確定，而且我很確定他跟危險的事有關——」

第四章

「嗨。」瑟琳妮很高興的喊了一聲。

那地球人轉頭去看，幾乎是一眼就認出她。「瑟琳妮！我發音應該沒錯吧。是瑟琳妮嗎？」

「沒錯，發音很正確。你玩得開心嗎？」

地球人表情有點沈重。「開心得很。到了這裡我才明白我們這個世紀有多不簡單。沒多久之前我還在地球上，對我的世界感到厭倦，對自己感到厭倦。然後我忽然想到：假如我活在一百年前，而我想離開這個世界，那麼，唯一的方法就是去死。不過現在——我可以去月球。」說著他淡淡一笑，可是卻沒有笑意。

瑟琳妮說：「現在你已經來到月球了，有比較開心嗎？」

「心情好一點了。」說著他轉頭看看四周。「怎麼沒看到妳在招呼一大群觀光客？」

「今天不用。」她口氣很愉快。「今天我休假。不過天曉得，說不定我還會多休個兩三天，這工作無聊得很。」

「那妳可真倒楣，偏偏休假的時候碰上一個觀光客。」

「我並不是無意間碰到你。我是來找你的，不過要找到你可不容易，我找了好久。你實在不應該一個人到處亂晃。」

那地球人立刻好奇的盯著她。「妳為什麼要找我？妳喜歡地球人嗎？」

「不喜歡。」她說得直接了當。「我討厭他們。本質上，月球人就是不喜歡地球人，偏偏工作上又不得不整天和他們攪和，更讓人受不了。」

「那妳為什麼要來找我？是因為我又帥又年輕嗎？老實說，要是聽到有人說我又帥又年輕，我自己都不相信。打死都不相信。」

「就算你真的又帥又年輕，也沒什麼用。我就是對地球人不感興趣，這全月球的人都知道，只有巴倫不知道。」

「那妳為什麼還要來找我？」

「因為對一個人感興趣是可以有很多方面的，因為巴倫對你感興趣。」

「巴倫是誰？妳男朋友嗎？」

「男朋友？那要看男朋友的定義是什麼。他是男的沒錯，而且我們也不只是朋友。有需要的時候，我們就上床。」

「嗯，這就是我所謂的男朋友。你們有小孩嗎？」

「一個男孩，今年十歲。他大多數時間都待在少年營區。另外，我知道你接下來會問什麼，為了節省你的時間，我直接告訴你，他不是巴倫的孩子。等下次他們再指派我生孩子的時候，說不定我會再生個孩子，而如果到時候巴倫還跟我在一起，那就會是他的孩子——等下次他們再指派我生孩子的時候……我相信他們一定會指派的。」

「妳這個人挺坦白的。」

「如果覺得事情沒什麼好隱瞞，我當然坦白……好了，現在你想做什麼？」

此刻他們正沿著一條通道往前走，上下左右全是乳白色的岩石，光滑的石面上嵌鑲著一顆顆黝黑的「月光寶石」。其實，所謂的「月光寶石」遍布在整個月球表面，隨手就撿得到。她穿著涼鞋，走起路來有如蜻蜓點水。他穿著靴子，厚厚的鞋底灌了鉛增加重量，讓他走路少受點折磨。

通道是單向的，偶爾會有小型電動車超越他們，行駛幾乎是靜默無聲。

那地球人問：「妳問我現在想做什麼，這問題範圍太大了，妳最好先設定邊界條件，免得我回答的時候無意間冒犯到妳。」

「你是物理學家嗎？」

那地球人遲疑了一下。「妳為什麼會問這個？」

「想聽聽看你會怎麼回答。我知道你是個物理學家。」

「妳怎麼會知道？」

「沒有人會說『設定邊界條件』，除非是物理學家。還有，你來到月球，最先想看的竟然是質子同步加速器。」

「就是因為這樣妳才會來找我？因為我看起來像是物理學家？」

「就是因為這樣巴倫才會叫我來找你，因為他是物理學家。至於我呢，我來找你是因為你和一般地球人很不一樣。」

「哪裡不一樣？」

「你這樣問是想聽到我讚美你嗎？那你恐怕要失望了。我只是覺得你似乎不太喜歡地球人。」

「妳是從哪裡看出來的？」

「我注意到你看那些觀光客的眼神。另外，我天生就看得出來。只有不喜歡地球佬的地球佬才會想待在月球。說到這個，我又要回到剛剛的問題……你想做什麼？我會設定邊界條件，意思是，你想參觀什麼？」

那地球人狠狠盯著她。「這實在很怪，瑟琳妮。妳今天休假。妳覺得你的工作很無趣，甚至很煩人，所以巴不得可以休假，甚至想多休兩三天。結果呢，妳休假的方式竟然是自告奮勇要帶我去觀光……就為了那麼一點點好奇？」

「是巴倫好奇。他現在太忙，所以在他忙完之前，我先陪你消遣一下也沒什麼不好……更何況，這是不一樣的。難道你看不出來這不一樣嗎？工作上，我必須像趕牛群一樣伺候幾十個地球佬——呃，你應該不會介意我用這個字眼吧？」

「我自己都會用。」

「那不一樣，你是個地球人。地球上的人會認為月球人這樣叫他們是在嘲笑他們，他們會很不高興。」

「妳的意思是，月球佬不應該用這樣的字眼？」

瑟琳妮臉紅了。「對，大概是這個意思。」

「好吧，那我們就不要在稱呼上作文章。繼續說吧，多聊聊妳的工作。」

「工作上，我必須小心照料那些地球佬，免得他們不小心送命，而且，我還得帶著他們到處跑，偶爾叮囑幾句，確保他們按照規定的方式吃喝走路。他們興致勃勃的東看西看，而我卻得裝出很有禮貌的樣子，像保姆一樣盯著他們。」

「好可怕。」那地球人說。

「不過，陪你參觀，我應該就可以隨興一點。你可以隨心所欲的參觀，而我也不用擔心自己說錯話。」

「我說過，想叫我地球佬就儘管叫，我不在乎。」

「好吧，那我今天休假就客串一下導遊。你想看看什麼？」

「這問題很好回答。我想看看質子同步加速器。」

「那不行。不過，你和巴倫見過面之後，說不定他有辦法安排。」

「噢，如果看不到同步加速器，那我就不知道還有什麼東西好看。我知道無線電望遠鏡在月球的另一頭，而且我覺得那裡應該也沒什麼新鮮的東西好看……呃，還是妳來告訴我吧，有什麼東西是一般觀光客看不到的？」

「很多東西。比如說，藻類培育中心，不過，那和你先前看過防腐加工廠不太一樣。那是在農場裡。只不過，那裡味道很重，我不覺得地球佬……呃……地球人會喜歡那個味道。地球……人吃不慣那樣的東西。」

「妳不覺得這很正常嗎？妳有沒有吃過地球食物？」

「不算真的吃過。不過，我應該不會喜歡。吃東西這件事全看個人習慣。」

「大概是吧。」地球人嘆了口氣。「要是妳吃過真正的牛排，裡面的脂肪和纖維可能會害妳吐出來。」

「對了，我們可以去外圍地區，那裡挖了一些新通道，一直挖進岩床裡。不過，你必須穿上特殊的防護衣。另外還有一些工廠——」

「隨妳安排吧，瑟琳妮。」

「我會安排，不過你要先老實告訴我一些事。」

「我要先聽聽妳問什麼再決定要不要老實。」

「先前我說過，不喜歡地球佬的地球佬才會想待在月球上。當時你沒有反駁，那麼，這是不是表示你想待在月球上？」

地球人盯著腳上那雙笨重的靴子。他說：「瑟琳妮，當初申請簽證到月球來的時候，差點申請不到。他們說我年紀太大，恐怕不適合去月球，而且要是我在那裡待太久，恐怕就再也沒辦法回地球。於是我就告訴他們，我打算永遠留在月球上。」

「你是在騙他們嗎？」

「當時我也不確定，不過現在，我已經打算要永遠留在這裡。」

「我還以為你這樣一說，他們反而更不會放你到月球來。」

「為什麼？」

「一般來說，地球當局不喜歡把物理學家送到月球上永久定居。」

地球人嘴唇抽搐了一下。「我倒是沒碰到這樣的麻煩。」

「那麼，要是你打算加入我們，我想，我最好帶你去看看體育館。地球佬通常都會想去，但我們不會鼓勵他們去——規定是這樣，不過也沒有完全禁止。而移民就另當別論了。」

「為什麼？」

「嗯，舉例來說，我們運動的時候是不穿衣服的，或頂多只穿一點點衣服。這樣有什麼不對嗎？」她口氣有點忿忿不平，彷彿覺得很累，老是要為這種事辯解。「溫度設定得很舒服，環境又很乾淨，問題在於，地球人出現的時候，裸體就會令人感到不自在。有些地球佬會大吃一驚，有些會出現生理反應，而有一些是既吃驚又有生理反應。總之，在體育館裡，我們不想因為他們的緣故就要勉強穿上衣服，也懶得應付他們。所以我們乾脆就不讓他們進來。」

「那移民就沒這個問題嗎？」

「他們勢必要讓自己習慣。到頭來，他們自己也會不想再穿衣服。更何況，他們比我們土生土長的月球人更需要體育館。」

「瑟琳妮，我必須坦白告訴妳，要是我看到女性裸體，我可能也會有生理反應。我還沒有老到不會有反應。」

「嗯，那你就反應啊。」她一副無所謂的說：「不要讓別人看到就好。這樣可以嗎？」

「那麼，等一下去到那裡，我們也要脫衣服嗎？」他有點打趣的問。

「只是去參觀的話，不需要。我們是可以脫，只是沒必要。不過，要是你第一次進體育館就脫掉衣服，你一定會不自在，更何況，你的身體恐怕會讓我們覺得有點礙眼——」

「妳還真坦率！」

「難道你以為我們會覺得你的身體好看？不要騙自己好嗎。至於我呢，我是不希望看到你給自己太大壓力，硬是要克制自己的生理反應。所以囉，等一下我們還是穿著衣服吧。」

「那他們會不會有意見？我的意思是，他們會不會不想看到我這個長得很難看的地球佬？」

「有我在你旁邊，他們不會。」

「好吧，瑟琳妮，那我們就去吧。會很遠嗎？」

「我們已經到了。從這裡進去就是了。」

「噢，妳是不是一開始就打算帶我來這裡？」

「我覺得你可能會有興趣。」

「為什麼？」

瑟琳妮忽然露出笑容。「我就是覺得。」

地球人搖搖頭。「我開始覺得妳從來不只是隨便感覺到。我猜一下，要是我打算留在月球上，那我就必須偶爾鍛鍊身體，讓我的骨骼肌肉保持良好狀況，或許還包括我的器官，對嗎？」

「完全正確。我們月球人也一樣，不過地球來的移民特別需要。總有一天，你會每天都來體育館報到，折磨自己。」

他們穿過一扇門，地球人立刻看得目瞪口呆。「這是我第一次看到月球上有地方這麼像地球。」

「哪方面？」

「噢，這裡很大，我沒想到你們月球上會有這麼大的場地，有辦公桌，辦公設備，還有女人坐在辦公桌前面——」

「你們地球上的女人也會裸露胸部嗎？」她口氣嚴肅。

「我承認這點和月球不一樣。」

「我們這裡也有手扶滑行道，另外還有地球佬專用的升降機。這裡有很多層樓……不過，你先在這裡等一下。」

她走向距離最近的一張辦公桌，壓低聲音跟桌子後面那女人迅速說了幾句話，而地球人則是一臉好奇的盯著所有的東西。

接著瑟琳妮回來了。「沒問題。沒想到今天這裡剛好有一場群體搏鬥，會很精彩。我認識那兩支隊伍的人。」

「這地方真的很壯觀。」

「你是覺得這裡空間很大嗎？還不夠大呢。我們總共有三座體育館，不過這座是最大的。」

「在月球這麼險惡的環境下，你們竟然捨得浪費這麼大的空間做這種消遣活動。說真的，我還蠻高興看到你們這樣。」

「消遣！」瑟琳妮好像不高興了。「你覺得這是消遣？」

「我是說群體搏鬥啊。這不就是一種運動比賽嗎？」

「你要說那是比賽也沒關係。在地球上你們可以把這種東西當成比賽。十個人比賽，上萬個人看。不過，月球上可不是這樣。你們覺得這只是消遣，可是對我們來說，這是不可或缺的……往這邊走，我們去搭升降機，不過可能要稍微等一下。」

「我不是有意要惹妳生氣。」

「我不是真的生氣，不過你實在應該要懂點道理。自從海底的生物爬上陸地之後，你們地球人演化了三億年，漸漸適應了地球的重力。就算你從來不運動也沒關係。但我們可不一樣，我們可沒有三億年的時間慢慢去適應月球的重力。」

「你們看起來已經改變很多了。」

「如果你是在月球的重力下出生長大，那你的骨骼肌肉自然就會比較纖細，沒辦法像地球人那麼粗壯，不過這些都只是表面。在月球的重力環境下，我們的身體機能都有點失調，儘管不是那麼明顯。所以，我們必須靠運動來調節所有的身體機能，像是消化系統，或是荷爾蒙分泌率。我們只是想用比賽的方式讓鍛鍊身體變得有趣一點，你怎麼能說這叫做消遣……升降機到了。」

那一剎那，地球人忽然退縮了一下，好像有點不放心。瑟琳妮似乎有點不耐煩，彷彿為了剛剛還得花工夫為這種事辯解而感到忿忿不平。她說：「我看你是覺得那看起來像是編織的籃子，不太敢搭吧？每個搭過升降機的地球人都是這麼說。其實，在月球的重力環境下，升降機並不需要做得太結實。」

升降機慢慢往下降，上面只載著他們兩個。

地球人說：「看樣子，這東西應該很少人用吧。」

瑟琳妮又露出笑容。「你說對了。大家更喜歡用手扶滑行道，那好玩多了。」

「那是什麼東西？」

「就是手扶滑行道啊……噢，我們到了。我們只需要下降兩層樓……滑行道就是一條垂直的管子，你可以沿著管子裡往下降，裡面有扶手，不過我們並不鼓勵地球人用。」

「有危險嗎？」

「滑行道本身沒有危險，你可以像爬樓梯一樣往下爬，可是，老是有一些年輕人喜歡高速往下跳，而地球人卻又不知道要怎麼避開他們，撞在一起是很不舒服的。不過你慢慢會習慣的……事實上，你馬上就會看到一座大型的手扶滑行道，那是專為那些喜歡玩命的傢伙設計的。」

她帶著他走向一座環形的欄杆，有幾個人正靠著欄杆聊天。他們幾乎都是赤身露體，多半都穿著涼鞋，肩上揹著一個腰包，而有些人則是只穿著短褲。其中有個人從一個罐子裡挖出一團綠綠的東西塞進嘴裡吃起來。

地球人從那個人旁邊經過的時候，不由得微微皺起鼻子。他說：「月球上的人牙齒毛病一定很嚴重。」

「確實很糟糕。」瑟琳妮說。「要是有機會的話，我們會選擇把自己改造成無齒生物。」

「沒有牙齒？」

「也不一定全都不要。我們或許會保留門牙和犬齒，一方面是為了美觀，一方面是為了吃東西，而且這樣刷牙也比較好刷。不過臼齒就不必留了，留著有什麼用？那只不過是我們的地球佬祖先殘留在我們身上的東西。」

「你們在這方面的研究有什麼進展嗎？」

「沒有。」她口氣嚴厲。「基因工程是非法的。地球當局不准我們做這種研究。」

她靠到欄杆上。「這個地方，我們稱之為月球操場。」她說。

地球人靠在欄杆邊往下看。那是一個圓筒形的場地，周圍的牆面很平滑，上面插著數不清的金屬桿，排列的方式很不規則。有些桿子只是從牆裡露出一截，而有些桿子則是橫跨整個圓筒。圓筒的深度大約是一百五十公尺，直徑十五公尺。

那些人似乎都沒在注意場地，也沒在注意那個地球人。地球人從他們旁邊經過的時候，有人只是漫不經心的瞄他一眼，看看他穿什麼衣服，看看他的表情，然後就撇開臉不看他。有人朝瑟琳妮比了個手勢打招呼，然後撇開臉。所有的人都撇開臉。無論他們的動作有多麼克制，還是明顯看得出來他們對他毫無興趣。

地球人轉過來看著圓筒型場地。圓筒最底下有幾個細瘦的人影，由於是從上面往下看，看起來比實際矮。有人身上纏著紅布條，有人纏著藍布條。他心裡想，一種顏色代表一支隊伍。每個人都戴著手套，穿著涼鞋，膝蓋和手肘也都戴著護具，由此看來，他們身上纏的布條顯然也是防護用的，不過有些人是纏在屁股上，有些人纏在胸口。

「噢。」他嘴裡喃喃說著：「有男的也有女的。」

「沒錯。」瑟琳妮說。「男女公平競爭，不過，身上纏著布條，是為了預防身體某些部位的晃動影響到下墜的線性，而布條纏的部位不同，是因為男女脆弱怕痛的部位不同。那布條不是遮掩用的。」

地球人說：「我好像看過這方面的報導。」

「你也許看過。」瑟琳妮漫不經心的說。「不過，這方面的消息很少會傳到地球上去。並不是我們反對報導，而是地球政府不想讓民眾接觸到太多和月球有關的消息，越少越好。」

「這又是為什麼，瑟琳妮？」

「你是地球人啊，這應該由你來告訴我吧……不過，我們月球人的推論是，我們會妨礙到地球，或至少會妨礙到地球政府。」

這時候，圓筒底下有兩個人分別從兩邊飛快往上爬，而某個地方有人在敲鼓，清脆的鼓聲響徹了整個場地。一開始他們像爬樓梯一樣，抓著一根根的桿子往上爬，可是爬到圓筒一半高度的時候，速度越來越快，他們開始用力拍桿子，發出驚人的聲響。

「在地球上，我們的動作沒辦法那麼優雅。」地球人很羨慕的說，但很快又接著說：「不對，我們是根本做不出那種動作。」

「這不光是因為重力低。」瑟琳妮說。「如果你認為是這樣的話，那你可以自己試試看。這還得靠長時間練習，要耗費不知道多少時間。」

那兩個人爬到了欄桿的高度，抓著桿子翻轉身體變成倒立的姿勢，然後同時翻了個觔斗，開始往下墜。

「其實他們動作是可以更快的，就看他們想不想。」地球人說。

「沒錯。」瑟琳妮邊說邊拍手。「我猜地球人……呃，我說的是那些從沒來過月球的真正的地球人。我猜那些地球人想到在月球上活動時候，他們腦子裡浮現出來的畫面，通常是月球表面和太空裝。當然，那樣的動作是很緩慢的，因為穿著太空裝很笨重，質量變大，動作的慣性很強，可是又被低重力抵消了。」

「沒錯。」地球人說。「我看過一些早期的太空人的老電影。所有的學校都會放給學生看。電影裡太空人的動作就像在水底一樣。雖然長大以後我們已經知道真實的狀況，不過那樣的畫面已經深深烙印在腦子裡了。」

「你一定無法想像目前我們在月球上行進的速度可以有多快，不管有沒有穿太空裝。」瑟琳妮說。「而在地底下，沒有穿太空裝，我們走路的速度可以像在地球上一樣快。我們善用肌肉的力量，彌補了重力加速度的不足。」

「不過妳也是有辦法慢慢走的。」地球人說話的時候，眼睛還是看著那兩個人。他們爬上來的速度很快，可是下去的時候反而故意放慢速度。他們用手去拍桿子，讓落下的速度變慢，而同樣的動作在剛剛往上的時候反而是會讓速度變快。他們一到最底下，另外兩個人就接手往上爬。

然後是另外兩個。然後是另外兩個。兩隊的人各自輪替，一對一比賽技巧。

每一對選手上去的動作是協調一致的，不過，輪到下一對選手上去下來的時候，動作會變得更複雜。其中有一對選手同時用力一踢，以一種緩慢的拋物線飛到圓筒對面，各自抓住對方剛剛放開的桿子，而他們在半空中交會的時候互相掠過，可是卻不會碰觸到對方。現場掌聲如雷。

地球人說：「我從來沒看過這種表演，所以看不懂這種表演技巧的奧妙之處。他們都是土生土長的月球人嗎？」

「當然是。」瑟琳妮說。「不過，只要是月球公民都可以來體育館，有些移民也會來玩。就移民來說，有些人的技巧算是不錯的。不過，像這種等級的表演，只有土生土長的月球人才辦得到。他們的身體適應能力比較強，至少比這裡的移民強，而且他們從小就經過嚴格的訓練。剛剛表演的人絕大多數都還不到十八歲。」

「就算月球的重力比較低，這樣的表演還是很危險的吧？」

「當然，常常會有人骨折。據我所知，好像還沒有人因此喪命，不過，倒是有一個摔斷了脊椎，導致癱瘓。我知道的至少有一個。那真是很嚴重的意外，我就在現場親眼看到——噢，等一下，現在要開始即興表演了。」

「什麼？」

「到目前為止，你看到的都是制式動作，他們的動作都有固定模式。」

這時候，現場的鼓聲變和緩了，有一位選手站起來，突然跳到半空中，一手抓住一根橫跨的桿子，繞了一圈到身體倒立的那一剎那忽然放手，整個人往上飛。

地球人看得目不轉睛。他說：「太驚人了，他抓著桿子翻轉的動作簡直就像長臂猿。」

「什麼？」瑟琳妮問。

「長臂猿。一種類人猿。事實上，長臂猿是目前地球野外僅存的類人猿，牠們——」這時他注意到瑟琳妮的表情，趕緊接著說：「瑟琳妮，我這樣說沒有不敬的意思，長臂猿是很優雅的動物。」

瑟琳妮皺起眉頭說：「我看過類人猿的照片。」

「妳大概沒看過正在動的長臂猿……我必須說，確實可能有一些地球佬會叫月球人『長臂猿』，而而且是帶有侮辱意味的，大概就像你們叫他們『地球佬』一樣。不過我自己可沒那個意思。」

他兩隻手肘撐在欄杆上，看著底下選手的動作。他們看起來就像在半空中跳舞。他說：「瑟琳妮，你們月球這裡是怎麼對待那些移民的？我是說那些一輩子待在這裡的移民。他們缺乏真正的月球人所具備的能力，那麼——」

「沒什麼差別。移民也是公民。他們沒有遭到歧視。這是法律規定的。」

「法律規定的？這話什麼意思？」

「噢，那就像你剛剛說的，有些事他們就是做不到。實際上，他們和我們確實有差異。比如說，健康狀況就有差異。他們通常身體比較差。如果他們是中年才移民過來，那他們看起來會比較——老。」

地球人撇開臉，似乎有點難為情。「那他們可以通婚嗎？我是說移民和月球人彼此通婚。」

「當然可以。我是說，雙方可以結婚生子。」

「對，我說的就是這個。」

「當然可以。移民當然會有一些優良基因。我爸爸就是個移民，不過我媽媽是土生土長的月球人。」

「我猜妳爸爸移民過來的時候一定是相當——噢，老天——」他緊張得貼在欄杆上渾身僵直，猛抽了一口氣。「我還以為他會抓不到那根桿子。」

「他不可能會失手。」瑟琳妮說。「那是馬可佛爾，他喜歡這樣，不到最後一刻不肯伸手抓桿子。實際上，那是很不好的習慣，真正的高手不會幹這種事。不過——我爸爸二十二歲就到月球來了。」

「我想也是。還夠年輕，比較容易適應，而且在地球那邊也沒有感情上的牽絆。另外，從男性地球佬的角度來看，能夠和月球人發生性關係感覺一定很美——」

「性關係？」瑟琳妮那種逗趣的口氣似乎是為了掩蓋她內心的震驚。「你該不會以為我爸爸會和我媽媽做愛吧？要是我媽媽聽到你這樣說，她一定會立刻破口大罵荒唐。」

「可是——」

「他們只能用人工授精的方式生孩子啊！什麼和地球人做愛！」

地球人顯得很凝重。「妳不是說這裡不會歧視地球人嗎？」

「這不是歧視。這是環境造成的。地球人沒辦法巧妙應付這裡的重力，不管平常怎麼練習，一旦興奮起來，他可能會不自覺的回復到從前的習慣。以我來說，我可不敢冒險。那笨手笨腳的呆子搞不好會弄斷自己的手臂，或者更糟糕的，弄斷我的手臂。基因混合是一回事，做愛是另一回事。」

「不好意思……不過，基因混合不是非法的嗎？」

這時她正全神貫注看著底下的表演。「又是馬可佛爾。要不是他老愛耍那些沒意義的花招，其實他是真的很厲害，而他妹妹也差不多一樣厲害。他們兩個聯手的時候，真的是天下無敵。你看，那就是他們兩個。他們會面對面抓住同一根桿子翻轉，看起來好像一個人身體被拉長。他的動作有時候還是會有點花俏，但他控制肌肉的能力實在沒話說……沒錯，人工授精是違反地球法律的，不過，只要有醫療上的需要，還是可以通融的。當然啦，很多人都是用這個當理由。聽說是這樣。」

這時候，所有的選手都已經爬到圓筒頂端，在欄杆下方圍成一圈。纏紅布條的在一邊，纏藍布條的在另一邊。他們一手抓著欄杆，一手舉起來，全場掌聲雷動。這時一大群人都圍到欄杆邊。

「妳實在應該安排個座位。」地球人說。

「根本不需要。這並不是表演，只是在練習。我們不會鼓勵大家只當觀眾圍在欄杆旁邊看。每個人都應該在底下，不是在上面。」

「瑟琳妮，妳是說妳也會玩這個？」

「當然，馬馬虎虎還可以。任何一個月球人都會玩這個。只不過，我沒他們那麼厲害，沒有加入任何隊伍——好了，現在要開始群體搏鬥了，全體選手一起上場。這才是真正危險的表演。這十個人全部都會跳到半空中，而每一隊的人都會想辦法讓對方的人落到地上。」

「直接落到地上嗎？」

「他們會儘可能讓對方直接落到地上。」

「偶爾會有人受傷嗎？」

「有時候會。照理說，大家應該會反對這種東西才對，因為這樣做實在很沒意義。月球上的人口並不是那麼多，要是有人無緣無故受傷殘廢，那實在太划不來。偏偏大家就是喜歡這種搏鬥。我們曾經想透過投票的方式立法禁止這種活動，只可惜沒什麼人贊成。」

「那妳投的是贊成票還是反對票，瑟琳妮？」

瑟琳妮臉紅了。「噢，不扯這個了。你看！」

現場忽然響起如雷的鼓聲，環繞在巨大圓筒邊緣的十個人忽然竄出去，有如箭一樣射向半空中。那一剎那，半空中忽然人影交雜，但轉眼又分開，各自飛到另一邊抓住桿子。等待的時刻，空氣中瀰漫著緊張的氣氛。有個人忽然竄出去，接著是另一個，半空中立刻又是人影交織，這樣的場景一次又一次出現。

瑟琳妮說：「計分的方式很複雜。跳出去一次得一分，碰觸到對手得一分，造成對手撲空得兩分，造成對手落地得十分。另外，犯規會扣分，哪一種犯規要扣幾分，都有複雜的規定。」

「是誰在計分？」

「現場有裁判在做初步評分，另外，如果有人抗議，還可以看比賽錄影做最後判定。不過，大多數的狀況就連看錄影都很難判定。」

這時忽然有人驚叫了一聲，有個纏藍布條的女生從一個纏紅布條的男生旁邊飛過去的時候，忽然伸手打了一下他的側腹，發出清脆的啪的一聲。那男生本來扭了一下身體想躲開，可是卻沒躲掉。他伸手去抓牆上的桿子，可是卻有點失去平衡，膝蓋撞上牆壁，姿勢很難看。

「他是沒長眼睛嗎？」瑟琳妮忿忿不平的喊起來。「沒看到她過來嗎？」

選手的動作越來越激烈。地球人看著人影交錯飛來飛去，看得眼花繚亂。偶爾會有選手抓桿子的時候沒抓牢，這時圍觀的人就會全都緊靠著欄杆探頭去看，彷彿想自己跳下去拉住他。有一次，馬可佛爾的手腕被人打了一下，有人立刻大喊：「犯規！」。

佛爾沒抓到桿子，開始往下掉。在地球人看來，由於月球的重力低，他掉落的速度不快。佛爾那靈活的身體不斷在空中翻滾扭轉，在下墜的過程中一次又一次伸手去抓桿子，可是卻一直抓不住。他下墜的時候，其他選手都停止動作看著他。

現在佛爾下墜的速度變快了。有兩次他抓到桿子，減緩了一點落下的速度，但他並沒有抓得很緊，手一鬆又繼續往下掉。

就在快撞到地上那一剎那，他忽然伸長腿勾住一根橫桿，整個人翻轉頭朝下，離地面大概只有三公尺。好一會兒他倒掛在那裡伸長雙手沒有動，等觀眾停止拍手之後，他才突然翻轉身體往上一竄，飛快往上爬。

那地球人問：「是有人犯規害他掉下去嗎？」

「那個王珍應該只是推開他，不過如果她真的抓住他的手腕，而就算犯規。裁判判定她是正當阻擋，所以我認為馬可應該不會抗議。其實照理說，他應該是不會掉到那麼低的位置，但他就是喜歡玩這種千鈞一髮的把戲。在我看來，他早晚會失手受傷……咦。」

那地球人立刻抬頭看她怎麼回事，但瑟琳妮並沒有在看他。她說：「特派員的手下來了，一定是來找你的。」

「為什麼——」

「平常他們不會來這種地方，因為這裡不會有他們想找的人。不過你例外。」

「可是他們有什麼理由找我——」地球人說。

那個人看起來像是個移民，體型和這個地球人差不多。現場幾十個近乎赤裸的人都盯著他，一臉不屑。那個人顯得很不安，朝地球人走過來。

「這位先生。」他說：「葛斯坦特派員要我來找你，麻煩你跟我走一趟——」

第五章

比起瑟琳妮的宿舍，巴倫納維爾的宿舍就顯得很凌亂。書到處亂放，牆角的電腦電源插座蓋子掉了，那張大書桌上東西亂成一團。窗戶一片空白。

瑟琳妮走進門，交叉著雙臂說：「巴倫，看你生活這麼邋遢，腦子怎麼可能會清楚？」

「我自有辦法。」巴倫口氣很暴躁。「妳怎麼沒帶那個地球人來？」

「特派員先找上他了。那個新特派員。」

「葛斯坦？」

「還會有誰。你為什麼不早點準備好？」

「查清楚他的背景是要花時間的。我可不會蒙著眼睛瞎幹。」

瑟琳妮說：「這下可好了，現在也只能等了。」

納維爾咬咬指甲，仔細盤算眼前的狀況。「很難說眼前這種狀況是好還是不好……妳覺得他是個什麼樣的人？」

「我喜歡他。」她斬釘截鐵的說。「他雖然是個地球佬，不過倒還蠻討人喜歡的。他很聽話，我帶他去哪裡他就去哪裡，對看到的東西很感興趣。他不會妄下評斷，也沒有擺出傲慢的姿態……更何況，我不需要擔心說話會冒犯到他。」

「他有沒有再追問同步加速器的事？」

「沒有，不過他不需要問。」

「為什麼？」

「因為我跟他說你想見他，還告訴他你是物理學家。所以我猜，等他見到你的時候，他自然就會告訴你他想幹什麼。」

「他不會覺得奇怪嗎，為什麼他碰到的女導遊正好認識一個物理學家？」

「這有什麼好奇怪的？我說你是我的性伴侶。性愛是不分階層的，一個高高在上的物理學家也是會跟我這種身份卑微的女導遊做愛的，不是嗎？」

「瑟琳妮，妳夠了沒？」

「噢──你聽我說，巴倫，在我看來，如果他是想故佈疑陣，想透過我來接近你，那他一定免不了會露出急躁的樣子。佈局越複雜迂迴，他就會越急躁，更容易露出破綻。我故意表現得漫不經心，跟他東拉西扯，就是絕口不提同步加速器。我帶他去體育館看表演。」

「然後呢？」

「他看得津津有味。他很輕鬆自在，看得津津有味。我不知道他是不是真的腦子裡在盤算什麼，不過我可以確定，看表演的時候，他是真的很認真在看。」

「妳確定嗎？問題是，特派員搶先我一步找上他了，妳覺得這是好事嗎？」

「這有什麼不好？更何況，有人當著幾十個月球人的面請他去和特派員見面，這似乎沒什麼好複雜的。」

納維爾兩手往後伸，擺在脖子後面。「瑟琳妮，我並沒有問妳，麻煩妳不要妄下判斷。妳這樣很煩人。我已經查清楚了，那個人根本不是物理學家。他有告訴妳嗎？」

瑟琳妮想了一下。「我跟他說我知道他是物理學家。他沒有反駁，不過好像也沒有親口說他是物理學家。但不管怎麼樣——我很確定他是物理學家。」

「瑟琳妮，不置可否也是一種騙人的技巧。也許他自認是物理學家，但事實上，他並沒有受過這方面的專業訓練，也沒從事過這方面的工作。他是受過科學訓練沒錯，但目前他並沒有從事任何科學相關的工作。他根本找不到工作，地球上沒有半間實驗室會聘請他。很巧，他也名列斐德烈克哈勒姆的黑名單，而且長時間都是黑名單上的頭號人物。」

「你確定嗎？」

「相信我吧，我查過了。妳不是還怪我花了太多時間嗎……不過，查到這樣的結果，未免也太理想了點。」

「太理想？你到底想說什麼？」

「查出這樣的結果，代表他是值得我們信任的，妳不覺得嗎？畢竟，他對地球是有不滿的。」

「如果你查到的結果是真的，當然可以這樣推斷。」

「噢，這些當然是真的，最起碼一查就查出來了。似乎有人算準了我們會這樣推斷。」

「巴倫，我快受不了了，你為什麼事事都要扯上陰謀論？我並不覺得班傑明——」

「他叫班傑明？」巴倫口氣帶點嘲諷。

「沒錯，班傑明！」瑟琳妮口氣很堅定。「我並不覺得他有什麼不滿，也不認為他想讓我覺得他有什麼不滿。」

「不過，他倒是有辦法讓妳覺得他是個值得妳喜歡的人。剛剛妳不是親口說妳喜歡他，而且還特別強調？說不定那就是他的目的。」

「我有這麼容易被騙嗎？這你應該比誰都清楚吧。」

「噢，是不是這樣，要等我親自見過那地球佬才會知道。」

「去你的，巴倫！什麼樣的地球佬我沒碰過！我接觸過的地球佬沒有上千也有好幾百，你憑什麼挖苦我，質疑我的判斷？你應該要比誰都信任我的判斷才對。」

「好啦好啦，我們就等著看，別發火嘛。現在，我們也只能等了……不過，既然要等……」

他忽然站起來，動作好靈巧。「妳猜猜看我現在在想什麼……」

「我何必猜。」瑟琳妮也立刻站起來，而且腳往旁邊一跨躲開他，那動作很難察覺。「要想你自己去想，我沒心情。」

「妳是因為我質疑妳的判斷在生氣嗎？」

「我生氣是因為──噢，去你的，你為什麼不把自己家裡收拾乾淨一點？」說完她就走了。

第六章

葛斯坦說：「博士，我本來想拿一些地球上的好東西來招待你，只可惜，原則上我們不可以帶那種東西來的，因為月球上的人不喜歡看到我們這些地球來的人享有特殊待遇，他們會心懷怨恨。為了安撫他們的情緒，我們最好連走路都儘量學他們的姿勢，只可惜我怎麼學都學不像，走路的樣子一看就知道是地球人。這裡的重力實在要命，太難應付了。」

那地球人說：「我也有這種感覺。對了，恭喜你新官上任——」

「還沒有正式上任啦。」

「那是早晚的事，還是先恭喜你。另外，我是有點納悶，不知道你為什麼想見我。」

「我們是搭同一艘太空梭來的。我也是剛來沒多久。」

那地球人沒說話，等著看葛斯坦接下來要說什麼。

葛斯坦又接著說：「其實我更早之前就見過你。幾年前我們碰過一面。」

那地球人淡淡的說：「我好像沒什麼印象——」

「這我倒不意外。你應該是不會想記得。有一段時期，我在柏特參議員手底下工作，他是科技與環保委員會的主席，呃——現在應該還是主席吧。那段時期，他迫不及待想抓住哈勒姆的把柄。我說的是斐德烈克哈勒姆。」

那地球人似乎突然坐直了一點。「你也認識哈勒姆？」

「自從我來到月球之後，你是第二個問我這個問題的人。沒錯，我認識他，不過跟他不太熟。我也認識一些見過他的人，而奇怪的是，他們對他的看法居然和我不謀而合。他是整個地球的偶像，但奇怪的是，認識他的人好像都不太喜歡他。」

「不太喜歡？怎麼會呢。」地球人說。

葛斯坦故意裝作沒聽到。「當時，我的工作是調查電子換能空間的創立和擴展是否涉及過度浪費或利益輸送。嚴格說來，其實是參議員派我去的。委員會基本上是一個監督機構，對換能空間表示關切是理所當然，所以才會進行這樣的調查，不過，偷偷告訴你，其實是參議員想查出點什麼東西，藉此整死哈勒姆。哈勒姆科學成就驚人，太有權勢，掐住了參議員的脖子，參議員急著想剷除他的權勢。只可惜，他失敗了。」

「這誰都看得出來，現在哈勒姆權勢比從前更大了。」

「我根本抓不到哈勒姆的小辮子，怎麼查都查不到他頭上。那個人很乾淨，一毛錢都沒拿。」

「這我相信。權力的滋味本身就很迷人，不見得一定要用來牟利。」

「不過當時最讓我感到好奇的是，我碰到一個很不一樣的人。當時我想追查下去，只可惜沒辦法。那個人對哈勒姆提出告訴，不過他並不是指控哈勒姆權力太大，而是質疑電子換能空間本身有問題。那場聽證會我也在場，不過並不是我主持的。你就是那個提出告訴的人，對吧？」

那地球人小心翼翼的說：「我記得你提到的那場聽證會，不過我還是想不起來我見過你。」

「令我驚訝的是，怎麼會有人從科學的角度反對換能空間。我對你印象實在太深刻，所以，在太空梭上看到你的時候，我似乎想到了什麼，後來終於完全想起來了。我沒看過乘客名單，不過，我的記憶力應該還管用。你應該就是班傑明安德魯丹尼森博士，對吧？」

那地球人嘆了口氣。「是班傑明艾倫丹尼森。沒錯，就是我。可是，事情已經過了那麼久，你怎麼現在還會扯這件事？老實告訴你，特派員，我不想讓過去的事一直陰魂不散的跟著我。我會到月球來，是因為我迫切希望人生可以重新開始，必要的話，重頭開始也沒關係。真該死，早知道就改名字。」

「改名字也沒用。我認得的是你的長相。丹尼森博士，你想讓人生重新開始，我當然沒意見，而且絕對不會干涉，不過，針對你那個案子，目前我必須深入調查一下，至於原因呢，和你並沒有直接關係。我不太記得當初你為什麼要反對電子換能空間。可以告訴我嗎？」

丹尼森低下頭，好一會兒沒說話，但特派員並沒有催他，甚至忍住不敢清喉嚨。

丹尼森說：「老實說，真的沒什麼。那只是我個人的猜測，擔心強核力的強度正在改變，真的沒什麼。」

「沒什麼？」這時葛斯坦終於清了一下喉嚨。「對不起，我還是必須請你多說明一下。我一定要搞清楚。我剛剛說過，當時我對你的說法很好奇，可是卻沒辦法進一步追查下去，而現在，想從記錄檔案裡挖出資料恐怕是沒什麼希望了。這件事被列為機密，因為參議員搞得灰頭土臉，不想讓這件事曝光。不過，我還是回想起一些事。我記得你是哈勒姆的同事，不是物理學家。」

「沒錯。我是放射化學家，他也是。」

「不過，你早期的工作表現非常好。要是我記錯的話，儘管糾正我。」

「對於學術，我是很客觀的。對自己的學術表現，我一向就事論事。所以，我不只是非常好，而是非常優秀。」

「這下子我想起來了。反過來，哈勒姆的學術表現並不怎麼樣。」

「確實不怎麼樣。」

「不過接下來你好像就不怎麼順利了。我記得那次聽證會是你主動要求來見我們的，當時你在一家公司——」

「化妝品公司。」丹尼森說話的聲音彷彿哽住了。「男性化妝品。大概就是因為這樣的身分，你們才會不重視我的意見。」

「確實如此，很抱歉。當時你只是一個業務員。」

「我是業務經理。雖然那並不是什麼體面的工作，我還是一樣幹得很出色。在辭職離開公司來到月球之前，我已經升上了副總裁。」

「這和哈勒姆有關係嗎？我的意思是，你是被哈勒姆逼得走投無路才離開科學界的嗎？」

「特派員。」丹尼森說。「拜託你，我真的不想再談這件事了！哈勒姆第一次發現鎢金屬變異之後，發生了一連串的事，最後促成了電子換能空間的出現。當時我就在現場。我無法確定，要是我當時不在現場，事情會怎麼發展。說不定我和哈勒姆都會在一個月後因為輻射中毒而死，或是在六個星期後因為核爆炸而死。事情會怎麼發展，我真的不知道。但不管怎麼樣，當時我就是在那裡，而有一部分也是因為我的緣故，哈勒姆才會有今天的地位，而也是因為當時我做的一些事，我才會落到今天這個下場。至於詳細的狀況是怎麼樣，不說也罷。這樣說你滿意了嗎？不滿意我也沒辦法。」

「我大概滿意了。這麼說來，你和哈勒姆之間有私人恩怨，對吧？」

「當年我確實不喜歡他，現在也還是不喜歡。」

「那麼，會不會是因為你太渴望毀掉哈勒姆，所以才會反對電子換能空間？你覺得呢？」

丹尼森說：「我不喜歡被人這樣盤問。」

「噢，還是要麻煩你再多說一點。你放心，我問這些不是為了要對付你。這件事和我個人有利害關係。我擔心換能空間可能真有什麼問題，而且也擔心其他很多事。」

「所以你就認為這一切可能都和私人恩怨有關，對不對？你認為，就是因為我不喜歡哈勒姆，所以我才會認定他把所有的功勞都攬在自己身上，根本就是欺世盜名，對不對？你認為我一直在想換能空間的事，拚命想挑出毛病，對不對？」

「所以你就真的挑出了一個毛病？」

「不對。」丹尼森忽然一拳打在椅子的扶手上，身體微微彈起來。他義正辭嚴的說：「不是挑出毛病。我是真的發現一個問題。至少，在我看來那是個問題。我絕對不是為了打擊哈勒姆才故意捏造出那個問題。」

「丹尼森博士，我並不是懷疑那是你捏造的。」葛斯坦安慰他。「我絕對沒那個意思。不過，你我都很清楚，當事實真相不明朗的時候，為了進一步驗證，我們勢必要做點假設。然而，這樣做假設會有很多灰色地帶，會有很多不同的方向。我們做出某種假設的時候，總以為自己是客觀的，但其實免不了會受到——呃——感情的干擾。所以，你提出這種假設，說不定是因為你討厭哈勒姆。」

「特派員，你這樣說就不應該了。我認為我當時提出的論點是有根據的。不過，老實說，我不是物理學家。當時我是一個——放射化學家。」

「當年哈勒姆也是一個放射化學家，不過現在他是全世界最有名的物理學家。」

「他到現在還是放射化學家，只不過懂的都是二十幾年前的老古董。」

「但你可不一樣。你花了很大的功夫讓自己變成一個物理學家。」

丹尼森努力壓抑自己的怒氣。「看樣子，我的底細已經被你摸得一清二楚。」

「我說過，我對你很好奇。現在我全都想起來了。不過現在我要跟你談談另一件事。你認不認識一個叫彼得拉蒙的物理學家？」

丹尼森有點遲疑。「我見過他。」

「你會不會覺得他也非常優秀？」

「我跟他沒那麼熟，不敢說他優不優秀，而且，我不想太濫用優秀這個字眼。」

「你覺得他這個人有真才實學嗎？」

「雖然有很多不利他的傳言，我還是覺得這個人有真本事。」

特派員小心翼翼往後靠到椅背上。從地球的角度來看，那椅子看起來太脆弱，恐怕撐不住他的體重。他說：「能不能告訴我，你是怎麼認識拉蒙的？只是因為他名氣大嗎？你們見過面嗎？」

丹尼森說：「我和他面對面談過。他打算寫一本《換能空間史》，描述換能空間的由來，還有各種光怪陸離的傳言。我很高興他竟然會找上我，而且他似乎聽說過我的遭遇。特派員，我真的很高興他竟然知道我還活著，只可惜我沒辦法說太多。說了又有什麼用？說了只會被人笑，我再也受不了了。我不想再整天悶悶不樂，不想再自艾自憐。」

「那你知不知道拉蒙這些年來做了些什麼？」

「特派員，你是不是又想到什麼了？」丹尼森小心翼翼的問。

「大概一年前，或是一年多前，拉蒙找過柏特參議員。當時我已經沒在參議員那裡工作，不過我們偶爾還是會見見面。他跟我提到過拉蒙的事。他認為拉蒙的說法是有根據的，換能空間可能真的會造成危險，可是他沒辦法真的採取行動。我自己也很擔心——」

「你操心的事也太多。」丹尼森口氣有點嘲諷。

「不過我剛剛想到，如果拉蒙跟你談過，那麼——」

「夠了夠了！特派員，我知道你又想把方向帶去哪裡！別再說了！你是不是認為拉蒙剽竊了我的構想，佔了我便宜？告訴你，你搞錯了。我再強調一次，我的想法沒什麼根據，純粹只是我個人的揣測，不過那令我感到不安，於是我就說出來，可是根本沒人相信，我覺得很挫折。既然我沒辦法說服別人相信，我就放棄了。和拉蒙見面的時候，我並沒有提到我的看法，也沒有談到換能空間早期的發展。無論他後來提出的理論和我的想法有多像，那都是他自己想出來的。他的理論似乎更有根據，而且是透過嚴謹的數學分析出來的，所以我不夠資格說那是我最先提出來的。根本就不是。」

「你好像知道拉蒙那套理論。」

「最近這幾個月，他的說法一直在到處流傳。他沒辦法出版他的書，也沒人把他當一回事，但大家還是聽到不少內幕消息，連我也聽說了。」

「我明白了。不過，丹尼森博士，我可沒有不把他當一回事，這已經是我第二次聽到類似這樣的警告。參議員並沒有看到你第一次提出警告的那份報告，因為真正帶頭調查的人認為你根本就是——不好意思，他認為你根本就是胡說八道。不過我要聲明，帶頭調查的人不是我。參議員真正想查的是換能空間的財務弊端，所以我們就沒跟他提到你的警告。不過，後來當我又聽到類似的警告，我越來越不安了。我想找拉蒙博士談一談，不過，我事先徵詢過幾個物理學家的意見，他們——」

「包括哈勒姆嗎？」

「沒有。我沒去找他。那幾個物理學家都說拉蒙的理論完全沒有事實根據。但就算是這樣，上面要派我來這裡擔任特派員的時候，我還是很想見見拉蒙。現在，我來了，你也來了。我想問你的是，你和拉蒙的理論裡提到的事有沒有可能真的會發生？」

「你是說，如果換能空間繼續運作，太陽會爆炸，甚至整個銀河臂都會爆炸？」

「沒錯，我說的就是這個。」

「我怎麼知道？我說過，那只是我個人的揣測，純屬揣測。至於拉蒙的理論，我並沒有仔細研究過，因為那根本沒出版。就算我看過，我也看不懂裡面的數學……更何況，就算理論裡提到的事真的會發生，那又怎麼樣？根本不會有人相信拉蒙。哈勒姆會毀掉他，就像當初毀掉我一樣。而且，就算哈勒姆擋不住拉蒙發表他的理論，社會大眾也會覺得相信那套說法會危害到他們眼前的利益。他們捨不得放棄換能空間。要是相信了拉蒙那套說法，他們就必須實際採取行動，那麼，還不如乾脆別相信，那輕鬆多了。」

「只不過，你還是會擔心，對不對？」

「那當然。我還是認為我們有可能會自我毀滅，而我不想看到這樣的事發生。」

「所以你就到月球來，打算做一些事，因為在地球上你的死對頭哈勒姆一定會想盡辦法讓你做不了這些事。」

丹尼森緩緩的說：「看樣子，你自己也很喜歡揣測。」

「是嗎？」葛斯坦漫不經心的說。「說不定我也跟你一樣優秀。我說對了嗎？」

「也許吧。我還沒有放棄希望，我還是很想回頭去研究科學。我希望能夠做點事，解除人類的疑慮。或許我會證明危機並不存在，也或許我會證明危機真的存在，一定要想辦法解除。無論是什麼，只要能做到，我都會很高興。」

「我明白了，丹尼森博士。另外，我的前任，那位快退休的蒙太茲特派員告訴我，他認為月球這裡的科學正在蓬勃發展。他似乎認為頭腦最優秀、最有創造力的人類多半都在月球上。」

「也許吧。」丹尼森說。「我不知道。」

「說不定他是對的。」葛斯坦若有所思的說。「如果真是這樣的話，你不覺得這會對你造成不便，有礙你達成目標嗎？無論你做到了什麼，大家都會認為這是月球科學家的成就。大家一定會這麼說。無論你的研究成果多有價值，大家都不會把功勞歸到你頭上……當然，這樣是很不公平的。」

「葛斯坦特派員，我已經懶得再跟別人比來比去，爭什麼功勞。現在，我只想從生活中找到樂趣，而這樣的樂趣是連在化妝品公司當副總裁都找不到的。只要能夠回頭研究科學，我就會找到樂趣。只要研究能夠有一點成果，我就很滿意了。」

「不過我必須說，這對我來說是不夠的。身為特派員，我有辦法讓地球上的人知道你的成就，讓他們認定這是你的功勞。畢竟你也是人，應該還是會想得到自己應該得到的東西吧？」

「你對我真好。那麼，我該怎麼報答你呢？」

「你還真多疑，不過，你猜得沒錯，我確實希望你能幫我。快退休的蒙太茲特派員告訴我，他知道月球人正在進行某些科學研究，但無法確定他們研究的是什麼。我們和月球人的關係並不是那麼好，溝通有點問題，不過，大家如果能夠同心協力，對雙方都有好處。目前雙方很難互相信任，這我可以了解，不過，如果你能夠想辦法取得他們的信任，對我們會很有幫助，這樣一來，你對人類的貢獻就不僅限於科學研究了。」

「特派員，你是覺得地球科學界對我很友善、很公平嗎？你以為我是聖人嗎？他們那樣對待我，我還有必要替他們監視月球人？」

「丹尼森博士，你不能因為有一個科學家對你不懷好意，就一竿子打翻全地球的人。這樣吧，只要你在研究上有什麼發現，就隨時告訴我，這樣我才能確保地球人會知道那是你的功勞。不過別忘了，我不是專業科學家，所以，你跟我解釋研究結果的時候，最好附帶說明一下月球人目前的科學研究狀況，這樣會比較有助於我理解。這樣可以嗎？」

丹尼森說：「你這是在為難我。初期的研究結果，無論是不小心洩漏，或是操之過急太早發布，都會對我的個人聲譽造成莫大的傷害。除非我對研究結果有把握，否則我是不會告訴任何人的。當年跟你們那個委員會打交道，吃了不少苦頭，所以我已經學到教訓，凡事要小心一點。」

「我非常明白。」葛斯坦言不由衷的說。「那就由你來決定什麼時候告訴我比較恰當……呃，時間不早了，你應該想睡覺了吧？」

丹尼森知道他在趕人，於是就走了。葛斯坦看著他離去的身影，若有所思。

第七章

丹尼森用手去開門。其實他只要碰一下觸控開關，門就會開，但他睡眼惺忪，找不到開關。門外那個人一頭黑髮，一臉不高興，好像也沒睡飽。他說：「很抱歉……我來得太早嗎？」

「太早？」丹尼森愣愣的重複了最後那句話，一時想不透為什麼會有人來找他。「……噢，不會……應該是我睡過頭了。」

「我打過電話，我們約好了——」

這下子丹尼森想起來了。「對了，納維爾博士。」

「沒錯。我可以進來嗎？」

他話一說完就走進來了。丹尼森的房間很小，一張縐巴巴的床幾乎就佔滿了整個空間。通風口發出微弱的嘶嘶聲。

納維爾隨口問了一句：「睡得還好吧？」

丹尼森低頭看看身上的睡衣，伸手撥撥凌亂的頭髮。「沒睡好。」他忽然說：「折騰了一整個晚上。不好意思，你可以等我一下嗎？我想先去梳洗一下。」

「當然沒問題。要我趁這個著時間幫你弄早餐嗎？這裡的設備你大概還不太懂要怎麼用。」

「那就謝謝你了。」丹尼森說。

二十分鐘後，他終於洗好澡刮好鬍子走出來，身上穿著褲子和背心。「蓮蓬頭應該沒被我弄壞吧？水出不來，弄了半天還是出不來。」

「供水是有限的。你的水配額就只有那麼多。別忘了，丹尼森博士，這裡是月球。我自作主張炒了一些蛋，煮了一些湯，夠我們兩個吃。」

「炒——」

「我們稱之為炒蛋。不過地球人應該不會覺得這是炒蛋吧。」

丹尼森說：「噢。」他坐下來，心裡不抱什麼期待。他嚐了一口那團黃黃的所謂的炒蛋，強忍著不皺眉頭，勇敢的吞下去，然後又用叉子去叉第二口。

「你慢慢會習慣的。」納維爾說。「這很營養的，不過我要提醒你，這裡重力很低，吃高蛋白的東西很容易讓你沒胃口。」

「這我倒無所謂。」丹尼森清清喉嚨。

納維爾說：「聽瑟琳妮說，你打算留在月球上。」

丹尼森說：「我是有這樣的打算。」他揉揉眼睛。「不過，折騰了一整晚，我的決心有點動搖了。」

「你從床上掉下來幾次？」

「兩次……我猜這種狀況應該很常見吧？」

「對地球人來說，這是必然的。醒的時候，你走路會考量到這裡的重力，可是睡覺的時候，你就會不自覺的像在地球上那樣翻身。不過最起碼這裡重力低，摔下來也不會痛。」

「第二次摔下來之後，我又睡了好一會兒才醒過來，根本不記得自己摔下床。你們究竟怎麼應付這種狀況？」

「你要記得定期去檢查心跳血壓之類的，確定重力的改變沒有對你的身體造成太大的負擔。」

「很多人提醒過我。」丹尼森顯然覺得很不是滋味。「事實上，我已經約好了下個月去做檢查，順便拿藥。」

「那就好。」納維爾似乎鬆了口氣，彷彿不想再多囉嗦這種雞毛蒜皮的小事。「說不定不到一個星期你就不會再有這些問題了……另外，你得去找一些適合的衣服。穿那種褲子是不行的，還有，背心那麼薄，穿了也沒用。」

「這裡應該有地方可以買衣服吧？」

「當然有。你可以等瑟琳妮下班，她會很樂意帶你去買。丹尼森博士，她認為你是個很不錯的人。她很有把握。」

「我高興她這麼認為。」丹尼森舀了一湯匙的湯喝下去，然後愣愣的看著那碗湯，彷彿不知道該怎麼處理。後來，他還是繼續喝湯，苦著一張臉。

「她認為你是一個物理學家，不過，她當然是搞錯了。」

「我從前學的是放射化學。」

「不過，丹尼森博士，你也已經很久沒有從事這方面的工作了。這月球這裡，很多事情我們都不知道，不過並不是完全不知道。你也是哈勒姆的受害者之一。」

「之一？哈勒姆的受害者有這麼多嗎？」

「怎麼會沒有？整個月球都是哈勒姆的受害者。」

「月球？」

「從某個角度來說。」

「我不太懂。」

「我們月球上沒有電子換能空間。沒有平行宇宙那邊的配合，我們建造不出來。他們沒有拿走我們的鎢金屬。」

「那當然。不過，納維爾博士，你的意思好像是，這一切都是哈勒姆造成的。」

「那是一種負面影響。可以說是他間接造成的。為什麼只有平行宇宙那邊才造得出換能空間？為什麼我們不能自己造？」

「據我所知，我們缺乏相關知識，造不出那種東西。」

「地球那邊禁止我們進行這方面的研究，我們當然永遠缺乏相關知識。」

「他們禁止嗎？」丹尼森問，但他並沒有覺得很意外。

「雖然沒有明文規定，但實質上等於是禁止。要想擴充這方面的知識，就勢必要優先使用質子同步加速器，還有另外一些大型裝備，偏偏這些東西都控制在地球人手裡，而這些人又控制在哈勒姆手裡。不讓我們優先使用這些設備，不就等於禁止我們做研究？」

丹尼森揉揉眼睛。「不好意思。別誤會，我不是覺得你說話很無聊，只是因為沒睡好。等一下恐怕要去補個眠了……對了，為什麼換能空間對月球那麼重要？太陽能電池效果不是很好嗎，電量不是很充足嗎？」

「問題是，這樣我們就離不開太陽啊！丹尼森博士。這樣我們就沒辦法離月球表面太遠。」

「噢──不過，納維爾博士，你有沒想過哈勒姆為什麼會對這樣的研究沒興趣？」

「這你應該比我更了解吧？認識他的人是你，不是我。他不想讓社會大眾知道換能空間是平行人搞出來的，我們只是聽他們使喚。如果我們月球這邊的研究進展到一個程度，搞懂了換能空間的原理，那麼，換能空間科技就等於是我們研發出來的，不是他。」

丹尼森問：「你為什麼要跟我說這些？」

「為了避免浪費時間。通常我們都很歡迎地球來的物理學家。我們月球是與世隔絕的，因為地球的政策刻意要孤立我們，如果有物理學家過來，對我們是很有幫助的，就算只能減輕我們那種孤立無援的感覺。而物理學家移民對我們幫助更大，所以我們會向他說明各種狀況，鼓勵他和我們一起工作。只可惜，你不是物理學家。」

丹尼森有點不耐煩的說：「我從來沒說我是。」

「那你為什麼會想去看同步加速器？」

「你就是為這個感到不安嗎，納維爾博士？我可以解釋。我的科學家生涯被扼殺了大半輩子，後來，我決定要想辦法重新開始，為自己的人生找到新的意義，想盡辦法遠離哈勒姆——所以我才會來到月球。我從前研究的是放射化學，不過那無法限制我的發展，我還是可以努力學習其他領域的知識。當代最重要的科學是平行物理學，而我已經盡我所能學會了許多這方面的知識。我感覺得到這就是我重獲新生最大的希望。」

納維爾點點頭。「我明白了。」他的口氣顯然很猶豫。

「對了，剛剛聽你提到同步加速器，我忽然想到——你有沒有聽說過彼得拉蒙的理論？」

納維爾瞇起眼睛。「沒有。好像沒聽過這個人。」

「我想也是。他還沒有出名，甚至很可能永遠沒機會出名了。這最主要是因為他的情況和我一樣。他頂撞過哈勒姆……我最近又聽到有人提到他，所以一直在想他的事。晚上睡不著覺的時候，我就一直想他的理論。」說著他打了個哈欠。

納維爾有點不耐煩的說：「哦，他說了什麼嗎？他叫什麼名字？」

「他叫彼得拉蒙。他在平行理論方面提出一些很有意思的看法。他認為繼續使用換能空間會導致太陽系裡的強核力變強，太陽的溫度會慢慢升高，變得越來越熱，熱到一定的程度就會出現相變化，導致太陽爆炸。」

「胡說八道。相對於整個宇宙，人類是實在太渺小，所以，人類再怎麼使用換能空間都不可能導致整個宇宙出現太大的相變化。就算你只是個半路出家的物理學家，你也應該明白，就算一直到太陽系毀滅的那一天，換能空間都不可能會導致宇宙狀態出現什麼明顯的變化。」

「你認為是這樣嗎？」

「當然啊，難道你不這麼認為嗎？」

「很難說。拉蒙會發展出這套理論，帶有強烈的個人情緒。我見過他一次，感覺得到他這個人非常狂熱，非常情緒化。這也難怪，看看他被哈勒姆折磨成什麼樣子。我相信這套理論是被他內心的怨氣激發出來的。」

納維爾皺起眉頭。「你確定他吃過哈勒姆的苦頭？」

「這方面還有誰比我更懂？」

「可是，他宣稱他懷疑換能空間可能有危險，說不定只是另一種手段，讓月球打消發展換能站的念頭，這你有沒有想過？」

「然後代價是激起全球恐慌，讓全人類陷入絕望?當然不可能。那簡直就像為了修水管拆掉整間房子。我相信拉蒙是真的認為換能空間有危險。事實上，我自己也曾經有過類似的想法。」

「那是因為你自己也也痛恨哈勒姆。」

「我不是拉蒙，我的反應沒他那麼激烈。事實上，我甚至抱著一絲希望，希望能夠在月球上調查這件事。在這裡，我就能夠避開哈勒姆的干擾，也可以避免自己像拉蒙那樣感情用事，這樣一來，我就能夠比較客觀超然的調查這件事。」

「在月球這裡？」

「我是想，在月球這裡，說不定我會有機會用到同步加速器。」

「你對同步加速器有興趣，就是為了這個？」

丹尼森點點頭。

納維爾說：「你真以為你會有機會用到同步加速器？你知道有多少人在排隊等著用嗎？」

「我是想，也許我可以和月球的科學家合作。」

納維爾大笑起來，搖搖頭。「我們自己都沒機會用呢……不過，我可以告訴你一個辦法。我們自己建立了實驗室，我可以給你一個地方讓你做研究，甚至還會給你一些基本設備，至於那些設備能發揮什麼功用，就看你自己了。說不定你能夠做出點什麼。」

「你覺得在那裡我就有機會做一些有效的觀察，檢驗平行理論？」

「那就要看你有沒有創意，夠不夠聰明了。你不是很想證明拉蒙的理論是對的？」

「我也可能會證明他是錯的。」

「你一定會發現他是錯的。我跟你保證。」

「你很清楚我不是正統出身的物理學家，那麼，你為什麼還這麼熱心提供地方給我做研究？」

「因為你是從地球來的。我說過，我們很重視這一點。更何況，你是一個自學有成的物理學家，說不定對我們會更有幫助。瑟琳妮向我保證說你是個好人。我很重視她的看法，不過老實說，有時候我還真不知道該不該那麼重視。另外，我們都是哈勒姆的犧牲品，所以，如果你想在這裡重新開始，我們會幫你。」

「不好意思，也許是我太多心，不過，這樣做對你有什麼好處？」

「我希望你能幫得上我們。月球科學家和地球科學家彼此之間誤會很深，而你是自願來月球的地球人，也許你能夠在我們中間扮演橋樑的角色，這樣對我們雙方都有好處。你已經見過新任的特派員，那麼，說不定在你重新開始的時候，同時也可以讓我們一起重新開始。」

「你的意思是，如果我能夠透過特派員削弱哈勒姆的影響力，那對月球科學家也會有好處，是嗎？」

「無論你做什麼都會很有幫助……不過，也許我該走了，讓你好好補個眠。接下來的幾天，你隨時可以來找我，我會想辦法在實驗室安排個地方給你。還有——」他轉頭看看四周。「換個舒服一點的地方住吧。」

他們握握手，然後納維爾就走了。

第八章

葛斯坦說：「你今天就要走了。不過我猜，不管這個職務讓你吃了多少苦頭，現在要走了，你心裡還是很難過的吧？」

蒙太茲很誇張的聳聳肩。「一想到回地球就要面對完整的重力，我確實很難過。呼吸困難、腳痛，冒汗。流汗流不停，感覺會很像是泡在水裡。」

「總有一天會輪到我的。」

「你一定要聽我的話，不要一口氣在月球上待超過兩個月。不管醫生是怎麼告訴你的，不管他們怎麼教你鍛鍊肌肉，你一定要每隔六十天回地球待一個星期。你一定要記得那種重力的感覺。」

「我一定會記住……噢，對了，我和你的朋友見過面了。」

「哪個朋友？」

「那個和我搭同一艘太空梭來的人。我一直覺得我記得那個人，結果真的想起來了。那個人叫丹尼森，是一個放射化學家。看來我的印象非常正確。」

「哦？」

「我想到當年他提出過一種非常荒誕的說法，所以就想辦法試探他。不過他也很精明，一直迴避我的問題。他的說法聽起來合情合理，不過好像太合情合理了點。事實上，我開始起疑心了。一個瘋子忽然表現得這麼有理性，這大概是一種心理防衛機制。」

「噢，老天。」蒙太茲顯然聽得一頭霧水。「我聽不太懂。不好意思，我得坐一下了。一直在想行李有沒有收拾好，一直在想地球的重力，我簡直快喘不過氣來……對了，什麼荒誕的理論？」

「他說，如果我們繼續使用換能空間，可能會造成危險。他認為那會導致宇宙爆炸。」

「什麼？真的會那樣嗎？」

「但願不會。當時大家對那種說法根本就不屑一顧。你也知道，當科學家研究一種他不完全懂的東西，他會變得比較極端。我認識的一個心理學家說這叫做「天曉得」現象。當你拚命研究，可是卻研究不出個結果來，最後你就只會說「天曉得會怎麼樣」，然後就憑空想像出一個結果。」

「可是，如果物理學家到處宣揚這種東西，說不定有一些——」

「他們沒辦法宣揚，至少沒辦法透過正式的管道。這涉及到所謂的科學責任。期刊雜誌都很謹慎，免得不小心刊登出荒誕的東西……或者，他們認為荒誕的東西。不過你知道嗎，這種東西最近又出現了。有個叫拉蒙的物理學家去找過柏特參議員，也去找過那個自命為環保救世主的陳先生，還有另外幾個人。他也是堅稱宇宙可能會爆炸。沒人相信他，不過他的說法悄悄在流傳，而且越傳越廣。」

「而月球上這個人也相信他，對吧？」

葛斯坦露出笑容。「他應該相信。噢，有時候半夜翻來覆去睡不著，一直掉下床的時候，連我自己都相信了。他可能打算在月球上驗證這個理論。」

「然後呢？」

「然後就讓他去驗證啊。我甚至暗示他我們會幫他。」

蒙太茲搖搖頭。「這樣太冒險了。官方最好不要鼓勵這種荒誕的論點。」

「你知道嗎，也是有那麼一絲可能那並不完全是荒誕。不過那不是重點。重點是，如果我們能夠勸他在月球定居下來，說不定就可以想辦法透過他搞清楚月球人在搞什麼。他急著想重新開始科學家的生涯，所以我就暗示他，想重新開始還得靠我們幫忙，所以他最好乖乖合作……我會想辦法讓上面分派給你更好的職務，當然啦，我們心照不宣。」

「謝謝你。」蒙太茲說。「那就再見囉。」

第九章

納維爾很暴躁的說：「我不喜歡他！」

「為什麼不喜歡？就因為他是個地球佬？」瑟琳妮伸手拍掉她衣服胸口上的一些絨毛，抓在手上仔細打量。「這不是我衣服上的東西。我告訴過你，空氣循環系統爛透了。」

「那個丹尼森對我們沒什麼用，他根本不是平行物理學家。他自己說他是半路出家的，而且還說他是為了驗證一個荒唐的理論才會來月球。」

「什麼理論？」

「他認為換能空間會導致宇宙爆炸。」

「他有這樣說嗎？」

「我知道他是這樣想的……噢，我知道這套理論，聽過太多次了。不過事情並不是這樣。」

「也許吧。」瑟琳妮揚揚眉毛。「也許你只是不願意相信。」

「別又來了。」納維爾說。

有一回兒兩個人都沒說話。後來瑟琳妮問：「那你打算怎麼應付他？」

「我會安排一個地方讓他做研究。從科學家的角度來說，他對我們沒什麼用，不過，他倒是另有用途。他會很引人注目，因為特派員已經見過他了。」

「我知道。」

「對了，他的過去倒是很有傳奇色彩。斷送了前途，現在想東山再起。」

「真的？」

「真的。我相信妳一定會覺得很有意思。如果妳問他，他一定會告訴妳。這樣倒好。一個地球的傳奇人物在月球上研究荒誕的理論，這絕對會轉移特派員的注意力。我們可以利用他來掩人耳目，甚至可以透過他來了解地球上究竟怎麼回事。天曉得，搞不好真有機會搞清楚……至於妳，瑟琳妮，妳最好繼續扮演他的好朋友。」

第十章

瑟琳妮在大笑。丹尼森從耳機裡聽到她的笑聲，感覺很刺耳。她身上的太空裝掩蓋了她曲線玲瓏的身材。

她說：「過來吧，班傑明，有什麼好怕的？你都已經來這裡一個月了，已經是老鳥了。」

「二十八天。」丹尼森嘀咕著。他也穿著太空裝，感覺呼吸困難。

「你剛來的時候，月球上看到的是不到一半的地球，現在看到的也是不到一半。」她指著南方天上那明亮的一彎地球。

「好吧。不過，等一下好不好，在外面這裡，我可沒辦法像在地底下那麼勇敢。萬一跌倒則怎麼辦？」

「怎麼辦？這個坡並不陡，就算是以地球的標準來說，重力也不會太大，更何況你的太空裝很堅固。萬一跌倒，就順勢翻滾滑下去就好了，而且這樣還更好玩。」

丹尼森轉頭看看四周，有點猶豫。在地球冷冷幽光的照耀下，月球表面顯得如此美麗，一個黑白交織的世界。一個星期前他去檢查太陽能電池的時候，看到整個月海底部佈滿了一望無際的太陽能電池，從一邊的地平線延伸到另一邊的地平線，陽光明亮刺眼。相形之下，此刻地表白亮的部分是如此柔和優美，而暗影的部分也並不那麼黝黑，不像白天明暗對比那麼強烈。星星是如此燦爛耀眼，而地球是如此迷人，蔚藍的海上纏繞著雪白的雲，偶爾會露出褐色的陸地。

「好吧。」他說。「我可以抓著妳嗎？」

「當然不可以。而且我們不會一路都是上坡，這裡的坡度也比較適合初學者。你就儘量跟上來，我會走慢一點。」

她的步伐很長，速度很慢，而且有點搖擺，而他努力想跟她動作一致。他們腳底下的上坡滿是塵土，每踏一步就會揚起細細的沙塵，不過因為沒有空氣，沙塵很快又會落地。他跟著她踏出一步又一步，可是很吃力。

「很好。」瑟琳妮邊說邊抓住他的手臂，幫他保持平衡。「以地球佬的標準來說，你還真不錯——噢，抱歉，應該說是移佬——」

「謝謝妳。」

「不過，這樣的稱呼似乎也好不到哪裡去。把移民叫成移佬，就像把地球人叫成地球佬一樣，都有點藐視的意味。這樣吧，我還不如說以你這個年紀來說，你很不錯。」

「不行！這樣更藐視人。」丹尼森有點喘，感覺得到自己額頭在冒汗。

瑟琳妮說：「每次你一隻腳快要落地前那一剎那，另一隻腳就輕輕蹬一下，這樣你步伐就會變長，走起來會輕鬆一點。不對，不對。你看看我——」

他停下腳步，心中暗暗慶幸。他看著瑟琳妮。她身上的太空裝看起來很笨重，可是只要一動起來，她的身形還是顯得那麼苗條優美。她輕輕的跳了幾步，然後又走回來蹲在他旁邊。

「好，班傑明，你慢慢跨出一步，等我要你蹬後腳的時候，我會在你腳上拍一下。」

他們練習了幾次，然後丹尼森說：「這樣比在地球上跑步還累，我最好休息一下。」

「好吧。你的肌肉還沒有適應這種協調動作。其實，你不是在跟重力對抗，而是在跟自己對抗……來吧，坐下來喘口氣。先暫時走到這裡。」

丹尼森問：「如果我躺到地上，背包會不會壓壞？」

「噢，當然不會，不過這樣不好。不要直接躺到地上。這裡的直接溫度是 120 度，相當於攝氏零下 150 度。所以，和地面接觸的面積越小越好。坐著就好。」

「好吧。」丹尼森咕噥了一聲，小心翼翼坐下來。他刻意面向北邊，避開地球的方向。「妳看那些星星！」

瑟琳妮坐在他對面，側面對著他。當地球的亮光從某個角度照過來，他隔著她頭盔的面罩隱約看得到她的臉。

她說：「你在地球上沒看過星星嗎？」

「和這裡看到的不一樣。就算天上沒有月亮，空氣也會吸收光線。由於大氣層高低溫度不同，星星看起來會閃爍。而城市的燈光，不管距離多遠，都會掩蓋星光。」

「聽起來很沒意思。」

「瑟琳妮，妳喜歡待在外面嗎？我是說外面的地表上。」

「並不怎麼喜歡，不過偶爾還是會上來。我當然要帶觀光客上來，那是我的工作項目之一。」

「現在還要特地帶我上來。」

「班傑明，你怎麼還是老愛把這兩件事混為一談？我們為觀光客安排的都是固定的行程，那是很單調的，非常無趣。你該不會以為我會帶他們來爬坡吧？只有月球人——和移民才會這樣做。事實上，絕大多數是移民。」

「一定沒什麼人喜歡上來，妳看這裡就只有我們兩個。」

「噢，到了某些特定的日子，大家就會上來了。比賽的日子，你還真應該上來看看，不過，你應該不會喜歡。」

「現在我無法確定自己喜不喜歡。移民喜歡滑行這種運動嗎？特別是他們？」

「很多人喜歡。不過月球人通常就比較不喜歡到上面來。」

「那納維爾博士呢？」

「你是問他喜不喜歡地表？」

「對。」

「老實說，我覺得他從沒上來過。他喜歡窩在底下。你為什麼問這個？」

「呃，有一次我問他我可不可以跟大家一起去檢查太陽能電池，他很樂意讓我去，可是自己卻不肯去。我一直慫恿他去，因為我想，要是到時候我想問什麼問題，至少還有個人能回答。沒想到他嚴詞拒絕。」

「但願當時有別人可以回答你的問題。」

「有啊。噢，對了，我忽然想到那也是個移民。我是在想，那或許就是為什麼納維爾對換能空間那麼有興趣。」

「這話怎麼說？」

「呃——」這時丹尼森忽然兩腿輪流往上踢，看著兩條腿緩緩的上升落下，彷彿覺得這樣很好玩。「嘿，這樣很有意思。哦，瑟琳妮，我的意思是，在月球上，明明太陽能電池供應的電力很充足，納維爾怎麼會那麼熱衷於在月球上建立換能空間？在地球上，我們很難利用太陽能，因為陽光不像這裡那麼靠得住，日照時間沒那麼長，各種波長的太陽輻射也沒那麼強烈。整個太陽系沒有任何一個大大小小的星球比月球更適合用太陽能電池。就連水星也比不上，因為那裡太熱——只不過，用太陽能，你就不能離地表太遠，而且如果你不喜歡地表——」

瑟琳妮猛然站起來說：「好了，班傑明，休息夠了，我們上去！上去！」

他掙扎著站起來說：「如果有了換能空間，那就代表月球人可以不用去外面的地表，不想上去就不用上去。」

「那我們就上坡吧，班傑明。我們走到前面的坡頂上，你看，那裡就是地球的光照在月球表面的邊界，明暗交界的那條線。」

他們默默往上爬最後一段路，丹尼森注意到右邊那一大片坡面很平滑，上面幾乎沒有塵土。

「對初學者來說，那裡太平滑了。」瑟琳妮說。她彷彿猜到他在想什麼。「一開始不要操之過急，要不然我怕你接下來會吵著要我教你『袋鼠跳』。」

她邊說邊學袋鼠跳了一下，還沒落地就轉頭過來看著他說：「就在這裡，你坐下，我先調整一下——」

丹尼森坐下，朝著下坡的方向看著那面斜坡，露出懷疑的神色。「妳真的有辦法從這裡滑下去？」

「那當然。月球的重力比地球低，身體壓在地面重量比較小，所以地面的磨擦力沒那麼強。

任何東西在月球上都比在地球上更滑溜，那也就是為什麼走廊和宿舍的地面看起來都像是沒有完工的樣子。你想聽聽我在這方面的解說嗎？那是我平常說給觀光客聽的。」

「我不想聽。」

「更何況，我們會用滑行筒。」她手上拿著一個小圓筒，上面有夾子和兩根小管子。

「那是什麼？」丹尼森問。

「這是一個小型液態瓦斯筒，夾在靴子底下往下噴氣，這樣靴底和地面之間就會有一層薄薄的氣，把磨擦力降低到零。用這種東西在地上滑行，感覺就像在空中滑翔。」

丹尼森有點不自在。「這我可不贊成。在月球上這樣用瓦斯未免太浪費了。」

「噢，你以為滑行筒裡裝的是什麼液態氣體？二氧化碳？氧氣？告訴你，這是一種廢氣。是氬氣。是月球的土壤散發出來的，是幾十億年來『鉀40』分解成的……對了，班傑明，這就是我解說的部分內容……在月球上，氬氣只有極少數的特殊用途。月球上的氬氣，就算我們用來滑行一百萬年也用不完……好了，我已經幫你把滑行筒夾在靴子上了，你等一下，等我夾好自己的。」

「這要怎麼用？」

「這是自動的，你一開始滑行就會啟動觸控，開始噴氣。容量只夠用幾分鐘，不過那已經夠你用了。」

她站起來，再扶他站起來。「臉朝下坡的方向……來啊，班傑明，這裡坡度很緩，你看，看起來簡直就像平地。」

「才怪。」丹尼森有點不高興的說。「在我看來，這簡直就像懸崖。」

「胡說。你聽著，別忘了我剛剛說的。兩腳大約間隔十五公分，一隻腳稍微前面一點，哪一腳都無所謂。膝蓋微彎。另外，身體不需要做出迎風往前傾的姿勢，因為這裡沒有風。不要想抬頭看，也別往後看，不過必有的時候可以往兩邊看。最重要的是，當你滑到最底下的時候，千萬別急著馬上停下來，因為滑行的速度會比你想像的快。你就等滑行筒氫氣耗盡，然後磨擦力就會讓你慢慢停下來。」

「我哪記得了這麼多。」

「噢，你一定記得住。而且我會在旁邊幫你。要是你真的跌倒，而我又沒有及時抓住你，那你就放輕鬆，順勢在地上翻滾，或是往前滑。地上沒有石頭，所以不用擔心會撞到。」

丹尼森嚥了一口唾液，眼睛往前看。南邊的斜坡在地球光的照耀下閃閃發亮。地面上有一些微小的突起，迎光面比較亮，背光面看起來像一個個的小黑點，使得整個斜坡面顯現出一點點的斑駁。碩大的半圓形地球高掛在黝黑的天空，幾乎就在他正前方。

「準備好了嗎？」瑟琳妮問。她戴著手套的手搭在他背後。

「準備好了。」丹尼森咕噥了一聲。

「好！開始滑！」她說。她推了一下丹尼森。丹尼森感覺到自己開始動了，一開始滑得很慢。他轉頭看著她，有點搖搖晃晃。她說：「不用怕，我就在你旁邊。」

他感覺得到靴子底下的地面——接著他忽然感覺不到了。滑行筒啟動了。有那麼一會兒，他感覺自己就像站著沒動，因為身體沒有承受空氣阻力。他也感覺不到靴底在地面上滑。然而，當他又轉頭看著瑟琳妮，忽然注意到所有的光影正往後移動，速度漸漸變快。

「眼睛看著地球。」他耳邊傳來瑟琳妮的聲音。「讓速度漸漸變快。速度越快，你身體就越穩。膝蓋保持彎曲……嗯，班傑明，你做的很好。」

「以移民的標準來看嗎？」丹尼森喘著氣。

「感覺怎麼樣？」

「就像在飛。」他說。兩邊的光影向後一閃而逝。他往旁邊瞥一眼，再往另一邊瞥一眼，想讓兩邊光影向後飛逝的感覺轉變成自己往前飛的感覺。後來，那種感覺出現的時候，他忽然感到有點不穩，於是趕緊又看著地球，恢復平衡。「不對，我不應該對妳用這樣的比喻，因為妳從來沒在月球上飛過，不會知道那種感覺。」

「現在我知道了。飛行一定就像是滑行一樣──我當然知道飛行是什麼感覺。」

她一直跟在他旁邊滑行，滑得輕鬆愉快。

現在丹尼森的速度已經很快，眼睛看著前面也感覺得到自己在動。他問：「這樣滑行，速度能快到什麼程度？」

瑟琳妮說：「高水準的滑行比賽，時速超過一百六十公里──不過那當然要在更陡的坡上滑行。你在這裡滑行，最快只能到時速六十公里。」

「可是感覺好像更快。」

「噢，沒那麼快。班傑明，現在已經到平地了，你竟然還沒跌倒。繼續撐下去，滑行筒等一下會失去作用，到時候你就會感覺到地面的磨擦。不要管他，繼續滑就對了。」

瑟琳妮話都還沒說完，丹尼森靴子底下就已經開始感覺到地面的壓力。他立刻強烈感覺到速度，拚命握緊拳頭以免自己本能的舉起雙臂。那是一種預防碰撞的本能反應，不過這裡根本不可能會撞上任何東西。他知道，如果舉起雙臂，自己可能會往後翻倒。

他瞇起眼睛，憋住氣，憋到後來覺得自己的肺彷彿快爆炸了。後來他聽到瑟琳妮說：「太棒了，班傑明，太棒了。我從來沒見過有哪個移佬第一次滑行不會跌倒，所以，就算你跌倒了，也沒什麼大不了，沒什麼好丟臉的。」

「我不想跌倒。」丹尼森嘀咕著說。他吸了一大口氣，睜大眼睛。眼前的地球還是一樣寧靜安詳，彷彿對他漠不關心。現在他滑行越來越慢——越來越慢——越來越慢——

「瑟琳妮，現在我已經停住了嗎？」他問。「我不太確定。」

「你已經停住了。現在先別動，你必須休息一下，我們等一下再回城區……該死！怎麼不見了？一定是剛剛爬上去的時候掉在半路上。」

丹尼森不敢置信的看著她。剛剛她和他一起爬上去，一起滑下來，他已經累得半死，緊張得全身肌肉緊繃，而現在她卻像袋鼠一樣沿著斜坡往上跳，跳了大約有幾十公尺遠，接著忽然大喊一聲：「找到了！」那聲音清晰嘹亮，聽起來彷彿她就在他旁邊說話。

她一下子又回來了，腋下夾著一大團折疊好的塑膠布。

她愉快的說：「還記得嗎，剛剛我們上去的時候，你問我這是什麼東西，我說等一下我們回城區之前會用到。」她攤開那片塑膠布，鋪在滿是塵土的地上。

「這東西全名叫『月球躺椅』。」她說。「不過平常我們都只說躺椅，因為在這裡不需要強調月球兩個字。」接著她拿出一個氣筒塞進那團塑膠布裡。

塑料布開始充氣。丹尼森下意識的以為會聽到嘶嘶聲，但很快就想到這裡沒有空氣，當然不會有聲音。

「你不用問了。」瑟琳妮說。「這也是氬氣。」塑料布膨脹起來，變成一張床墊，底下有六根粗短的腳。「這可以撐得住你的身體。」瑟琳妮說。「這樣你的身體就不會有太多地方直接接觸到地面，而且四周的真空有助於它保存熱量。」

「床墊該不會是熱的吧？」丹尼森覺得很驚奇。

「氬氣灌進去的時候會變熱，不過這當然只是相對來說。絕對溫度是270度，這種溫度已經可以融化冰，而在這樣的溫度下，你的太空裝就不會散熱太快，有助於你保存體溫。好了，躺下去吧。」

丹尼森躺下去，忽然覺得好舒服。

「太棒了！」說著他長長吁了一口氣。

「瑟琳妮媽媽什麼都幫你想好了。」她說。她從他頭後方繞過來，繞著他滑行，兩腿迅速交替彷彿在溜冰，然後忽然兩腿一抬，姿態優雅的坐下來，手肘撐到地面上，正好坐在他旁邊。

丹尼森吹聲口哨。「妳是怎麼辦到的？」

「多練習就行！不過你可別輕易嘗試，一不小心可能會摔斷手臂。對了，我得先提醒你，要是等一下我覺得冷，我可能會跟你一起擠在床墊上。」

「妳大可放心。」他說。「我們都穿著太空裝，什麼都不會發生。」

「哦，你還真是滿腦子歪念頭……你覺得怎麼樣？」

「還好吧。剛剛真刺激！」

「刺激？你知道你創下記錄了嗎？你沒摔倒喔。等一下回城區我要告訴大家這件事，可以嗎？」

「當然可以。有人欣賞，我當然樂意，不過……妳該不會要我等下再滑一次吧？」

「現在？當然不會。我自己都不想再滑了。我們休息一下，等你心跳恢復正常，我們就回去。你可以把腳轉過來朝向我這邊嗎，我要幫你解開滑行筒。下次我會教你自己戴自己脫。」

「我不確定我還會不會再滑下一次。」

「當然會。你不喜歡嗎？」

「還算喜歡，不過也有點怕。」

「下次就比較不會怕，再下下次就更不會怕了，最後你一定會覺得那是一種享受。而且我會好好訓練你，你會成為很厲害的比賽選手。」

「不行，妳沒辦法。我太老了。」

「在月球上你並不算老，只是看起來比較老。」

躺在那裡，丹尼森感覺到月球那無比的寧靜彷彿滲透進自己體內。此刻他正面對著地球。剛剛經歷過驚險刺激的滑行之後，看著地球一動也不動的掛在天上，他忽然感受到前所未有的安穩。

他問：「瑟琳妮，妳常常上來這裡嗎？我說的是妳自己一個人上來，或只跟另外一兩個人上來，而且不是在那些特定的日子。」

「其實我從沒自己上來過。除非有很多人在旁邊，否則我自己一個人實在受不了。可是現在我竟然上來了，說真的，我還真有點意外。」

「嗯——」丹尼森隨口回了一聲。

「你不覺得意外嗎？」

「我應該要感到意外嗎？我是覺得，任何人做事情，不管是真的想做，還是不得不做，都是他自己的事，和我無關。」

「謝謝你，班傑明。我是真的感謝。真高興聽到你這樣說。班傑明，雖然你是移民，你卻從來不會想干涉我們的生活，這真的很難得，也是你的優點之一。我們月球人是生活在地底下的人，住的是洞穴，走的是通道，我們就是這樣過日子，這有什麼不對嗎？」

「當然沒什麼不對。」

「但那些地球佬可不會這樣說。我是導遊，我沒辦法不聽他們說話。他們說的那些話，我都已經聽了不知道幾百萬遍。不過，我最常聽到的是——」接著她忽然開始模仿地球佬說標準地球語的典型腔調。「——『噢，親愛的，你們怎麼有辦法一天到晚窩在洞穴裡啊？你們這樣不會得幽閉恐懼症嗎？難道你們從來不會想看看藍天綠樹，看看海洋，感受輕風拂面，感受鳥語花香嗎——』

「噢，班傑明，要說真的說不完。然後他們會繼續說：『不過，我想你們應該不知道什麼是藍天，什麼是樹，什麼是海洋，所以你們不會想念』……他們還真以為我們這裡看不到地球的電視節目，看不到地球文學的微縮影片，聽不到有聲書。事實上，有些文學作品甚至會製作成可以散發出味道的格式，所以有時候我們甚至聞得到地球的味道。」

丹尼森覺得很有意思。他問：「針對這樣的問題，你們的標準答案是什麼？」

「沒什麼，我們就只是說：『這位女士，我們已經習慣了。』喔，如果是男人的話，我會稱呼他先生，不過，會問這種問題的，多半是女人。我猜，男人都只顧著打量我們身上的衣服，滿腦子想的是我們什麼時候會脫光衣服。不過，你知道我心裡真的想跟這些白癡說的是什麼嗎？」

「趕快告訴我。平常被迫穿著衣服，妳一定憋得很難過，不過我不是觀光客，妳應該要趁這個機會向我敞開胸懷，盡情傾訴。」

「很好笑，你還真是一語雙關……我很想告訴他們：『這位女士，請妳聽清楚，誰稀罕你們那個該死的地球？我們不喜歡長時間待在星球表面，因為我們怕會被甩到外太空，怕會被吹走。我們不喜歡天然的空氣吹在我們身上，不喜歡髒水潑到我們身上。我們不想碰到你們身上的細菌，不想聞到花草的味道，不想看到該死的藍天白雲。我們抬頭就看得到天上的地球，想看就看得到，不過通常不會想看。月球是我們的家，是我們辛辛苦苦建立起來的。我們創造了自己的生態環境，不需要你們到這裡來可憐我們過這樣的生活。回你們的地球去吧，眼睜睜的看著重力讓妳們的乳房下垂到膝蓋。』我想說的就是這個。」

丹尼森說：「好吧，萬一哪天妳忍不住想當著地球佬面說這種話，那妳就來對我說，發洩一下，心裡會比較舒服。」

「你知道嗎，偶爾會有移佬建議我們在月球上建地球式的公園，從地球運一些植物的種子或幼苗過來，種在裡面。說不定還可以養一些動物。那會讓他們有家的感覺——那是最常聽到的說法。」

「我猜妳不贊成。」

「當然不贊成。家的感覺？誰的家？月球是我們的家。如果移佬想要有家的感覺，那就回地球啊。有時候，移佬比地球佬更讓人受不了。」

「這我會留意。」丹尼森說。

「噢，你不會這樣──到目前為止。」瑟琳妮說。

好一會兒兩人沒說話。丹尼森在想，不知道瑟琳妮會不會說他們該回洞穴了。一方面，他知道自己很快就會累到想趕快回宿舍休息，但另一方面，他又覺得待在外面好舒服，從來沒這麼舒服過。

過了一會兒，瑟琳妮說：「班傑明，我可不可以問你一個問題？」

「儘管問。如果妳是對我個人的生活感到好奇，那我也沒什麼好隱瞞的。我身高一百七十三公分，體重在月球上是十三公斤，很久以前結過一次婚，現在離婚了。有一個女兒已經長大結婚了，目前在大學唸書──」

「別這樣，班傑明，我是認真的──我可以問你工作方面的事嗎？」

「當然可以，瑟琳妮。不過，我不知道自己能說明到什麼程度。」

「呃──你知道我和巴倫──」

「我知道。」丹尼森很唐突的打斷她的話。

「我們偶爾會談談話。他會告訴我一些事。他說你認為換能空間可能會導致宇宙爆炸。」

「我說的是宇宙裡的我們這個區域。那可能會導致我們這邊的銀河臂變成類星體。」

「真的?你真的這麼認為?」

丹尼森說:「我剛到月球來的時候,還不是那麼確定,但現在我確定了。我個人非常相信情況會是這樣。」

「那你認為什麼時候會爆炸?」

「目前還很難說。可能是幾年後,也可能是幾十年後。」

有一會兒兩個人都沒說話。後來瑟琳妮輕聲說:「巴倫不這麼認為。」

「我知道。不過我並不想改變他的想法。言語衝撞不足以扭轉別人的信仰。拉蒙就是犯了這種錯誤。」

「拉蒙是誰?」

「噢,不好意思,瑟琳妮,我只是在自言自語。」

「別這樣,班傑明,拜託你告訴我,我很好奇。拜託你。」

丹尼森轉頭看著瑟琳妮。「好吧。」他說。「我沒理由不告訴妳。拉蒙是地球上的物理學家,他拚命想警告全世界,換能空間有危險。結果他失敗了。地球人想要換能空間,他們想用免費的能源。他們太渴望了,所以不肯相信換能空間有危險。」

「可是,如果換能空間意味著死亡,他們怎麼會還想用呢?」

「他們只需要拒絕相信換能空間意味著死亡。解決問題最簡單的辦法，就是不承認有問題。妳的朋友納維爾博士也是一樣。他不喜歡到月球表面，所以他就逼自己相信太陽能電池不是好的能源——而事實上，只要夠客觀，任何人都看得出來太陽能是月球最理想的能源。他想要換能空間，這樣他就能夠躲在地底下，所以他拒絕相信換能空間可能有危險。」

瑟琳妮說：「如果這件事有充分的證據，我不認為他會拒絕相信。你真的有證據嗎？」

「應該有。告訴妳，瑟琳妮，這真是太奇妙了。要想證明這個理論，勢必要搞清楚夸克交互作用的某種微妙係數。妳知道那是什麼嗎？」

「你不需要詳細說明。巴倫教過我各種各樣的知識，所以我應該聽得懂。」

「很好。我本來以為，要想證明我的理論，我必須用到月球上的質子同步加速器。那東西直徑四十公里，磁性是超導體構成的，能夠產生二十兆伏特以上的電壓。沒想到，後來我發現你們月球人發明了一種叫做介子儀的東西，小到可以放在實驗室裡，功用和質子加速器一樣。我必須恭喜月球人，你們的科技實在太先進了。」

「謝謝你。」瑟琳妮面露得意。「我代表月球人謝謝你。」

「呃，我用介子儀做實驗，算出了我們宇宙強核力增強的速度。這種增強的速度符合拉蒙的理論，跟傳統的理論完全不一樣。」

「你給巴倫看過了嗎？」

「還沒。不過，就算拿給納維爾看，我猜他只會反駁。他會說這個數據差異太小，他會說是我算錯了，他會說我沒有把所有的係數算進去，他會說我儀器操作不當……不過，我認為他真正想說的是他想要電子換能空間，他不想放棄。」

「難道就沒別的辦法了嗎？」

「當然有。不過不能用強硬的方式，不能像拉蒙那樣硬幹。」

「他是怎麼做的？」

「拉蒙的方式是強迫大家放棄換能空間，但問題是，覆水難收啊。你沒辦法讓雞變回雞蛋，讓葡萄酒變回葡萄，讓孩子回到子宮。如果你想讓小嬰兒放開手上的手錶，那無論你怎麼好說歹說，他都不會放——唯一的辦法，就是給他一樣他更喜歡的東西。」

「那是什麼？」

「呃，目前我還不確定。我是有個構想，一個簡單的構想，而這個構想是根據一個很明顯的事實想出來的，那就是：2這個數字實在太荒謬，根本不存在。然而，這個構想實在太過簡單，恐怕不會有用。」

然後，足足有一分多鐘他沒再說話。後來瑟琳妮說：「我來猜猜你是什麼意思。」她說話的聲音聽起來彷彿跟他一樣若有所思。

「我自己都不知道是什麼意思。」

「還是讓我猜猜看吧。我們可以假設我們的宇宙是唯一能夠存在、也確實存在的宇宙，因為我們就活在這個宇宙裡。我們看得到摸得到的，就這麼一個宇宙。然而，一旦有證據顯示有第二個宇宙存在，也就是所謂的平行宇宙，那麼，我們就沒辦法再假設宇宙有兩個，而且只有兩個。這樣的假設會變得很荒謬。如果第二個宇宙存在，那麼就可能會有無數個宇宙存在。然而，究竟是多少個？所以，不光是2這個數字是荒謬的，根本不存在，無窮盡的數字也都是荒謬的，根本不存在。」

丹尼森說：「我就是在想——」說到一半他忽然又停了。

接著丹尼森忽然坐起來，眼睛盯著這個穿太空裝的女人。「我們趕快回城區吧。」

她說：「我只是隨便猜猜。」

他說：「才不是。我不知道妳是怎麼想出來的，但那絕對不只是隨便猜猜。」

第十一章

巴倫納維爾瞪著她，好一會兒沒說話。而她也看著他，眼神平靜。她窗戶的景觀又變了。其中一扇窗戶顯示的是地球，比半圓形多一點。

後來他終於說：「為什麼？」

她說：「我只是無意間說出來的。我想通了那個道理，一時衝動就忍不住說出來了。幾天前我本來想告訴你，可是怕你的反應很會很激烈。現在，你的反應果然很激烈。」

「這樣一來他就知道了。妳這個笨蛋。」

她皺起眉頭。「現在他還不知道，不過他早晚會猜到我並不是真的導遊，而是你的直覺感知超能力者。問題是，我這個直覺感知超能力者不懂數學，所以他知道了又怎麼樣？就算我有直覺感知超能力，那又怎麼樣？你都不知道告訴過我多少次了，如果沒有經過嚴謹的數學計算和實驗觀察，我的直覺感知根本沒什麼用。你告訴過我多少次了，再強烈的直覺感知都有可能會出錯。那麼，你認為他會有什麼看法？他會認為光靠直覺感知也可以嗎？」

納維爾臉色越來越白，但瑟琳妮不知道他是氣得臉色發白，還是怕得臉色發白。他說：「妳不一樣啊！妳的直覺感知有出過錯嗎？當妳很有把握的時候，妳的直覺感知有出過錯嗎？」

「噢，不過這點他並不知道，不是嗎？」

「他會猜到的。他會去告訴葛斯坦。」

「他會告訴葛斯坦什麼？他還不知道我們真正的目標。」

「他還不知道？」

「他不知道！」她已經站起來，走開了幾步，然後忽然轉過來朝他大吼：「他不知道！你老愛拐彎抹角說我背叛你，說我怎麼樣怎麼樣。就算你認為我會騙你，你也該相信我的常識判斷能力。告訴他們又有什麼意義？如果我們都快滅亡了，那麼，直覺感知對他們有意義嗎，對我們有意義嗎？」

「噢，拜託妳，瑟琳妮。」納維爾很不耐煩的揮揮手。「別又來了。」

「我就是要說！巴倫，你聽清楚，他跟我說了很多，還詳細告訴我他在做什麼。而你呢，你只會把我藏起來當祕密武器。你說我比什麼儀器設備都重要，比什麼科學家都重要。你一直在搞陰謀，要我繼續偽裝身分，讓別人以為我只是一個導遊，這樣一來，我的超能力就只能為月球人服務，只能為你服務。結果呢，你得到了什麼？」

「至少現在妳還能跟我們在一起，不是嗎？妳覺得妳還能逍遙自在多久，要是他們——」

「你老愛說這些。你有看過誰被抓了嗎？你有看過誰被限制行動嗎？你老愛說他們在搞一個大陰謀，那證據呢？地球人不讓你和你的團隊碰那些大型儀器，其實根本就是被你逼出來的，並不是因為他們對我們有什麼惡意。更何況，這樣不但沒有傷害到我們，反而對我們有好處，因為那逼得我們不得不發明出更精密的儀器。」

「那全靠妳在理論方面的直覺啊，瑟琳妮。」

瑟琳妮露出笑容。「我知道。班傑明非常讚賞我這方面的能力。」

「妳和妳的班傑明。妳到底想從那個該死的地球佬那裡得到什麼？」

「提醒你，他現在是移民了。你問我想得到什麼？告訴你，我想要的，就是知道一些事。你有告訴過我什麼嗎？你老是怕我被逮到，怕得要命，什麼都不敢告訴我。你很怕有人看到我和一個物理學家說話。我只能和你說話，而你是我的──說不定你就只是為了那個。」

「好了啦，瑟琳妮。」他想安撫她，但口氣還是很不耐煩。

「算了，反正我也不在乎你到底是什麼用心。反正，你把這個任務交給我，我就是盡全力用我的直覺去感知，有時候，無論有沒有用數學去計算，我都覺得我已經感知到了。我在腦中看到了那個景象，看到我們必須做什麼──但那景象一下子又不見了。不過，眼看我們就快要被換能空間毀滅了，就算我感知到了，又有什麼用……我不是告訴過你，我對兩種力場強度的交互轉變很不放心？」

納維爾說：「既然妳提到這個，那我就再問妳一次。換能空間會不會毀滅我們？妳明確感知到了嗎？不要跟我說什麼也許可能，我想聽的只有『會』還是『不會』。」

瑟琳妮很不高興的搖搖頭。「我還沒辦法說。我感知到的還太少。我不能說一定會，不過，說我們可能會被毀滅，還不夠嗎？」

「噢，老天。」

「少跟我翻白眼，別裝出那種不屑的表情。你從來沒有測試過。我早就告訴過你要怎麼測試。」

「妳以前從來沒擔心過這種事，是後來聽了那個地球佬的話之後才開始擔心的。」

「再提醒你一次，他現在是移民。你到底要不要去測試？」

「我不要！我告訴過妳，妳要我做的那種測試是不可行的。妳不是專業做實驗的人，就算妳直覺感知到那是很理想的測試方式，一旦進了實驗室可能就完全不是那麼回事了，因為測試的過程中會有太多隨機變化，充滿不確定性，甚至可能儀器操作不當。」

「什麼實驗室！」她氣得漲紅了臉，握緊拳頭往上舉。「你為了想搞出什麼完美真空狀態已經浪費了太多時間——真空就在上面啊！看到我手指的方向沒有！就在上面的月球表面！那裡的溫度很理想，將近絕對溫度0度的一半。你為什麼不到上面去測試看看？」

「那沒有用的。」

「你怎麼知道沒用？你就是不肯去試試看。班傑明丹尼森試過。他設計了一種系統。那次他去檢查太陽能電池的時候，就順便把系統架設起來。他要你一起去，你說什麼就是不肯去，還記得嗎？那測試非常簡單，簡單到連我都可以跟你解釋，因為他已經跟我解釋過了。他在白天的溫度下測試了一次，又在晚上的溫度下測試了一次，就這樣，他用介子儀找到了研究的新方向。」

「妳說得倒簡單。」

「就那麼簡單！自從他發現我有直覺感知超能力之後，他就告訴我很多事，而那些是你從來不告訴我的。他告訴我他為什麼認為地球附近的強核力已經增強到足以造成災難的程度，再過幾年太陽就會爆炸，而那種強核力增強的狀態會向外擴散——」

「沒這回事！沒這回事！」納維爾大喊。「我看過他的測試結果，並不覺得那有什麼大不了。」

「你看過？」

「當然看過。我讓他在我們的實驗室做研究，當然一定要搞清楚他在做什麼，不然妳以為呢？他測試出來的偏差值還在實驗誤差範圍內，如果他想相信那些偏差值有什麼意義，如果妳也想相信，那你們儘管去相信，只不過，你們再怎麼願意相信也不會讓測試結果變得有意義。事實上，那真的沒什麼意義。」

「巴倫，你究竟想相信什麼？」

「我想知道真相。」

「可是你不是早就認定所謂的真相一定要符合你的信念？你想在月球上建造換能空間，這樣你就可以不必再去外面的地表，而會導致你無法達到目的任何東西都不會是真相。」

「我不想跟妳吵。我不但想建造換能空間，我——還想要另一種東西。這兩種東西缺一不可。妳確定妳還沒有——」

「我沒有。」

「那妳會不會——」

瑟琳妮忽然又轉過來瞪著他，腳飛快拍打地面，讓身體持續彈起來，藉此發洩怒氣。

「我什麼都不會告訴他。」她說。「不過我一定要想辦法得到某些資訊。如果你沒辦法給我那些資訊，或許他有辦法。說不定做了那些你不肯做的實驗之後，他就會得到那些資訊。我會跟他好好談一談，看看他接下來可能會發現什麼。要是你敢妨礙我和他合作，我保證你永遠得不到你想要的。你不用擔心他會搶先我一步找到答案。他已經太習慣用地球人的方式思考，所以跨不出最後那一步。而我可以。」

「好吧。不過妳別忘了月球和地球是不一樣的。這裡是妳的家，妳沒有別的地方可以去。而這個丹尼森，這個班傑明，這個移民，他是從地球來的。要是他有機會選擇，說不定他會選擇回地球。而妳絕對沒辦法去地球，絕對沒辦法。妳永遠是月球人。」

「月球奴隸。」她語帶嘲諷。

「妳哪是什麼奴隸。」納維爾說。「不過妳可能還要再等一陣子，因為那件事我還要再確認一次。」

她似乎沒有反應。

他說：「談到太陽可能會爆炸，我倒是有點好奇，如果宇宙的恆定狀態可能會劇烈改變，導致巨大的危險，那麼，科技遠比我們先進的平行人為什麼不讓換能空間停止運作？」

說完他就走了。

她看著那扇關上的門，氣得下巴肌肉緊繃。接著她說：「因為兩邊的狀態不一樣啊，你這個混蛋！」但她根本就是在自言自語，因為他早就走了。

她踢了一下控制桿，把床放下來，然後撲到床上翻來滾去。巴倫和其他夥伴有一個真正的目標，他們已經為這個目標奮鬥了很多年，而現在，她離這個目標更近了嗎？

已經近在眼前了。

能量！大家都在尋找能量！那是一個神奇的字眼，就像神話一樣。那是全月球幸福的關鍵……然而，光有能量還不夠。

一旦找到能量，就會找到另一種東西。要是能夠找出取得能量的關鍵，那就等於找出了取得另一種東西的關鍵。她心裡明白，在她腦中靈光一閃的那一刻，她就會想通那個微妙的道理，而一旦想通了那個道理，她也就找到了那個關鍵。這時她不由得暗暗咒罵自己，老天，她怎麼也傳染到巴倫那種多疑，就連思考的時候都會潛意識的把那東西說成『另一種東西』。

沒有地球人會想通那個微妙的道理，因為地球人沒必要想。

班傑明丹尼森會想通那個道理，不過，他並不是為自己想通了那個道理，而是為她。

然而——如果宇宙快要毀滅了，想通了又有什麼用？

第十二章

丹尼森拚命壓抑自己的羞怯感。他一次又一次不自覺的伸手去抓褲子，想把褲子往上拉。此刻他只穿著涼鞋和一條小得不能再小的短褲。那條褲子穿在身上好緊，很不舒服。當然，他身上還裹著一條毯子。

瑟琳妮身上穿的和他一樣少。她在旁邊大笑。「好了啦，班傑明，光著身子有什麼大不了，你只不過是肌肉有點鬆弛。這裡大家都是這麼穿。如果你覺得褲子太緊，乾脆脫掉好了。」

「不行！」丹尼森嘴裡嘀咕著。他把毯子往上拉，想遮住肚子，但她卻一把扯掉那條毯子。她說：「別再裹這玩意兒了。要是你老是像在地球上那麼拘謹，你怎麼有辦法當個像樣的月球人呢？你應該知道，故做正經的人骨子裡都是好色荒淫。在英文字典裡，這兩個字根本就在同一頁上。」

「瑟琳妮，妳要讓我慢慢習慣啊。」

「那你可以偶爾看著我啊，而且不要撇開視線。你可以先從這點做起。我注意到你看別的女人好像沒那麼困難。」

「可是如果我看著妳——」

「你就會太興奮，然後就會很尷尬。不過，只要看得夠久，你就會漸漸習慣，不會再覺得我的身體有什麼特別。好，現在我就站在這裡讓你仔細看。我會脫掉短褲。」

丹尼森呻吟起來。「瑟琳妮，這裡旁邊都是人，妳這樣不是要害我出醜嗎？拜託妳繼續走吧，讓我自己慢慢習慣。」

「好吧。不過你應該有注意到路過的人並沒有在看我們。」

「他們不會看妳。他們會看我。說不定他們一輩子沒見過這麼老、身體這麼難看的人。」

「大概吧。」瑟琳妮口氣有點逗趣。「不過他們也會慢慢習慣的。」

丹尼森走得很辛苦，因為他滿腦子想的都是自己胸口上的灰毛，還有一抖一抖的大肚子。後來，通道漸漸變得空曠，經過的人越來越少，他才開始覺得鬆了一口氣。

現在他開始感到好奇了，轉頭看看四周，不會再像先前那樣特別意識到瑟琳妮高聳的胸部和光滑柔美的大腿。這條通道好長，彷彿沒有盡頭。

「我們已經走多遠了？」

「你累了嗎？」瑟琳妮似乎有點懊悔。「也許當初我們應該騎機車來，我忘了你是從地球來的。」

「忘了最好。移民不就是希望你們忘了他們是地球來的嗎?我根本不累，一點累的感覺都沒有。不過，我倒是覺得有點冷。」

「那純粹是你想像出來的，班傑明。」瑟琳妮口氣很肯定。「你只是覺得自己應該會冷，因為你幾乎是光著身子。別去想了。」

「說得倒輕鬆。」他嘆了口氣。「我走路的樣子還行嗎?」

「非常好。接下來我要教你袋鼠跳了。」

「是啊，妳還指望我參加斜坡滑行比賽咧。別忘了，我年紀已經有點大了。對了，我們究竟走多遠了?」

「大概有三公里了吧。」

「老天，你們這裡的通道加起來到底有多長啊?」

「我恐怕不知道。住宿區的通道只占總量的很小一部分。這裡還有採礦坑道、地質探測坑道、工業坑道、真菌……我相信總共有好幾百公里的坑道。」

「你們有地圖嗎?」

「當然有。我們工作的時候可沒辦法瞎摸。」

「我是問妳自己有沒有地圖。」

「呃，沒有。我沒帶來。不過在這一帶活動，我用不著地圖。這一帶我很熟。我小時候就常常在這裡遊蕩。這些是舊通道。我們平均每年會挖出三、四公里的新通道，大部分在北邊。要是沒地圖，到那邊我恐怕會迷路，甚至，就算有地圖也不見得找得到路。所以我無法確定那裡的通道總共有多長。」

「我們要去哪裡？」

「我不是答應要帶你去看很不尋常的東西——噢，不准說，我知道你要說什麼。我說的不是我。好了，你很快就會看到了。那是月球最不尋常的礦坑，絕對禁止遊客參觀。」

「那該不會是鑽石礦吧？」

「比鑽石更棒。」

這裡通道的牆面沒有完工，全是裸露的灰色岩石。雖然牆上有一盞盞的螢光燈，但牆面看起來還是有點昏暗。溫度的設定恰到好處，而且保持恆溫，感覺很舒服。換氣系統設定的強度也剛剛好，幾乎感覺不到風。站在這裡，很難想像頭頂上一、兩百公尺高的地方就是月球表面，那裡不是熾熱就是酷寒。太陽起落的週期是兩個星期。太陽從地平線升起後，用兩個星期的時間劃過天空，最後隱沒在另一邊的地平線，再過兩個星期後又重新升起。兩個星期的熾熱，兩個星期的酷寒。

「通道應該是絕對氣密的吧？」丹尼森問。他忽然有點不自在，因為他想到頭頂上不遠的地方就是浩瀚無際的真空。

「噢，那當然。通道的牆面是絕對不透氣的，而且還安裝了警報系統。如果通道有任何一段氣壓減少了十分之一，警鈴起就會立刻響起來，那聲音會刺耳到讓你受不了，而且牆上會有一閃一閃的箭頭和亮得刺眼的標誌，指引你到安全的地方。」

「這種狀況多久會發生一次？」

「很少發生。印象中，至少已經有五年沒有人因為空氣外洩死亡。」接著她似乎突然想替自己辯護一下。「你們地球上也是有天然災害啊，隨便一次地震或是海嘯都會有成千上萬的人死掉不是嗎？」

「這沒什麼好爭的，瑟琳妮。」他抬起手。「我投降。」

「好吧。」瑟琳妮說。「我不應該那麼劍拔弩張……咦，你聽到了嗎？」

她停下腳步，豎起耳朵仔細聽。

丹尼森也豎起耳朵聽，然後搖搖頭。接著他忽然轉頭看看四周。「這裡好安靜，其他人都到哪裡去了？我們該不會是迷路了吧？」

「這裡不是天然洞穴，不會有什麼沒人知道的坑道。你們地球上應該有這種東西吧？我看過圖片。」

「確實有，絕大多數是石灰岩洞，是水沖刷成的。不過，月球上當然不會有這種東西，對吧？」

「所以囉，我們絕對不會迷路。」瑟琳妮露出笑容。「至於這裡除了我們看不到半個人，主要是因為迷信。」

「迷信？迷信什麼？」丹尼森很驚訝，露出不敢置信的表情，臉上浮出皺紋。

「別露出那種表情好不好？」她說。「你滿臉都是皺紋了。對，就是這樣，讓表情舒坦一點。知道嗎，你現在的樣子看起來比剛來的時候好多了，因為這裡重力低，而且你又有運動。」

「而且還得拚命追上一位沒穿衣服的年輕小姐的腳步，而這位小姐似乎太閒了，除了帶著我到處晃蕩之外，好像找不到別的事情做。」

「別這樣好不好？你這樣又好像把我說成了導遊，更何況，我也不是一絲不掛。」

「提到這個，就算赤身露體也比不上直覺感知超能力更令我驚奇……不扯了。對了，他們到底在迷信什麼？」

「應該也不能算是什麼迷信啦。不過城區裡的人絕大多數都會儘量不來這一帶。」

「為什麼？」

「因為他們不想看到你等一下會看到的東西。」他們又開始往前走。「現在聽到了嗎？」

她又停下腳步，丹尼森豎起耳朵仔細聽。他說：「妳是說那個滴滴答答像是水龍頭沒關好的聲音嗎？」

她搶先往前慢慢跳了幾步，那速度看起來像慢動作。那是月球人平常走路的樣子。他跟在後面，試著模仿她的腳步。

「這裡——在這裡——」

瑟琳妮迫不及待伸手指著一個方向，丹尼森順著那方向看過去。「老天。」他說：「那是從哪裡來的？」

那顯然是水在往下滴，滴得很慢，滴在牆面伸出來的一條陶瓷水槽裡，然後流進牆裡。

「那是從岩石裡滲出來的。知道嗎，我們月球上也是有水的。絕大多數的水都是我們從石膏礦烘烤出來的，夠我們用了。我們用水是很省的。」

「我知道我知道。自從來到月球之後，我還沒有好好洗過一次澡。真不知道你們怎麼有辦法讓身體保持乾淨。」

「我不是教過你了嗎?首先，把身體淋濕，然後馬上關掉水龍頭，在身上抹一點沐浴乳，然後搓一搓——噢，班傑明，我懶得再重說一次了。更何況，在月球上你是很難把自己搞髒的……

好了好了，我們現在要談的不是這個。我要說的是，我們在一兩個地方發現了真正的水源，那通常是地表附近山脈陰影下的冰層。每次發現一處水源之後，通常沒多久就會消耗殆盡。而這個水源是八年前我們挖通道的時候發現的，水一直滴到現在都還沒停。八年了。」

「可是，這跟迷信有什麼關係？」

「噢，很明顯的，水是我們在月球上賴以生存的資源。水要用來喝，用來洗，用來栽種植物，用來製造空氣。生活中的一切都要靠它。對於這種天然水源，大家都會不由自主的懷著崇敬的心。自從發現這處水源之後，所有朝這個方向的通道延長計畫立刻都廢棄了，等這裡的水滴完。你看這條通道的牆面都還沒完工呢。」

「這聽起來就有點像迷信了。」

「呃——這也許算是一種敬畏吧。像這樣的水滴從來沒有持續超過幾個月，所以我們並不認為這裡的水會滴很久，然而，當這裡的水滴滿一年之後，我們開始覺得這個水源好像永遠不會枯竭。事實上，我們還幫這個水源取了一個名字，叫『永恆之水』。你甚至可以在地圖上找到這個地方的標誌。自然而然的，大家開始覺得這裡很崇高，而且覺得如果這裡的水滴停了，那就代表壞事要發生了。」

丹尼森大笑起來。

瑟琳妮口氣溫和的說：「沒有人真的相信，不過大家都是半信半疑。你知道嗎，這裡的水並不是真的永恆，總有一天會滴完的。事實上，現在水滴的水量只有剛發現時的三分之一，所以顯然是慢慢在枯竭了。我猜，大家應該是覺得，如果他們來這裡的時候，水正好滴完，那他們可能會沾染到霉運。最起碼，這可以算是一種合理解釋，為什麼大家都不來這裡。」

「我想，妳應該是不相信的吧。」

「我相不相信不是重點。重點是，我很確定就算有個自認倒楣的傢伙正好就在這裡，水滴也不會在那一刻突然就停。水滴的速度就只是會越來越慢，沒人有辦法確定水滴是哪一刻停的。所以，有什麼好擔心的？」

「這我同意。」

「不過……」她不露痕跡的轉移話題。「我擔心別的事，而且我想趁四下無人的時候跟你討論這件事。」她攤開那條毯子鋪在地上，坐下來盤著腿。

「妳帶我來這裡，就是為了談這件事嗎？」他也坐下來，手肘撐在地上，面對著她。

她說：「你看，現在你已經能夠輕鬆自在的看著我了。你已經漸漸習慣看到我……說真的，我相信地球上一定也有一段時期大家對裸體視若無睹。」

「某些時代某些地方確實是這樣。」丹尼森說。「不過，自從大危機過後就沒有了。我這輩子——」

「呃，在月球上，不管做什麼，你都學月球人那樣就對了。」

「妳到底要不要告訴我妳帶我來這裡究竟想談什麼？妳再不說，我就要懷疑妳是想誘惑我了。」

「要是真想誘惑你，在家裡舒服多了。你少來了。這裡不太一樣。本來到外面的地表上是最理想的，不過，出去之前的準備工作會引起太多人注意。到這裡來就不會。整個城區裡，只有這個地方是最安全的，絕對不會被打擾。」說到這裡她有點猶豫。

「然後呢？」他問。

「巴倫很生氣。非常生氣。」

「我想也是。我警告過妳，如果妳告訴他我已經知道妳有直覺感知超能力，他一定會生氣。妳為什麼覺得非告訴他不可？」

「因為他是我的——我的伴侶，不管什麼事情，我都很難瞞得了他。只不過，說不定他已經不覺得我是他的伴侶了。」

「很遺憾。」

「噢，反正我們的關係也已經越來越糟糕了。我們已經在一起太久，也夠了。我更煩惱的

——非常非常煩惱的是，你在月球表面進行觀察之後，用介子儀做實驗，算出了一個數據，可是他根本不接受你的說法。」

「我早告訴過妳他會這樣。」

「他說他看過你的測試結果了。」

「他只是瞄了一眼，哼了一聲。」

「他真是讓我失望透頂。是不是大家都只相信自己想相信的東西？」

「他們會一直相信。有時候更嚴重，就算真相擺在眼前，他們還是執迷不悟。」

「那你呢？」

「妳的意思是，我是不是也像一般人一樣？那當然。我就不相信我是真的老了。我相信自己還是很有魅力的。我相信妳來找我是因為妳覺得我很迷人——就算妳堅持要跟我談物理，我還是深信不疑。」

「別亂扯了！我是跟你說正經的。」

「好吧，我猜納維爾應該是告訴妳，我收集到的資料還在誤差範圍內，所以不足以採信，不過，他這樣說也不能算錯——我寧願相信這些數據代表的結果符合我一開始所預期的結果。」

「你相信，就只是因為你渴望相信？」

「應該說，我非相信不可。這麼說吧，假如換能空間並不會造成危險，而我卻堅持認定它會造成危險，在這種情況下，我會變成別人眼中的白癡，而我這個科學家就會身敗名裂。不過，在那些位高權重的人眼裡，我已經是一個白癡，而在科學方面我早就沒有聲望可言了。」

「那到底怎麼回事，班傑明，這件事你已經隱約提到過很多次，可以說清楚一點嗎？」

「其實事情並沒有妳想像的那麼複雜。當年我才二十五歲，年輕氣盛，碰到蠢蛋的時候，我會純粹只是因為他是個蠢蛋就無緣無故去羞辱他，而且還自得其樂。說起來，笨不是一種罪過，而我這樣無端羞辱人家，才是真正愚不可及。我這樣羞辱他，反而激得他爬上顛峰。要不是因為我的愚蠢，他根本不可能爬到那樣的地位——」

「你說的是哈勒姆嗎？」

「不是他還有誰。他從此平步青雲，而我卻跌到谷底。最後的下場就是——到月球來。」

「月球有那麼糟糕嗎？」

「那倒不會。現在我反而覺得這裡很不錯。所以這麼說吧，從長遠的角度來看，他反倒是幫了我一個大忙……好了，我們言歸正傳吧。剛剛我說過，如果我相信換能空間會造成危險，而事實證明我搞錯了，那對我也不會有什麼影響，因為我本來就已經身敗名裂。反過來說，如果我相信換能空間不會造成危險，可是事實證明我搞錯了，這樣一來，我會變成毀滅世界的幫凶。說起來，我的人生已經過了大半輩子，而且我相信我有資格認定人類並不值得我愛。然而，傷害過我的畢竟只是少數人，如果我為了報復而去傷害全人類，那未免太過頭了。

「另外，瑟琳妮，如果妳要我說一個比較沒那麼高貴的理由，那就是我女兒吧。就在我正要出發前往月球之前，她剛向當局申請要再生一個孩子。她可能會得到批准，這樣一來，我就要變成外祖父了。不管怎麼樣，我還是希望我的孫子孫女能夠有一個正常的人生。所以，我寧願相信換能空間會造成危險，然後依據這個想法採取行動。」

瑟琳妮忽然激動起來。「這就是我想知道的。換能空間到底會不會造成危險？我的意思是，我想知道的是真相，不是你一廂情願的想法。」

「這應該要問妳吧。有直覺感知超能力的人是妳。那麼，妳的直覺是怎麼告訴妳的？」

「可是，班傑明，我煩惱的就是這個。因為我也沒辦法完全確定那到底會不會造成危險。我感知到的比較偏向於換能空間會造成危險，不過，那也許是因為我寧願相信是這樣。」

「好，也許妳是這樣。不過，為什麼妳寧願相信是這樣？」

瑟琳妮苦笑了一下，聳聳肩。「因為要是能證明巴倫是錯的，那會很好玩。他這個人姿態很高，一旦認定了就容不得別人批評。」

「這個我懂。當他被迫低頭的時候，妳會很想看看他是什麼表情。我非常能夠體會這種渴望有多強烈。舉例來說，如果換能空間真的會造成危險，而我能夠證明，那麼，不難想像，我會成為全人類的救世主，不過我對天發誓，我更迫切想看到的是哈勒姆的表情。不過老實說，這種心態實在有點要不得，所以我真正會做的，就是堅持和拉蒙一起分享這份榮耀，畢竟這是他應得的。另外，當拉蒙看到哈勒姆表情的時候，他自己的表情一定也很有意思，那麼，當我看拉蒙表情的時候，我會儘量克制自己不要太得意。到時候，哈勒姆那種耀武揚威的表情——呃，我怎麼也開始胡言亂語了……對了，瑟琳妮……」

「怎麼樣，班傑明？」

「妳是什麼時候發現自己有直覺感知超能力的？」

「我也不太清楚。」

「妳上大學的時候應該學過物理吧？」

「噢，學過，也學過一點數學，不過我數學一直都不太好。現在回想起來，我的物理好像也沒有學得特別好。考試的時候，實在看不懂問題，我就直接猜答案。你也知道，要想找出正確的答案，我就必須用猜的。而我幾乎總是猜對，然後老師就找我去解釋這個答案是怎麼想出來的，但我根本不知道要怎麼解釋。他們懷疑我作弊，不過永遠沒辦法證明。」

「難道他們沒有懷疑妳可能有直覺感知超能力？」

「應該沒有，不過當時連我自己都沒有想過。一直到後來——呃，我的第一個性伴侶是一個物理學家，事實上，他也是我孩子的爸爸，因為精子應該是他的。他碰到一個物理學的難題，說給我聽。當時我們親熱過後躺在床上，只是隨便找點話聊。我說：『你知道我對這個難題有什麼感覺嗎？』，然後我就把我的感覺說給他聽。他說，他問我那個難題，其實只是為了好玩，沒想到我真的想通了。事實上，那就是發明介子儀的第一步。你說過，介子儀比質子同步加速器還要好。」

「妳是說，介子儀是妳想出來的？」丹尼森把手指放在水滴下面，然後抬起來準備伸進嘴裡，可是卻猶豫了一下。「這水沒問題吧？」

「很乾淨，絕對沒有細菌。」瑟琳妮說。「這些水會流到總儲水庫進一步處理。不過，這水裡含有硫酸鹽、碳酸鹽，還有其他一些物質，你可能不會喜歡那個味道。」

丹尼森放下手指，在短褲上擦了幾下。「介子儀是妳發明的？」

「不能算是我發明的。我只是有初步構想，而那需要進一步研究發展，很費工夫。這主要是巴倫的貢獻。」

丹尼森搖搖頭。「知道嗎，瑟琳妮，妳真是是一個曠世奇才。妳實在應該讓分子生物學家好好研究一下妳的頭腦。」

「這樣好嗎？聽起來很可怕。」

「大概半個世紀前，研究基因工程的風潮達到了巔峰——」

「我知道。不過後來研究徹底失敗，而且被當局立法禁止。目前基因工程是非法的，任何相關的研究都是非法的，不過我知道私底下還是有人在研究。」

「我敢打賭，他們研究的應該就是直覺感知超能力吧？」

「應該不是。」

「噢，不過我想強調的就是這個。在基因工程最盛行的時候，有人嘗試去開發人類的直覺感知能力。幾乎所有偉大的科學家都具有很強的直覺感知能力，而理所當然的，接下來開始有人懷疑這種能力就是創造力的唯一泉源。有人會說，這種非凡的直覺感知能力一定是某種特定基因組合的產物，接著，各式各樣的揣測就紛紛出籠了，爭辯究竟哪一種基因組合才能激發這種能力。」

「我覺得很多種基因組合都有可能激發出這種能力。」

「如果這是妳直覺想到的，那應該就對了。不過，還是有人堅持認定，那樣的基因組合裡，只有一個特定的基因，或是一小群相關的基因，才是真正重要的，而那個特定基因或一小群基因可稱之為『直覺基因』……於是，整個基因工程研究就這樣垮掉了。」

「我知道。」

「不過在垮掉之前。」丹尼森又繼續說。「有些人嘗試改造基因，強化直覺認知能力，而且有些人宣稱他們成功了。我可以確定那些改造的基因已經進入基因庫，而如果妳正好遺傳了——對了，我想問一下，妳的祖父或祖母是不是有參與過當年的計畫？」

「據我所知是沒有。」瑟琳妮說。「不過我也不能完全排除這種可能。我只能說，說不定他們當中有一個曾經參與過……不過，如果你不介意的話，我實在不想再探究這件事了。我不想知道。」

「也許他們沒有參與過，因為一般大眾對這個領域感到畏懼，越來越排斥，要是有誰被認為是基因改造的產物，那大家恐怕不會給他好臉色看……舉例來說，大家都說，直覺感知超能力必然具有某些令人討厭的特質。」

「噢，謝謝你。」

「那是別人說的，不是我說的。擁有直覺感知超能力必然會引起別人的嫉妒和仇視。舉例來說，麥克法拉第也擁有很強的直覺感知能力，而且性情溫和，很有涵養，但就連他那樣的人都會遭到亨弗利戴維的嫉妒怨恨。誰說一個人性格沒有缺陷就一定不會遭到別人嫉妒？至於妳——」

瑟琳妮說：「我應該沒有激起你的嫉恨吧。」

「我應該不會。不過納維爾呢？」

瑟琳妮沒說話。

丹尼森說：「妳還沒跟納維爾在一起的時候，應該就已經很有名了吧？大家應該都知道妳擁有直覺感知超能力吧？」

「應該說不是所有的人都知道。不過我確定有些物理學家懷疑我有這種能力。只不過，他們也像地球上的科學家一樣，不肯輕易放棄自己的名聲地位，所以我覺得他們會逼自己相信，無論我說什麼都只是無謂的揣測。不過，巴倫心裡就很清楚。」

「我懂了。」丹尼森說到這裡就停了。

瑟琳妮嘴唇有點抖。「我覺得你好像是想說：『他就是為了這個才會和妳在一起。』。」

「噢，瑟琳妮，我絕對沒這個意思。妳本身就非常迷人了，男人接近妳還需要什麼別的原因嗎？」

「這種自信我倒還有，只不過，既然我具有直覺感知超能力，那巴倫勢必會感興趣。他怎麼可能不感興趣？差別在於，他堅持要我繼續扮演導遊的角色。他說我是月球的重要資源，他不希望看到我像同步加速器一樣被地球當局壟斷。」

「妳這想法很有意思。不過我是想，說不定他是覺得，越少有人知道妳有直覺感知超能力，也就越少有人會懷疑他獨攬功勞的成就也有妳的份。」

「你說這種話就很像巴倫了！」

「是嗎?那我問妳，每當妳的直覺感知很準確的時候，他是不是就會對妳大發脾氣？」

瑟琳妮聳聳肩。「巴倫本來就很多疑，人難免都會有缺陷。」

「這麼說來，妳這樣跟我單獨相處好嗎？」

瑟琳妮口氣不太好了。「就為了我幫他說了幾句好話，你就不高興了嗎?告訴你，他不會懷疑我們兩個可能會背著他幹出什麼見不得人的勾當，因為你是從地球來的。事實上，我甚至可以告訴你，他鼓勵我們兩個在一起。他認為我可以從你這裡知道很多東西。」

「那妳知道了嗎？」丹尼森冷冷的問。

「我確實知道了……不過，雖然他是出於這樣的動機才鼓勵我跟你在一起，但我並不是。」

「哦，那妳是出於什麼動機？」

「其實你自己很清楚啊。」瑟琳妮說。「你只是想聽到這句話從我嘴裡說出來。我跟你在一起，純粹就是因為我喜歡跟你在一起。要是我真有別的動機，我根本不需要花那麼多時間就能夠輕易感知到我想知道的事。」

「好吧好吧，瑟琳妮，我們是朋友，對吧？」

「我們當然是朋友！」

「那麼，能不能告訴我，你究竟從我這裡知道了什麼？」

「那得要花點時間說明。我們沒辦法在任何地方都建造出換能空間，是因為我們偵測不到平行宇宙，但他們卻可以偵測到我們的宇宙。這個你很清楚。那可能是因為他們比我們更聰明，也或許是因為他們科技比我們更先進。」

「他們科技先進並不一定代表他們比我們聰明。」丹尼森嘀咕著。

「我知道，所以我說『也或許』。不過，你有沒有想過，我們偵測不到他們，不見得是因為我們比他們笨，或是科技比他們落後。說不定原因只是一個很簡單的事實：他們很難被偵測到。如果平行宇宙的強核力比較強，那他們的太陽一定比較小，而且很可能行星也比較小。所以，他們的世界會比我們的世界更難被偵測到。」

「除此之外。」她繼續說。「他們偵測的時候鎖定的目標，很可能是我們的磁場，因為行星的磁場比行星本身的體積大，更容易被偵測到，而那也意味著他們偵測得到地球，可是卻偵測不到月球，因為月球幾乎沒有磁場可言。或許那就是為什麼我們沒辦法在月球上建造換能空間。那麼，如果他們的小星星磁場不夠強，那我們當然偵測不到他們。」

丹尼森說：「這想法很有意思。」

「接下來你想想看，兩個宇宙間交換物質的時候，他們宇宙的強核力會變弱，導致他們的太陽冷卻，而我們宇宙的強核力會變強，導致我們的太陽變熱，最後爆炸。那麼，這意味著什麼呢？也許他們能夠不靠我們的幫助單方面吸取我們這邊的能量，只不過那效率會低到近乎是零，而在一般情況下，那根本不切實際。所以，他們需要我們的幫助，需要我們供應鎢 186，同時拿走他們的鈽 186，透過這樣的方式將高強度的能量傳送給他們。然而，如果我們這條銀河臂爆炸成一團類星體，那太陽系這一帶就會產生比目前更巨大的能量，而且會持續超過一百萬年。

「一旦銀河臂爆炸變成類星體，那麼，就算效率再怎麼低，他們也有辦法取得充足的能量。因此，他們根本不會在乎我們會不會被毀滅。甚至可以這麼說，如果我們爆炸了，他們反而會更安全，因為在我們還沒爆炸之前，我們隨時都可能基於各種理由停止換能空間運作，而這樣一來他們就沒辦法再啟動換能空間。一旦我們爆炸了，他們就自由了，再也沒有人能夠妨礙他們……而這也說明了，那些老愛說『如果換能空間真的這麼危險，那些聰明絕頂的平行人為什麼不讓它停止運作？』的人根本就是搞不清楚狀況。」

「這些都是納維爾告訴妳的？」

「對，就是他。」

「可是，平行宇宙的太陽不是會繼續冷卻嗎？」

「他們會在乎嗎？」瑟琳妮有點不耐煩的說。「有了換能空間，他們還需要再依賴太陽嗎？」

丹尼森深深吸了一口氣。「瑟琳妮，妳大概不知道，地球那邊有傳言說，拉蒙收到平行人傳送的訊息，訊息上說，他們知道換能空間有危險，可是卻沒辦法讓它停止運作。當然，不會有人把它當一回事，但問題是，萬一真的是這樣呢？如果拉蒙真的收到這樣的訊息，那是不是代表平行宇宙裡有些人還是很有人道精神，不忍心毀滅和他們一起合作的智慧生物，但大多數人還是很現實，不認同他們的想法，而且還制止他們採取行動？」

瑟琳妮點點頭說：「確實有可能……其實，早在你來月球之前，這些我都已經知道了，或者說，感知到了。不過，上次你不是說，不光是2這個數字是荒謬的，根本不存在，無窮盡的數字也都是荒謬的，根本不存在，還記得吧？」

「當然記得。」

「好，我們宇宙和平行宇宙之間最明顯的差異，就是強核力的強度不同。目前我們研究出來的，就只有這個。然而，物質間的基本交互作用力並不是只有強核力一種。事實上，總共有四種，除了強核力之外，還有電磁力、弱核力和重力，而它們的強度比率是$130:1:10^{-10}:10^{-42}$。不過，既然有四種，那也很可能會有無數種，只不過其他的交互作用力太弱，弱到無法偵測，或是弱到無法對我們宇宙造成任何影響。」

丹尼森說：「如果交互作用力弱到無法偵測，或是弱到無法造成任何影響，那麼，根據科學的定義，那些是不存在的。」

「你只能說我們宇宙裡不存在那些交互作用力。」瑟琳妮突然說。「誰知道平行宇宙裡什麼作用力存在，什麼作用力不存在？如果交互作用力有無數種，而作用力強弱的變化也是無窮盡的，那麼，那是不是代表宇宙也可能有無數個？」

「那可能是無限的連續體。是 α-1，而不是 α-0。」

瑟琳妮皺起眉頭。「什麼意思？」

「沒什麼。妳繼續說。」

「目前這個平行宇宙已經影響到我們的宇宙，而且可能根本不符合我們的需要，既然如此，我們何必再跟他們打交道？我們為什麼不自己去找一個適合的宇宙？在那無數個宇宙裡，一定有一些是我們比較容易偵測到的，最適合我們的。我們可以事先設想哪一種宇宙最適合我們，然後根據這個設想去尋找。無論我們怎麼設想，那種宇宙一定存在。」

丹尼森露出笑容。「瑟琳妮，其實妳說的這些我都想過。我們想的完全一樣。沒有人有資格說我的想法徹底錯誤，更何況，像妳這麼聰明的人都自己想出了完全相同的結論，那麼，我這麼聰明的人想出來的結論當然不可能會錯……妳知道嗎？」

「知道什麼？」

「我已經開始喜歡妳們月球上那些要命的食物了，或者說，已經漸漸習慣了。我們回家吃點東西吧，然後開始進行我們的計劃……而且，妳知道我們還可以做什麼嗎？」

「什麼？」

「既然我們要一起合作，那麼，我們是不是應該先吻一下——我是一個做實驗的人，而妳是一個直覺感知超能力者，也許吻一下可以讓我們更有默契。」

瑟琳妮想了一下，然後說：「那樣吻多沒意思。我們可以像男人和女人那樣吻啊。」

「我應該辦得到，不過，不知道我的動作會不會太笨拙。你們月球人是怎麼吻的呢？」

「就憑本能啊。」瑟琳妮漫不經心的說。

丹尼森小心翼翼，兩手反扣在背後，身體往前湊近瑟琳妮。然後，過了一會兒，他用手臂攬住了她。

第十三章

「後來我真的回吻他了。」瑟琳妮若有所思的說。

「哦，是嗎？」巴倫納維爾口氣很酸。「執行任務有需要這麼賣命嗎？」

「我不知道，不過感覺還不錯。事實上……」她露出笑容。「他的表現還挺令人窩心的，一開始他兩手反扣在背後，不敢抱我，好像怕不小心抱得太緊會把我弄傷。」

「說那麼詳細幹嘛？」

「怎麼，你有什麼好在乎的？」她突然發火了。「你不是喜歡柏拉圖式的關係嗎？」

「怎麼，現在妳想要的是非柏拉圖式的關係嗎？」

「我什麼都得聽你的命令嗎？」

「妳最好乖乖服從命令。妳什麼時候才能問到我們需要的訊息？」

「我會儘量快一點。」她冷冷的回答。

「妳該不會讓他發現我們真正的目的吧？」

「他只對能量有興趣。」她說。

「而且還對拯救世界有興趣。」納維爾冷嘲熱諷。「對當英雄有興趣，對向全世界炫耀有興趣，對和妳接吻有興趣。」

「這些他都承認，那你呢，你又承認了什麼？」

「我承認我沒什麼耐性了。」納維爾忿忿的說。「非常沒耐性了。」

第十四章

「真高興白天的時間過去了。」丹尼森慢條斯理的說。他抬起右手臂仔細打量。他的手臂裹在厚厚的太空裝裡。「月球的太陽是我永遠沒辦法習慣的，也不想去習慣。比起曬太陽，穿這身太空裝還算是舒服的。」

「曬太陽有什麼不好嗎？」瑟琳妮問。

「瑟琳妮，妳該不會是喜歡曬太陽吧？」

「當然不喜歡。我討厭曬太陽。不過，我實在搞不懂，你是地——你應該很習慣曬太陽才對啊。」

「在地球上曬太陽和在月球上根本是兩回事。月球上的太陽是從黑漆漆的太空直接照射過來的，非常刺眼，而在這麼強的陽光下，天上的星光不只是變黯淡，而是根本就看不見了。月球上的陽光很熱，曬得人很不舒服，而且很危險。太陽簡直就像敵人，只要看到它在天上，我就忍不住會覺得，不管我們再怎麼努力也沒辦法讓宇宙的強核力減弱。」

「你也太迷信了，班傑明。」瑟琳妮有點不高興了。「這跟太陽哪有什麼關係。更何況，我們現在是在隕石坑的陰影裡，就像晚上一樣暗，滿天只看得到星光。」

「是嗎？」丹尼森說。「瑟琳妮，無論什麼時間，只要往北邊看就可以看到一道長長的陽光覆蓋在地平線上。我很討厭往北邊看，可是眼睛卻又不由自主的會瞄向那邊，而每次看向那邊，我都感覺得到紫外線刺進我的眼睛。」

「你想太多了吧。首先，反射光哪來的紫外線，更何況，你身上的太空裝是可以抗輻射的。」

「只可惜擋不住熱。擋不了太多。」

「現在是晚上啊。」

「沒錯。」丹尼森終於露出滿意的口氣。「我就是喜歡晚上。」他轉頭看看四周，似乎還是對眼前的景象感到驚嘆。地球當然還是在老地方，有如一彎下弦月懸在西南方的天空，而獵戶星座就在它上面，就彷彿一個獵人正從又亮又彎的地球椅子上站起來。地球的微光也照亮了另一邊的地平線。

「真漂亮。」他說。接著他又說：「對了，瑟琳妮，介子儀上有顯示什麼新的數值嗎？」

瑟琳妮正默默看著天空，一聽到丹尼森這樣問，她立刻走向那一大片有如迷宮般儀器。他們在隕石坑的陰影裡花了三晝夜的時間才把那些儀器架設好。

「還沒看到。」她說。「這是好現象。目前強核力強度的數值一直維持在 50 多一點。」

「還不夠低。」丹尼森說。

瑟琳妮說：「還會再往下降的。目前所有的參數設定都符合標準。」

「電磁力參數設定也符合標準嗎？」

「我不確定電磁力參數是不是符合標準。」

「要是電磁力太強，強核力強度就會變得不穩定。」

「應該不會。我知道那不會變得不穩定。」

「瑟琳妮，我很信任妳的直覺，問題是，事實擺在眼前，電磁力一增強，強核力強度確實變得不穩定。我們試過啦。」

「我知道。不過當時的裝置和現在不太一樣。現在的數據一直穩定維持在52，已經很長一段時間了。如果我們把維持這種強度的時間從幾分鐘延長到幾個小時，那電磁力一定會增強十倍，而且持續的時間不會再只有幾秒鐘，而是好幾分鐘……我們試試看好不好？」

「還不行。」丹尼森說。

瑟琳妮遲疑了一下，往後退開，然後轉頭看著他說：「班傑明，你現在還是不會想念地球，對不對？」

「不會。這確實有點怪，但我就是不會。我本來以為我會想念蔚藍的天空，翠綠的大地，奔流的河水，還有其他各種陳腔濫調的形容詞所描述的場景，然而，我就是不會想念那些，甚至連做夢都沒夢到過。」

瑟琳妮說：「有時候確實會這樣。最起碼，有些移佬說他們不會想念家鄉，不過那當然只是少數人，而且也從來沒人知道這少數幾個人是不是有什麼共同點。有人猜這些人天生冷漠無情，麻木不仁。也有人猜這些人感情太強烈，不敢承認自己想念故鄉，因為怕自己會崩潰。」

「就我來說，狀況非常簡單，我在地球上的日子很不好過，已經苦了二十幾年，而在這裡，最起碼我為自己找到了事情做，而且還有妳幫忙……而更重要是，瑟琳妮，有妳陪伴我。」

「你真是個好人。」瑟琳妮表情很誠摯。「把陪伴和幫忙說得一樣重要。其實你似乎不怎麼需要人幫忙。你假裝需要人幫忙，其實目的只是要我來陪你，對不對？」

丹尼森輕笑了幾聲。「我不確定妳比較喜歡聽哪一種回答。」

「說實話就好。」

「實話是，我很珍惜妳的陪伴，也很需要妳幫忙，所以不知道該怎麼回答。」說著他轉頭看著介子儀。「強核力強度的數值還是一樣。」

地球的光把瑟琳妮頭盔的面罩照得閃閃發亮。她說：「巴倫說，不會想念故鄉是很正常的，代表心理健康。他說，人類的身體已經習慣了地球表面的環境，所以到了月球就必須調整，不過，人類的腦子卻不是這樣，從來沒習慣過地球，到了月球也不需要調整。人類的腦子和其他動物的腦子截然不同，堪稱是動物史上前所未有的現象。人類的腦子從來沒有被地球表面的環境限制，所以很容易就可以適應不同的環境，完全不需要調整。他說，人類的腦子可能最適合住在月球的洞穴裡，因為洞穴就像一個放大的頭骨。」

「妳真的相信這種話？」丹尼森覺得很好笑。

「無論什麼事，從巴倫嘴裡說出來都會變得很有道理，讓人不得不信。」

「我有一套說法妳要不要聽聽看，聽起來也很有道理喔。如果有人說住在月球的洞穴裡很舒服，我認為那是因為洞穴滿足了他回到子宮的夢想。事實上……」他想了一下又繼續說。「月球的洞穴裡，溫度和氣壓都控制得恰到好處，食物很有營養又容易消化，光看這兩點，我就可以大膽宣稱，月球殖民地——噢，不好意思，瑟琳妮——月球城區就像是一個刻意打造出來的孕育胎兒的環境。」

瑟琳妮說：「我想，巴倫打死都不會同意你的說法。」

「我也相信他絕對不會同意。」丹尼森說。他看著那一彎地球，看著地球邊緣那一堆堆的雲，不發一語，沈浸在眼前的美景裡。這時瑟琳妮已經走回介子儀前面，而他依然站在那裡沒動。

他看著群星環繞的地球，看著遠處鋸齒狀的地平線，而地平線那邊偶爾會冒出一縷煙，似乎是有隕石墜落。

在上一次月球夜晚的期間，他曾經指著類似的景象叫瑟琳妮看。他有點擔心，但瑟琳妮根本沒把那當一回事。

她說：「因為月球天平動的關係，地球在天空的位置看起來會有輕微變動，而地球的光照在遠處高低不平的泥土上，偶爾會有光影的變化，看起來會有點像是塵土揚起來。那是很常見的景象，不用太在意。」

當時丹尼森說：「不過那也有可能是隕石啊。偶爾也是會有隕石掉下來吧？」

「當然有。每次你出去外面的時候，都有可能會被隕石打到好幾次。不過太空裝有保護作用。」

「我說的不是那種微塵顆粒。我說的是那種大到可以揚起塵土的隕石，那種會砸死人的隕石。」

「噢，確實會有那種隕石掉下來，不過那種隕石很少，而月球很大，不是每個地方都被砸到。從來沒有人被砸到過。」

丹尼森看著天空，腦子裡想著那天的事，想得入神。這時候，他突然看到天空有個像是隕石的東西掉下來。那東西拖著一條火光劃過天空。接著他忽然想到，隕石掉到地球上才會拖著一條火光，因為地球有大氣層，而月球上沒有空氣，根本不會有這樣的現象。

天上那道火光顯然是某種人造物體發出的火光。丹尼森都還來不及看清楚，那東西就已經飛快降落到他旁邊。那顯然是一艘小型太空艇

有個穿太空裝的人從太空艇走出來，而駕駛員還留在艇上，在遠處亮光的襯托下看起來像一團黑影，看不清楚他的樣子。

丹尼森站在那裡等著。穿著太空裝的時候，剛來的人要先向在場的人自我介紹，這是一種禮貌。

「我是葛斯坦特派員。」那個人說。「看我走路搖搖擺擺的樣子，你應該已經猜到了。」

「我是班傑明丹尼森。」丹尼森說。

「我猜也是。」

「你是來找我的嗎？」

「那當然。」

「你怎麼會搭太空艇來？你可以從——」

葛斯坦說：「我本來是可以從Ｐ４出口出來，那裡離這裡還不到一千公尺。不過，我出來並不只是為了要找你。」

「噢，那我就不要問太多了。」

「我想，我也不需要遮遮掩掩。你在月球表面做實驗，我當然會關注，這你不用想也知道。」

「這實驗也不是什麼秘密，誰有興趣都可以來看看。」

「只不過，似乎沒有人知道實驗的詳細內容。當然啦，那很可能是因為你做的實驗和電子換能空間有關。」

「猜得很對。」

「是嗎？我一直以為像這樣的實驗需要很大型的設備才做得好。你也知道，這方面我並不懂，所以我就去問那些懂的人。他們說，你並沒有用那些大型設備。於是我就想到，也許我不應該太注意你，因為當我把注意力集中在你身上的時候，別人可能會趁機會做更重要的事。」

「別人為什麼要利用我來轉移你的注意？」

「我不知道。要是知道，我就不會那麼擔心了。」

「這麼說來，有人在監視我嗎？」

葛斯坦咯咯笑起來。「是啊，從你來月球的第一天就開始了。不過，你在上面這裡做實驗的時候，我們就會監視這附近的區域，範圍擴及四面八方好幾公里。奇怪的是，除了那些出來執行例行工作的人之外，丹尼森博士，整個月球表面就只有你和你的夥伴。」

「這有什麼好奇怪的？」

「因為那意味著你真的認為你可以用這些拼湊出來的機器做出什麼成果。我不相信你有這麼笨，所以我覺得我應該聽聽你的說法。能不能告訴我你究竟在做什麼？」

「正如傳言說的，特派員，我做的實驗和平行宇宙有關。另外我還可以告訴你，到目前為止我的實驗並不怎麼成功。」

「據我所知，你的助手瑟琳妮林斯壯好像是個導遊。」

「沒錯。」

「用這樣的人當助手好像不太尋常。」

「她很聰明，充滿熱忱，工作專注，而且長得很漂亮。」

「而且肯和地球人合作，對吧？」

「應該說，她肯和我這個移民合作。另外，等審核通過，我這個移民就會正式成為月球公民了。」

這時瑟琳妮走過來了，她的聲音從他耳機裡傳來。「你好，特派員。我不是有意要偷聽你們私下談話，也不是有意要插嘴，只不過，穿著太空裝，方圓百里的範圍內只要有人說話，想聽不到都難。」

葛斯坦轉過來對著她。「妳好，林斯壯小姐。其實我知道在這裡說話是沒有隱密可言的。妳對平行物理有興趣嗎？」

「噢，很有興趣。」

「實驗失敗了，妳應該很難過吧。」

「並沒有完全失敗。」她說。「丹尼森博士以為目前算是失敗，其實沒有。」

「妳說什麼！」丹尼森猛然轉過來，一時沒站穩晃了一下，腳底下揚起一陣塵土。

這時他們三個人都面對著介子儀，而介子儀上方一點五公尺的地方有一個小光球，看起來像一顆星星。

瑟琳妮說：「我剛剛調高了電磁力強度，強核力的強度穩定保持了大概——然後就越來越弱，越來越弱，然後——」

「然後就滲出了！」丹尼森說。「該死！我剛剛竟然沒看到！」

瑟琳妮說：「很抱歉，班傑明，剛剛你一直失神，不知道在想什麼，後來特派員來了，一直跟你說話。我實在忍不住，就趁這個機會自己試了一下。」

葛斯坦說：「不好意思，現在看到的這個是什麼東西？」

丹尼森說：「有物質從另一個宇宙滲進我們的宇宙，散發出能量。你看到的就是這個能量。」

就在他說話的時候，那小光球消失了，而同一時間遠處出現另一個小光球，只是亮度微弱得多。

丹尼森衝向介子儀，但瑟琳妮動作更敏捷，搶先衝到介子儀前面，關掉整個力場裝置，那小光球立刻就消失了。

她說：「你看，滲入點並沒有出現在固定的位置，並不穩定。」

「位置偏移的範圍並不大，不能算是不穩定。」丹尼森說。「從理論上來說，偏移的距離甚至可以達到一光年，所以從這個標準來看，只偏移一百公尺已經是驚人的穩定了。」

「還不夠穩定。」瑟琳妮冷冷的說。

葛斯坦忽然插嘴說：「我來猜猜看你們在說什麼吧。你們的意思是，這種物質可以從我們宇宙的任何位置滲進來，一下出現在這裡，一下出現在那裡，毫無規律，是嗎？」

「還不至於不規律到那種程度，特派員。」丹尼森說。「距離介子儀越遠，滲入的可能性越低，甚至可以說，距離必須非常近才有可能滲入。有很多因素會影響到滲入位置的準確度，而所有的狀態都被我們嚴格控制住了。但就算是這樣，位置還是有可能會偏移幾百公尺，事實上，你自己剛剛也看到了。」

「這麼說來，位置有可能會偏移到城區裡的某個地方，或甚至偏移到我們頭盔裡。」

丹尼森有點不耐煩了。他說：「不會的。不可能。以我們用的這種技術，物質會不會滲入，完全取決於我們宇宙現有物質的密度，所以，滲入的位置不可能會從真空地帶偏移到空氣密度高一百倍的地帶，像是城區裡或我們的頭盔裡，那機率等於零。更何況，只有在真空狀態下，我們才有辦法安排這樣的物質滲入，而這就是為什麼我們必須到月球表面做實驗。」

「這麼說來，這東西和電子換能空間不一樣是嗎？」

「完全不一樣。」丹尼森說。「電子換能空間需要雙向傳送物質，而這個東西是物質單向滲入。而且，這些滲入的物質也不是從原來那個平行宇宙來的。那是另一個平行宇宙。」

葛斯坦說：「丹尼森博士，不知道有沒有這個榮幸邀請你和我共進晚餐。」

丹尼森猶豫了一下。「只邀我一個嗎？」

葛斯坦嘗試要朝瑟琳妮鞠個躬，可是身上的太空裝太笨重，那動作笨拙得可笑。「如果改天有機會邀請到林斯壯小姐和我共進晚餐，那真是天大的榮幸，不過這次我只想和你單獨談一談，丹尼森博士。」

「噢，沒問題。」瑟琳妮看丹尼森還在猶豫，立刻很乾脆的說：「反正我明天行程也排得滿滿的，而且你也許要花點時間想想滲入位置偏移的問題。」

丹尼森還是有點拿不定主意。「呃，那麼——瑟琳妮，等妳確定接下來哪一天有空，要記得通知我喔。」

「我不是一直都這樣嗎?更何況，平常我們也是一直有聯絡，不一定要等到那一天才見面的，不是嗎……好了，兩位就請便吧，這些設備我來整理。」

第十五章

巴倫納維爾兩腳交替跳來跳去。這是月球人特有的動作，因為這裡居住空間狹小，而且重力低。如果換到寬敞一點的空間，換到重力比較大的環境，他一定會前後走來走去。而在這裡，他也只能反覆左右搖晃，前後擺來擺去。

「那麼，妳可以確定實驗成功了，是嗎，瑟琳妮？妳可以確定了嗎？」

「可以確定了。」瑟琳妮說。「我已經很篤定的告訴過你五次了。」

納維爾似乎沒在聽她說。他壓低嗓子飛快的說：「就算葛斯坦在那裡也沒有妨礙到你們，對吧？他沒有阻止你們做實驗吧？」

「當然沒有。」

「有沒有什麼跡象顯示他會動用當局的——」

「夠了吧，巴倫，他能動用當局的什麼？叫地球派警察過來嗎？更何況——噢，你明知道他們擋不了我們的。」

納維爾不再跳來跳去，好一會兒站著沒動。「他們不知道吧？他們還不知道吧？」

「他們當然不知道。當時班傑明正在看星星，接著葛斯坦來了，所以我就趁機會讓力場滲漏，結果光點就出現了，沒多久又出現了另一個。班傑明架設的——」

「不准說那是他架設的。那全都是妳想出來的，不是嗎？」她搖搖頭。「我只是有初步構想，提出建議，其他的細部結構都是班傑明弄出來的。」

「不過，現在妳已經知道要怎麼做了不是嗎？老天，我們已經不需要靠地球佬幫忙了，對吧？」

「我認為現在我們已經可以自己架設，後續的工作可以由我們自己人來做。」

「太好了，那我們就開始吧。」

「還不行。拜託你，巴倫，現在還不行。」

「為什麼還不行？」

「我們也需要能量啊！」

「我們不是已經有了嗎？」

「還不夠。滲入的位置還不太穩定。可以說非常不穩定。」

「妳不是說我們有辦法改進？」

「我是說我認為那有辦法改進。」

「在我看來，這樣就夠了。」

「我們最好還是先等班傑明把細部結構都架設好，把系統弄穩定一點再說。」

好一會兒兩個人都沒說話。納維爾慢慢露出不懷好意的表情，一張瘦臉顯得有點扭曲。「妳該不會是認為我搞不定吧？」

瑟琳妮說：「那你要不要跟我一起去外面把它搞定？」

納維爾又不說話了，過一會兒才顫抖著聲音說：「說話用不著這麼酸，告訴妳，我可沒耐性等太久。」

「我可沒辦法改變物理定律。不過，應該不需要太久……好了，可以讓我回去睡覺了嗎？明天還要帶觀光客呢。」

有那麼一會兒，納維爾似乎想伸手去指他的床櫃，想留她下來，但手伸到一半忽然又放下。瑟琳妮似乎是沒看懂他那個動作，或是看懂了可是卻沒興趣。她一臉疲憊的點點頭，然後就走了。

第十六章

桌上有一盤剛端上來的點心，一盤甜甜黏黏的東西。葛斯坦面帶微笑，盯著那盤點心說：「老實說，真希望我們可以更常見面。」

丹尼森說：「難得你對我的工作這麼有興趣。要是我能夠改善物質滲入位置不穩定的問題，那這將會是我這輩子最大的成就，而且也是林斯壯小姐最大的成就。」

「你說話很保留，還真像個科學家……月球這裡有一種飲料，月球人都拿來當酒喝，據說是模仿地球的口味釀造的，不過我自己是沒打算要碰啦，所以我就不請你喝那種東西了，免得你喝了難受。對了，能不能請你說明一下你這個最大的成就是什麼？麻煩你儘量用我聽得懂的話說。」

「我可以試試看。」丹尼森小心翼翼的說。「我就從平行宇宙開始說起吧。平行宇宙的強核力比我們宇宙的強核力強，所以在平行宇宙裡，相對少量的質子進行核融合產生的能量就足以構成一個恆星。在平行宇宙裡，如果恆星的質量和我們的恆星一樣大，那就會發生劇烈的爆炸，而平行宇宙的恆星數量比我們多得多，不過體積小得多。

「不過，平行宇宙就只有那一個嗎？說不定還有另一個平行宇宙不是嗎？說不定那個平行宇宙的強核力比我們宇宙弱得多。在這種情況下，由於大量的質子很難進行核融合，所以需要極大量的氫原子才足以形成一個恆星。這樣的平行宇宙，和我們已知的那個平行宇宙正好顛倒，我們可以稱之為反平行宇宙。而在這個反平行宇宙裡，恆星的數量比我們宇宙少，不過體積卻比較大。事實上，如果一個宇宙的強核力弱到一定的程度，那個宇宙可能就會只有一個恆星，而那個恆星涵蓋了所有物質。那個恆星的密度會非常高，而相對的，物質間幾乎不會有交互作用，所以散發出來的輻射可能就不會比我們的太陽多。」

葛斯坦說：「據我所知，在大爆炸之前，我們的宇宙不就是這種狀態嗎？一個涵蓋了宇宙所有物質的巨大個體。我應該沒說錯吧？」

「沒錯。」丹尼森說。「事實上，我描述的這個反平行宇宙，是由所謂的宇宙蛋構成的，所以我們可以稱之為蛋宇宙。如果我們希望探測到單向的能量滲入，那我們要探測的就是這種蛋宇宙。我們現在利用的這個平行宇宙，恆星非常小，實質上整個宇宙是空蕩蕩的。在這種情況下，我們再怎麼探測也探測不到。」

「不過，平行人探測得到我們。」

「沒錯，他們可能是探測到我們的磁場才找到了我們。基於某些理由，我們認為平行宇宙裡的行星磁場不夠強，所以我們沒辦法像他們那樣利用磁場找到目標。反過來，如果我們想探測蛋宇宙，我們一定探測得到，因為一個宇宙蛋本身就是一個完整的宇宙，無論探測宇宙蛋的哪一個部位，都一定探測得到物質反應。」

「可是，你要怎麼探測？」

丹尼森遲疑了一下。「這個部分就比較難解釋了。強核力是藉由介子進行交互作用的。介子的數量決定了強核力的強度，而在某些特定的條件下，介子的數量是可以調整的。月球的物理學家發明了一種儀器，叫做介子儀，而介子儀正好可以用來調整介子的數量。一旦介子的數量減少了，或是增加了，那介子儀就會成為某個宇宙的一部分，成為一扇門，一個交會點。如果介子的數量能夠減少到剛剛好的程度，那介子儀就會成為蛋宇宙的一部分，而那就是我們想要的結果。」

葛斯坦說：「我們有辦法從蛋宇宙吸取物質嗎？」

「這個部分很容易辦到。一旦門開了，物質就會自動流進來，而且剛流進來的時候，物質依然維持著原來的物理定律，狀態很穩定，不過，它會漸漸吸收我們宇宙的物理定律，強核力會越來越強，物質會開始進行核融合，開始散發出巨大的能量。」

「可是，那物質的質量不是很巨大嗎，怎麼不會瞬間就爆炸？」

「那樣也會散發出能量，不過，會不會爆炸要取決於電磁場的強度，而以我們目前的情況來說，強核力會優先產生作用，因為我們控制了電磁場。這個部分恐怕要花很長的時間才解釋得清楚。」

「好吧，那麼，我在地表上看到的那個小光球，就是宇宙蛋的物質在進行核融合嗎？」

「是的，特派員。」

「那麼，那種能量是可以控制的，所以我們可以利用，對嗎？」

「那當然，而且取之不盡用之不竭。上次你看到的，就是一個細微到像塵粒一樣的宇宙蛋的物質流進我們的宇宙。理論上，我們絕對能夠讓極大量的物質流進來。」

「那麼，這是不是可以用來取代電子換能空間？」

丹尼森搖搖頭。「不行。使用宇宙蛋的能量一樣會改變兩邊宇宙的狀態。蛋宇宙的強核力會逐漸變強，而我們宇宙的強核力會逐漸減弱，而兩邊的物理定律就會開始混合。那代表宇宙蛋會慢慢開始核融合，變得越來越熱，到最後——」

「到最後……」葛斯坦兩手交叉在胸口，瞇起眼睛。「砰的一聲大爆炸。」

「我覺得是這樣。」

「你覺得一百億年前我們的宇宙就是這樣形成的嗎？」

「有可能。宇宙學家一直在研究，為什麼原始的宇宙蛋會在某個特定的時間點爆炸。有一派理論是振盪宇宙論，宇宙會週期性的爆炸膨脹再塌陷縮小，反覆循環，而宇宙蛋在形成的那一瞬間就立刻爆炸。不過，振盪宇宙論後來被推翻了，而最後的結論是，宇宙蛋一定存在了很長的時間，後來由於某種不明原因開始變得不穩定，最後大爆炸。」

「說不定是因為能量外洩到另一個宇宙，才會導致這樣的結果。」

「有可能，不過，那些能量未必是某種智慧生物抽走的，也可能是偶爾自然流洩的。」

葛斯坦問：「一旦蛋宇宙大爆炸，我們還有辦法從那裡抽取能量嗎？」

「我無法確定。不過，現在根本不必擔心這個問題。我們宇宙的強核力流洩進蛋宇宙的過程，可能會持續好幾百萬年，然後才會導致蛋宇宙大爆炸，而我們一定還可以找到其他的蛋宇宙。蛋宇宙可能多到數不清。」

「不過，我們宇宙的狀態不是也會改變嗎？」

「強核力會越來越弱，不過速度很慢，非常非常慢，最後太陽會冷卻。」

「那我們可不可以用宇宙蛋的能量來彌補？」

「沒這個必要，特派員。」丹尼森的口氣忽然變得很熱切。「宇宙蛋抽能空間會導致我們宇宙的強核力變弱，但相反的，目前的電子換能空間會導致我們宇宙的強核力變強。只要兩邊能量的抽取控制得當，無論蛋宇宙和平行宇宙的物理定律怎麼改變，我們的宇宙也完全不會改變。我們會變成一個中繼站，溝通兩邊的宇宙。

「另外，我們也不需要為那兩個宇宙擔心。平行人會慢慢適應他們那邊冷卻的太陽，只不過，那太陽可能會變得非常冷。至於蛋宇宙，我們就更不需要擔心，因為那裡根本不可能會有生命存在。事實上，如果抽取能量導致蛋宇宙大爆炸，那我們反而是創造了一個新宇宙，讓新生命有機會誕生。」

葛斯坦好一會兒沒說話。他陷入沈思，那張圓滾滾的臉毫無表情。後來，他點點頭，好像想通了什麼。

他終於開口說：「你知道嗎，丹尼森，這將會震驚全世界。你本來很難讓那些科學界的大頭相信換能空間會造成危險，而現在呢，他們會很樂於相信。」

丹尼森說：「沒錯。感情上，他們本來是不太願意接受我的說法，現在，那種心理障礙消失了。更何況，我不光是指出了問題，連解決方案都幫他們想好了。」

「如果我保證我很快就會發表你的報告，那麼，你打算什麼時候把報告寫出來？」

「你敢保證？」

「就算沒有其他管道，最起碼我還是可以透過政府出版一本宣傳手冊。」

「我最好還是先解決滲入點穩定性的問題，然後再提出報告。」

「那當然。」

「另外，我要建議你安排一下，讓彼得拉蒙也名列共同作者。」丹尼森說。「他可以透過數學仔細推敲，讓整個計畫更完善。這是我自己辦不到的。更何況，要不是因為他的研究啟發了我，我也發展不出今天的計畫。另外，特派員……」

「什麼事？」

「我要建議你把月球的物理學家也加進來，特別是巴倫納維爾博士。你可以把他列為第三個共同作者。」

「為什麼？你這樣不是把事情複雜化了嗎，有必要嗎？」

「要不是有他們的介子儀，我也不會有今天的成果。」

「我是可以安排一下讓他的名字曝光……不過，巴倫博士真的有參與你的計畫嗎？」

「沒有直接參與。」

「那為什麼要特別提到他？」

丹尼森彎腰拍拍自己的褲腳，若有所思。他說：「這可以算是一種外交手腕吧。宇宙蛋抽能空間必須設立在月球上。」

「為什麼不設立在地球上？」

「首先，我們需要真空環境。宇宙蛋抽能空間是一種單向的抽取，和電子換能空間那種雙向的轉換不一樣，而兩種空間運作所需的條件也截然不同。月球表面是天然的真空狀態，而且空間非常大。想在地球上創造出那種真空環境是非常艱難的，工程浩大，勞民傷財。」

「但還是辦得到的，不是嗎？」

「另外。」丹尼森說。「如果我們從兩個不同方向抽取巨大的能量，那麼，我們的宇宙會夾在中間。在這種情況下，兩種能量的出口距離太近，可能會出現類似短路的現象。所以，最理想的方式，就是把兩個能源出口隔開，隔著將近四十萬公里的真空，在地球上運作電子換能空間，在月球上運作宇宙蛋抽能空間。事實上，這也是絕對必要的方式。那麼，如果我們要在月球上運作宇宙蛋抽能空間，那我們就應該要顧慮到月球物理學家的感受，這樣比較明智，也比較得體。我們應該要讓他們分享這份榮耀。」

葛斯坦露出一抹微笑。「這該不會是林斯壯小姐建議的吧？」

「我相信她會這樣建議，不過，這是非常合理的推斷，我自己也想得到。」

這時葛斯坦忽然站起來，伸展了一下身體，然後在原地跳了兩三下。由於月球重力低，那動作看起來像慢動作。他每跳一下膝蓋就會彎一下。接著他又坐下來說：「丹尼森博士，你有沒有試過這種運動？」

丹尼森搖搖頭。

「這有助於促進下肢末端的血液循環。每當我感覺腿快麻了，我就會跳幾下。我很快就要回地球一趟，所以我想盡辦法不讓自己太習慣月球的重力……對了，丹尼森博士，我們可以談談林斯壯小姐嗎？」

丹尼森口氣忽然變了。「林斯壯小姐怎麼了嗎？」

「她是個導遊。」

「是啊，上次已經聽你說過了。」

「我也說過，物理學家找一個導遊當助手，這很不尋常。」

「確實，不過，我自己是個業餘的物理學家，所以找一個業餘的助手也是理所當然。」

葛斯坦臉上的笑容不見了。「別跟我打馬虎眼了，丹尼森博士。我已經想盡辦法調查過她的背景。從她的檔案裡就可以明顯看出她的真實身分。事實上，從前如果有人想到要去查她的背景資料，一定也會發現她的真實身分。我認為她有直覺感知超能力。」

丹尼森說：「很多人都有啊，包括我們。我相信你自己也有某種這方面的能力。我知道我也有。」

「那不一樣啊，丹尼森博士。你是一個很有成就的科學家，而我呢，我是一個很有成就的行政官員。希望是啦……只不過，林斯壯小姐明明具有很強的直覺感知能力，在高階理論物理方面對你有很大的幫助，可是偏偏去當導遊。」

丹尼森遲疑了一下。「特派員，她沒受過什麼正式的訓練。她確實具有非凡的直覺感知能力，可是卻沒辦法隨心所欲的運用。」

「有一段時期很盛行基因工程，那麼，她會不會是那種計劃的產物？」

「我不知道。不過，如果是的話，我也不會感到意外。」

「你信任她嗎？」

「你說的是哪方面？她幫過我啊。」

「你知道她是巴倫納維爾博士的太太嗎？」

「我知道他們在一起，不過我相信他們並沒有正式的婚姻關係。」

「月球上沒有所謂的正式婚姻關係。你希望我把納維爾博士列為第三個共同作者，那麼，就是這個納維爾嗎？」

「沒錯。」

「這純粹是巧合嗎？」

「不是。我剛到月球的時候，納維爾對我很好奇，所以就叫瑟琳妮來協助我工作。」

的。」

「這是她告訴你的嗎?」

「她說她對我也很好奇。這應該很正常吧?」

「丹尼森博士,你有沒有想過,她去幫你,是為了她自己的利益,而納維爾博士和她是一夥的。」

「他們的利益和我們的利益有什麼不一樣嗎?她是真的很用心在幫我。」

葛斯坦調整了一下姿勢,轉轉肩膀彷彿在做拉筋運動。他說:「納維爾博士和她這麼親近,一定知道她有直覺感知超能力,那麼,他為什麼不好好運用她的超能力?他一定是為了某種目的不得不隱藏她的超能力,所以才讓她繼續當導遊。」

「我知道納維爾博士也常常會像你這樣推論。至於我呢,我很不習慣隨便懷疑別人有陰謀。這很沒必要。」

「你怎麼知道他們沒有必要……你知道嗎,今天搭太空艇在天空盤旋的時候,機器上面還沒有出現那個光球。當時我一直在看你,注意到你並沒有在介子儀旁邊。」

丹尼森回想了一下。「沒錯,我確實不在介子儀旁邊。我正在看星星。每次到地表上,我都會很想看看星星。」

「那麼,當時林斯壯小姐在做什麼?」

「我沒注意到。她說她增強了磁場，然後物質就滲入了。」

「你常常會讓她自己操作儀器嗎？」

「不會。不過我可以體會那種衝動。」

「操作儀器會發射出什麼東西嗎？」

「我不懂你的意思。」

「我自己也不太懂。我看到地球的光裡閃過一道又一道微弱的火星，好像有什麼東西從半空中飛過，不過我不知道那是什麼。」

「我也不知道。」丹尼森說。

「你做的實驗會造成那種現象嗎？」

「不會。」

「那林斯壯小姐在做什麼？」

「我還是不知道。」

好一會兒兩個人都沒說話，氣氛有點凝重。後來特派員說：「這樣吧，你就趕快想辦法解決滲入位置不穩定的問題，好好想想要怎麼寫報告。而我呢，我會開始辦我這邊該辦的事，過幾天回地球的時候，我會安排出版的事，同時向政府提出警告。」

他顯然是在暗示丹尼森該走了。丹尼森站起來的時候，他忽然又隨口說了一句：「你要留意一下納維爾博士和林斯壯小姐。」

第十七章

他們面前是一個更大的光球，看起來更飽滿，更亮。丹尼森感覺得到頭盔面罩被光球烘得很熱，於是就往後退開。光球散發出強烈的X射線。雖然太空裝有抗輻射的功能，他還是覺得沒有必要靠光球太近。

「應該完全沒問題了。」丹尼森喃喃說著。「滲入位置很穩定了。」

「我相信。」瑟琳妮口氣很平淡。

「那我們就關掉儀器，回城區去吧。」

他們動作很慢，丹尼森感覺到莫名的沮喪。一切都已經塵埃落定，但他心裡卻沒有半絲喜悅。從這一刻起，他們不可能會失敗了。政府對他們的計畫很感興趣，興致越來越高昂。他們應該很快就會派人來接替他主導計畫。

他說：「現在我應該可以開始寫報告了。」

「也許吧。」瑟琳妮說得很謹慎。

「妳和巴倫談過了嗎？」

「談過了。」

「他的態度有改變嗎？」

「完全沒變。他不想和你們扯上關係。班傑明——」

「怎麼了？」

「我真的覺得和他談根本沒用。他不想和地球政府合作，不管什麼計畫他都不想配合。」

「妳不是跟他說明過狀況了嗎？」

「說得很清楚了。」

「那他還是不肯？」

「他說他要去找葛斯坦。葛斯坦說等他從地球回來就會跟他見面。我們也只能等到那時候了。也許葛斯坦有辦法勸他回心轉意，不過，我還是不抱什麼希望。」

丹尼森聳聳肩。其實，穿著太空裝做這種動作根本就是多餘的。「我實在搞不懂他。」

「我懂。」瑟琳妮輕聲說。

丹尼森沒反應。他把介子儀和一些相關的設備推進岩石底下。「準備好了嗎？」

「準備好了。」

他們默默鑽進P４出口。丹尼森沿著梯子往下爬，而瑟琳妮則是直接往下跳，劃過他身旁，然後飛快抓住最底下那級梯桿，猛然停住。丹尼森也已經學會了這種動作，只不過現在他無精打采，還是慢慢往下爬，故意不想展現剛學到的本事。他們在整裝區卸下太空裝，放進他們的衣櫃裡。

丹尼森說：「瑟琳妮，想跟我一起吃午飯嗎？」

瑟琳妮口氣有點不安。「你好像不太高興。出了什麼問題嗎？」

「大概是對月球產生棲息地反應吧。要一起吃午飯嗎？」

「當然好。」

他們在瑟琳妮的宿舍吃。先前她堅持要去她那裡吃。她說：「我想跟你談點事，餐廳裡不方便說話。」

丹尼森慢慢嚼著嘴裡的東西。那東西味道像花生牛肉。她說：「班傑明，你怎麼都不說話？這一個星期來你一直都這樣。」

「哪有。」丹尼森皺起眉頭。

「你就有。」她憂心忡忡的看著他的眼睛。「我的直覺用在物理上很靈，不知道用在別的地方靈不靈，不過我還是感覺得到你有事瞞著我。」

丹尼森聳聳肩。「我的計劃在地球上已經鬧得沸沸揚揚。葛斯坦回地球之前就已經什麼都打點好了。拉蒙博士現在已經被奉為神明。另外，他們也要我一寫完報告就回地球。」

「回地球？」

「對。好像現在我也變成什麼英雄了。」

「你本來就是英雄。」

「他們說要全面恢復我的學術地位。」丹尼森若有所思。「他們說，地球上無論哪一所大學，無論什麼政府機構，只要我有興趣，隨時都有我的位子。」

「這就是你想要的嗎？」

「我猜這應該就是拉蒙想要的，而且他會樂在其中。不管什麼職位，他只要點個頭就有了。不過，我沒興趣。」

瑟琳妮說：「那你想要什麼？」

「我想待在月球上。」

「為什麼？」

「因為這裡是人類未來的希望，而我想為人類的未來創造希望。我想為人類打造宇宙蛋抽能空間，而這件事只能在月球上做。我想繼續研究平行理論，而且我想用妳發明的機器，想看妳操作那些機器，瑟琳妮……我想跟妳在一起啊，瑟琳妮。可是，妳願意跟我在一起嗎？」

「我對平行理論也很有興趣啊，跟你一樣。」

丹尼森說：「問題是，現在納維爾還會准許妳跟我一起工作嗎？」

「准許我？」她說得咬牙切齒。「班傑明，你這是瞧不起我嗎？」

「怎麼會呢。」

「哼，是我誤會了嗎？你該不會是認為我是聽巴倫的命令才會去幫你的吧？」

「不是嗎？」

「沒錯，他是有叫我去幫你。不過，我並不是因為他叫我來我才來的。我來幫你，是因為我想來。也許他自以為可以命令我，但事實上，除非他交代的事正好也是我想做的，否則我根本不會理他。他叫我來幫你，而我也正好想來幫你，所以我就來了。我很受不了他自以為可以命令我，但我更受不了的是，你居然也這麼認為。」

「因為你們兩個是性伴侶啊。」

「沒錯，從前是，但那又怎麼樣？照你的邏輯，那我不是應該也很容易就可以叫得動他嗎？」

「這麼說來，瑟琳妮，妳是可以跟我一起工作囉？」

「當然可以。」她冷冷的說。「只要我想。」

「那妳想跟我一起工作嗎？」

「目前嘛，想。」

丹尼森露出笑容。「過去這一個星期來，我真的是很擔心，不知道妳究竟能不能跟我一起工作，肯不肯跟我一起工作。假如完成計畫代表我從此再也見不到妳，那我真的很怕計劃完成。對不起，瑟琳妮，不要怪我這個老地球佬一直想纏著妳——」

「好啦，你是老了點，不過你的頭腦可不老。班傑明，人與人之間除了性還有其他更重要的關係。我喜歡跟你在一起。」

丹尼森沒說話，臉上的笑容消失了一下，但很快又恢復了。也許他是一時想到比較沒那麼浪漫的事。「我也很慶幸自己有這樣的頭腦。」

丹尼森撇開臉，輕輕搖搖頭，然後又看著她。她聚精會神的看著他，顯得很焦慮。

丹尼森說：「瑟琳妮，跨宇宙的滲透，滲透的並不是只有物質，還有別的。我猜妳也一直在想這件事。」

兩人忽然又不說話了，很久很久，氣氛有點凝重。後來瑟琳妮終於說：「噢，那個——」

好一會兒，兩人就這樣看著對方沒說話，丹尼森有點尷尬，而瑟琳妮似乎有點心虛。

第十八章

葛斯坦說：「我的腿到現在還是沒辦法適應月球，不過這也還沒什麼，先前剛回地球的時候，那才真是要命。丹尼森，這輩子你最好不要想回地球，那會要你的命。」

「我沒打算回去，特派員。」丹尼森說。

「從某個角度，我必須說那真是太遺憾了。知道嗎，你現在跟皇帝沒什麼兩樣了。至於哈勒姆——」

丹尼森忽然露出企盼的表情。「我還真想看看他的表情，不過話說回來，也沒那麼想啦。」

「拉蒙可是看得津津有味，那也難怪。他也在場。」

「我倒是沒那麼在乎自己在不在場。至於拉蒙，這是他應得的……你認為納維爾博士真的會跟我們合作嗎？」

「毫無疑問。他等一下就到了……對了。」葛斯坦忽然壓低聲音，一副神祕兮兮的樣子。「趁他來之前，你想不想先來片巧克力？」

「什麼？」

「一片巧克力。杏仁口味的。吃一片就好。我帶了一些過來。」

丹尼森一開始顯得有點困惑，但很快就明白了。「你是說真的巧克力？」

「沒錯。」

「當然——」說著他忽然表情一變。「我不想吃，特派員。」

「不要？」

「不要。要是我吃了真的巧克力，只要含在嘴裡幾分鐘，我就會開始想念地球，想念地球上的一切，那我可受不了。我不想那樣……你乾脆別拿出來了，別讓我聞到，甚至別讓我看到。」

特派員似乎有點困惑。「也許你是對的。」他顯然想轉移話題。「你知道這件事在地球上有多轟動嗎？當然，我們還是費了很大的功夫幫哈勒姆保留了一點面子。他還是繼續擔任幾個重要的職位，只不過，他說話已經沒什麼人想聽了。」

「他當年可沒這麼慈悲為懷。」丹尼森有點無奈。

「這樣做倒也不是為了他。好歹他也曾經是個舉足輕重的人，我們也不能一下子就讓他形象徹底破滅，這樣會影響到科學界。科學界的名譽比他個人的名譽重要得多。」

「原則上我不同意你的說法。」丹尼森口氣溫和。「科學界應該要經得起各式各樣的打擊。」

「要看時間地點——納維爾博士來了。」

葛斯坦收斂了一下表情。丹尼森挪了一下椅子，面向門口。

巴倫納維爾走進來，一臉嚴肅。他走路的樣子完全不像一般月球人那麼優雅。他隨便向他們兩個打了聲招呼，然後就坐下來翹起二郎腿，沒說話。他顯然在等葛斯坦先開口。

特派員說：「很高興見到你，納維爾博士。丹尼森博士說，你拒絕把名字列在那份報告上，可是你要知道，在宇宙蛋抽能空間史上，這份報告一定會永垂不朽。」

「沒必要。」納維爾說。「不管他們在地球上幹什麼，我都沒興趣。」

「你應該知道宇宙蛋抽能空間的實驗吧？接下來要怎麼執行應用你應該也都知道吧？」

「全都知道。你們兩個知道的狀況我也都知道。」

「那我就開門見山了。納維爾博士，我剛從地球回來，未來計畫要怎麼執行，已經都敲定了。我們在月球表面選定了三個地點架設宇宙蛋抽能站，這樣的安排是為了讓一個抽能站永遠在月球夜晚的陰影裡，而另外一半的時間換成是另外兩個抽能站在陰影裡。陰影裡的抽能站會持續產出能量，而絕大多數的能量會散發到外太空。我們建造這些抽能站，主要是要用來抵銷電子換能空間對強核力的影響，不太會用在日常生活上。」

丹尼森忽然插嘴說：「剛開始的幾年，我們必須加快腳步，儘快抵銷電子換能空間的影響，讓宇宙我們這一區的狀態恢復到電子換能空間出現前的水平。」

納維爾點點頭。「那麼，月球城區用得到那些能量嗎？」

「必要的話還是可以用，不過我們是覺得，太陽能電池的能量應該足以應付你們的需要了。不過，如果你們有需要補充的話，我們當然不會反對你們用。」

「你們還真好心。」納維爾那種嘲諷的口氣毫無掩飾。「那麼，那些宇宙蛋抽能站要由誰來負責建造操作？」

「我們是希望交給月球工人來做。」

「你當然很清楚一定要交給月球工人。」納維爾說。「地球工人在月球上工作效率會很差。」

「這我們明白。」葛斯坦說。「我們相信月球工人一定願意合作。」

「還有，要產出多少能量，有多少要分配給當地使用，有多少要散發到外太空，這些是由誰來決定？」

葛斯坦說：「這種事勢必要交給政府。這是牽涉到整個星球的大事。」

納維爾說：「這麼說來，做苦工的是月球人，發號施令的是地球人。」

葛斯坦平靜的說：「不要這麼說。我們各有專長，大家同心協力才能夠發揮最大的效益。我們政府官員比較能夠權衡整體輕重。」

「這種話我聽多了。」納維爾說。「總而言之一句話，就是我們月球人做苦工，你們地球人發號施令……不必了，特派員，我不同意。」

「你的意思是，你們不肯建造宇宙蛋抽能站？」

「我們當然會建造，特派員，不過我們是要自己建造。我們自己決定要產出多少能量，要怎麼用。」

「這樣太沒效率了。既然宇宙蛋抽能站的能量是要用來平衡電子換能空間的能量，那你們勢必要和地球方面商量。」

「我想也是，或多或少。不過，我們有別的盤算。現在你們應該也已經知道，在兩個宇宙交錯的狀態下，可以利用的物理現象並不是只有無窮盡的能量。」

丹尼森忽然插嘴說：「你說的應該是幾種守恆定律吧，這我們知道。」

「知道就好。」納維爾不懷好意的瞥了他一眼。「那些定律中包括線動量和角動量，任何物體在重力的作用下必然出現自由落體運動，而且在落下的過程中不會損失質量。不過，如果物體要向自由落體運動以外的方向運動，那麼，它勢必要在沒有重力作用的狀況下加速，這樣一來，這個物體就必需消耗一部分的質量來做反向運動。」

「這就像火箭。」丹尼森說。「火箭必須朝某個方向噴射出一部分的質量，才能夠朝反方向加速。」

「我知道你懂，丹尼森博士。」納維爾說。「我是要解釋給特派員聽。如果增加的速度非常驚人，那相對來說，損耗的能量就會變得非常非常小，因為動量等於質量乘以速度。然而，無論速度有多快，總是會有一部分的質量被損耗掉。如果要推進的物體質量非常巨大，那麼，必需消耗的質量也會非常巨大。舉例來說，像是月球——」

「月球！」葛斯坦大叫了一聲。

「沒錯，就是月球。」納維爾口氣很平靜。「如果想把月球推離軌道送到太陽系以外，那麼，基於動量守恆定律，我們勢必要消耗龐大的動量，然而，我們根本沒有那麼大的動量可以消耗，所以這個方案根本無法執行。不過，如果我們能夠從另一個宇宙吸取宇宙蛋的能量，那我們就可以把它轉變成動量，這樣一來，月球就可以隨心所欲的加速，而且完全不會損耗質量。如果要我形容的話，那就像撐著竹竿讓小船逆流而上。我在你們地球的書上看過那種圖片。」

「可是，為什麼？我是說，你們為什麼想把月球帶走？」

「理由不是很明顯嗎？地球一直在壓榨我們，我們又何必留在這裡？現在，我們已經有了我們需要的能量，有一個很舒服的世界，而且在接下來的幾百年裡可以不斷擴大我們的生活空間，那麼，我們為何不走自己的路？我們無論如何都會做的。我今天來，只是想告訴你們，你們根本擋不了我們，也不要意圖干擾。我們會把能量轉變成動量，然後我們就離開了。我們月球人完全知道要怎麼建造抽能站。我們會生產我們需要的能量，另外也會附帶生產一些給你們，讓你們用來抵銷換能空間所導致的宇宙狀態改變。」

丹尼森用嘲諷的口氣說：「說什麼要附帶生產一些給我們用，你還真好心，不過，你這麼好心當然也不光是為了我們吧。如果換能空間導致太陽爆炸，那你們還來不及離開太陽系內圈之前，太陽早就已經爆炸了，到時候，你們一樣會跟著一起蒸發掉。」

「也許吧。」納維爾說。「不過，不管怎麼樣，我們還是願意多生產一點，不會讓這種狀況發生。」

「可是你們不能這樣做啊！」葛斯坦說得很激動。「你們不能跑掉！要是你們跑太遠，宇宙蛋抽能站的能量就沒有辦法再用來抵銷換能空間的能量，是不是這樣，丹尼森博士？」

丹尼森聳聳肩。「我剛剛心算了一下，如果沒算錯，那大概要等他們到了土星軌道的時候，我們才會有點麻煩。不過，他們要花很多年才有辦法走那麼遠，在那之前，我們應該早就在月球軌道上建造了太空站，然後在上面架設抽能站。事實上，我們根本不需要月球，他們想走就讓他們走吧——除非他們自己不想走。」

納維爾冷笑了一下。「你以為這樣說我們就不會走了嗎？你們擋不了我們的。地球人再也不要想對我們頤指氣使。」

「你們不會走的，因為根本沒有理由這樣做。何必要把整個月球一起帶走？以月球的質量來說，要想得到足夠的加速度必須花上好幾年的時間。你們會比用爬的還慢。為什麼不乾脆造太空船呢？你們可以建造長達好幾公里的太空船，用宇宙蛋的能量當動力，而且會有獨立的生態體系。只要有宇宙蛋的能量當動力，你們甚至可以創造奇蹟。就算建造這樣的太空船要花上二十年，你們離開的速度還是可以比月球快。就算月球今天就離開，以太空船的加速能力，還是可以在一年之內追上月球。更何況，太空船可以迅速改變航向，而月球想改變行進方向恐怕不知道要耗上多少時間。」

「那宇宙蛋抽能站造成的強核力失衡要怎麼辦？我們宇宙會受到什麼影響？」

「太空船需要的能量太少了。就算太空船有一大群，需要的能量還是遠遠小於一個星球所需要的能量，而那些能量很快就會在廣大的宇宙空間裡被稀釋掉，要花好幾百萬年才有可能造成一點影響。太空船的優勢那麼明顯，你們何必一定要月球呢？月球那麼慢，乾脆留在原地好了。」

納維爾很輕蔑的說：「我們沒那麼急，走慢一點沒關係，只要能擺脫地球就好。」

丹尼森說：「其實，有地球這樣的鄰居不是也很不錯嗎？你們隨時可以補充大量的移民，還可以跟地球文化交流。一個二十億人口的星球就在你們頭上，抬頭就看得到。你真的捨得放棄這一切？」

「巴不得。」

「全月球的人都是這樣想嗎？還是只有你一個？納維爾，你這個人一向很偏激。你不喜歡去外面的地表，可是其他月球人喜歡啊。也許他們並不特別喜歡，但畢竟還是喜歡。你把月球的洞穴當成子宮，但他們可不是。你把月球當成監獄，但月球可不是他們的監獄。你這個人很神經質，但其他月球人可不像你這麼脆弱。如果你讓月球脫離地球，那月球就會變成全體月球人的監獄。那會變成一座與世隔絕的監獄，誰都逃不出來，包括你在內。甚至，你們再也看不到天上那個世界，那個有無數人類的世界。難道，這就是你想要的？」

「我想要一個獨立自由的世界，一個誰也管不到的世界。」

「那你還是可以建造太空船啊，造很多艘，有了宇宙蛋的能量當動力，你甚至可以用接近光速的速度飛行，只要花一輩子的時間就可以遨遊全宇宙。難道你不想坐上這樣的太空船嗎？」

「不想！」納維爾的口氣充滿厭惡。

「你是不想，還是辦不到？難道你非要帶著月球跟你到處跑嗎？你憑什麼要其他人都配合你？」

「因為事情本來就應該是這樣。」納維爾說。

丹尼森已經氣得漲紅了臉，但還是努力保持口氣平靜。「你憑什麼說這種話？月球城區裡很多人想法跟你不一樣。」

「那不關你的事。」

「當然關我的事。我是移民，而且很快就會正式成為月球公民。我可不想把自己的未來交給別人決定，尤其那個人連月球表面都不敢上去，而且還想把自己的監獄變成所有人的監獄。我已經永遠離開了地球，不過，我只是來到月球，這裡距離我的故鄉只有四十萬公里。我可不想被拖著遠離地球，在茫茫的宇宙中漂流。」

「那你大可回地球啊。」納維爾滿不在乎的說。「現在回去還來得及。」

「那其他月球人怎麼辦？其他移民呢？」

「我們已經決定了，不用再說。」

「決定了嗎？……琵琳妮。」

琵琳妮走進來，鐵青著臉，眼神充滿挑釁。納維爾趕緊把蹺著的腿放下來，兩腳踩在地上。

納維爾問：「琵琳妮，妳在隔壁房間等多久了？」

「你還沒來之前我就在那裡了。」

納維爾看看瑟琳妮，再看看丹尼森，然後又轉回去看著瑟琳妮。「你們兩個——」他說不下去了，伸出手指輪流指向他們兩個。

「我不知道你所謂的『你們兩個』是什麼意思。」瑟琳妮說。「不過，班傑明自己早在很久以前就已經發現動量的問題了。」

「這不能怪瑟琳妮。」丹尼森說。「特派員無意間看到天空有東西飛過去，可是沒人知道他看到的是什麼東西。我認為那可能是瑟琳妮在做某種我忽略的測試，後來，我腦筋一轉忽然想到動量轉移。從那以後——」

「好啦，知道了又怎麼樣。」納維爾說。「無所謂啦。」

「誰說無所謂，巴倫。」瑟琳妮說。「我和班傑明談過這件事。我覺得我不必樣樣都聽你指揮。或許我這輩子去不了地球，或許也永遠不想去，但我還是希望看到地球就在天上，想看就看得到。我不想看到天空空蕩蕩的。然後我就去找我們組織裡的人談，結果發現，並不是所有的人都想離開。大多數人都寧願造太空船，想走的人就走，不想走的人可以留下來。」

納維爾呼吸立刻急促起來。「你們談過這件事！你們有什麼資格——」

「誰說我沒資格，巴倫。更何況，討論誰有資格已經沒意義了。我們就要投票了，你輸定了。」

「都是你——」巴倫忽然站起來，惡狠狠的走向丹尼森。

這時特派員忽然說：「不要衝動，納維爾博士，就算你是月球人也打不過我們兩個。」

「三個。」瑟琳妮說。「而且我也是月球人。事情是我幹的，巴倫，要找來找我，不要找他們。」

丹尼森說：「納維爾，你聽我說，其實地球人並不在乎月球人走不走。地球人還是可以在軌道上建造太空站。真正在乎走不走的是月球城區的人。瑟琳妮在乎，我在乎，還有其他人也都在乎。其實，根本沒有人會攔你，你大可自由自在的飛向外太空。在往後的二十年裡，想走的人隨時可以走，包括你在內，只要你捨得離開子宮。而想留下來的人也可以留下來。」

納維爾頹然坐下來，一臉挫敗。

第十九章

瑟琳妮宿舍裡所有的窗戶都換上了地球的景觀。她說：「你知道嗎，班傑明，投票結果出來了，他輸得很慘。」

「我認為他是不會放棄的。在建造抽能站的過程中，地球人和月球人可能會發生摩擦，到時候，月球人的立場可能又會擺向另一邊。」

「雙方有必要摩擦嗎？」

「當然沒必要。但無論如何，人類歷史上已經發生過太多悲劇，不過，危機總是會安然度過。我想，我們已經安然度過了這次危機。而且，我們已經預見到會有什麼危機出現，所以當危機來臨的時候我們也不必太擔心。一旦太空船造好，雙方劍拔弩張的情勢就會慢慢解除。」

「我相信我們一定可以活著看到那一天。」

「妳一定可以，瑟琳妮。」

「你也一樣啊，班傑明，別老是覺得自己太老，你才四十八歲啊。」

「瑟琳妮，妳會不會想搭上那樣的太空船？」

「不想，因為那時候我已經太老，而且我會怕看不到天上的地球。不過，說不定我兒子會去搭……呃，班傑明。」

「怎麼了，瑟琳妮？」

「我申請要生第二個孩子，上面已經批准了。你願不願意貢獻一下……」

丹尼森凝視著她，但她並沒有逃避他的視線。

他問：「妳想要人工授精嗎？」

她說：「那當然……我們兩個的基因混在一起一定很有意思。」

丹尼森低頭看著地上。「那真是我的榮幸，瑟琳妮。」

瑟琳妮開始辯解起來：「人工授精也沒什麼不好啊，班傑明。選擇好的基因很重要的。不過呢，『自然的』的基因混合方式好像也蠻不錯的……」

「當然不錯。」

「我的意思是，就算不是為了生孩子，我也不會排斥……因為，我喜歡你。」

丹尼森點點頭沒說話。

瑟琳妮有點生氣了。「愛情還有比性更重要的東西啊。」

丹尼森說：「這我同意。最起碼，就算不跟妳做愛，我還是一樣愛妳。」

瑟琳妮說：「更何況，做愛會很像特技表演。」

丹尼森說：「這我也同意。」

瑟琳妮說：「更何況——噢，算了，你還是可以學的嘛。」

丹尼森說：「只要有人肯教。」

他有點猶豫的慢慢靠近她。她沒有躲開。

他們不再猶豫了。

國家圖書館出版品預行編目資料

神也鬥不過愚蠢／以撒艾西莫夫
Isaac Asimov著；陳宗琛譯　初版
臺北市：鸚鵡螺文化，2021.10
面；公分。－－(SFMaster004)
譯自：The Gods Themselves
ISBN 978-986-94351-9-2(平裝)

874.57　　110015302

鸚鵡螺文化

SFMaster 004
神也鬥不過愚蠢

The Gods Themselves

作　　者—以撒艾西莫夫
　　　　　Isaac Asimov
譯　　者—陳宗琛
選 書 人—陳宗琛
美術總監—Nemo

出版發行—鸚鵡螺文化事業有限公司
　　　　　新北市鶯歌區建國路85號11樓之7
　　　　　電話：(02)86776481
　　　　　傳真：(02)86780481
郵撥帳號—50169791號
戶　　名—鸚鵡螺文化事業有限公司
電子信箱—nautilusph@yahoo.com
總 經 銷—大和書報圖書股份有限公司
ISBN　978-986-94351-9-2
定　　價—新台幣399元
初版首刷—2021年10月
初版三刷—2022年11月